La trampa

MELANIE RAABE

La trampa

Traducción de
Paula Aguiriano Aizpurua
y Claudia Toda Castán

Grijalbo

Título original: *Die Falle*
Primera edición: junio, 2015

© 2015, btb Verlag, una división de Verlagsgruppe Random House GmbH,
Múnich, Alemania. www.randomhouse.de
Este libro ha sido negociado con Ute Körner Literary Agent, S.L.U.,
Barcelona. www.uklitag.com
© 2015, Penguin Random House Grupo Editorial, S. A. U.
Travessera de Gràcia, 47-49. 08021 Barcelona
© 2015, Paula Aguiriano Aizpurua y Claudia Toda Castán, por la traducción

Los versos de Rainer Maria Rilke pertenecen al poema titulado «La pantera»,
traducido por José María Valverde e incluido en la edición a cargo de
Jordi Llovet, *Poesía*, Ellago Ediciones, Castellón, 2007.

Los versos de Walt Whitman proceden de la edición de *Hojas de hierba*,
traducción de Francisco Alexander, Visor, Madrid, 2008.

Printed in Spain – Impreso en España

ISBN: 978-84-253-5335-2
Depósito legal: B-9.653-2015

Compuesto en La Nueva Edimac, S. L.

Impreso en Liberdúplex
Sant Llorenç d'Hortons (Barcelona)

GR 5 3 3 5 2

Penguin
Random House
Grupo Editorial

1

No soy de este mundo.

O eso dice la gente. Como si solo hubiera un mundo.

Estoy de pie en mi gran comedor vacío, donde no como nunca, y miro hacia fuera. La habitación está en la planta baja, la mirada atraviesa un gran ventanal y cae sobre el prado que hay detrás de mi casa y sobre la linde del bosque. De vez en cuando se ven corzos. Zorros.

Es otoño, y al observar el exterior por la ventana tengo la impresión de estar contemplando un espejo. La progresión de colores, la tormenta de otoño que mece los árboles, que curva algunas de las ramas y rompe otras. El día es dramático y hermoso. La naturaleza también parece sentir que algo está a punto de acabar. Se rebela una vez más con toda su fuerza, con todos sus colores. Pronto quedará en calma frente a mi ventana. La luz del sol será relevada primero por un gris neblinoso y finalmente por un blanco vibrante. Los que vengan a visitarme —mi asistente, mi editor, mi agente; lo cierto es que no hay más— se quejarán de la humedad y del frío. De tener que rascar el parabrisas con los dedos entumecidos antes de arrancar el coche. De que aún está oscuro cuando salen de casa por la mañana y de que ya está oscuro cuando regresan por la tarde. Esas cosas no tienen ninguna importancia para mí. En mi mundo la temperatura es siempre de 23,2 grados exactos, tanto en invierno como en verano. En mi mundo siempre es de día y nunca de noche. Aquí no hay lluvia, no hay nieve, no hay dedos congelados. En mi mundo no hay más que una estación, y todavía no le he encontrado nombre.

Esta villa es mi mundo. La sala de la chimenea es mi Asia, la biblioteca es mi Europa, la cocina es mi África. Norteamérica está en mi despacho. Mi dormitorio es Sudamérica, y Australia y Oceanía están en la terraza. A solo un par de pasos de distancia, pero completamente inalcanzables.

Hace once años que no salgo de aquí.

Los motivos pueden leerse en todos los medios, aunque alguna que otra publicación exagera un poco. Estoy enferma, sí. No puedo salir de mi casa, cierto. Pero no estoy obligada a vivir en completa oscuridad, y tampoco duermo en una burbuja de oxígeno. Es soportable. Está todo organizado. El tiempo es una corriente poderosa y suave, por la que me dejo llevar. Solo Bukowski trastorna apenas las cosas cuando corre por la hierba bajo la lluvia y entra trayendo consigo un poco de tierra en las patas y un par de gotas en el pelo. Me encanta pasarle la mano por el pelaje hirsuto y notar la humedad en mi piel. Me encanta el rastro sucio del otro mundo que Bukowski deja sobre las baldosas y el parquet. En mi mundo no hay tierra, árboles ni prados, ni conejos ni luz solar. El gorjeo de los pájaros es una grabación; el sol, el solárium del sótano. Mi mundo no es muy amplio, pero mi mundo es seguro. O eso creía yo.

2

El seísmo se produjo un martes. No hubo pequeños temblores previos. Nada que me advirtiera.

Estaba de viaje por Italia. Voy a menudo. Visitar países donde ya he estado es lo que más fácil me resulta, y en Italia he estado varias veces. Así que en ocasiones vuelvo.

Italia es un país hermoso y al mismo tiempo peligroso, ya que me recuerda a mi hermana.

A Anna, que ya amaba Italia mucho antes de ir por primera vez. Que de niña había conseguido un curso de italiano y había puesto los casetes tantas veces que se estropearon. A Anna, que de adolescente zigzagueaba con su Vespa, para la que tan laboriosamente había ahorrado, por las calles de nuestra ciudad alemana con tanta temeridad como si serpenteara por las callejas de Roma.

Italia me recuerda a mi hermana y a cómo eran las cosas entonces, antes de la oscuridad. Siempre intento ahuyentar el recuerdo de Anna, pero es pegajoso como una de esas antiguas trampas atrapamoscas. Otros pensamientos tenebrosos se quedan enganchados a ella sin remedio.

De todos modos, viajé a Italia. Me había retirado toda una semana a tres habitaciones de invitados contiguas en la planta superior, que nunca utilizo y en las que rara vez entro, y las había declarado Italia. Había puesto la música apropiada, había visto películas italianas, me había enfrascado en documentales sobre el país y su gente, había desperdigado libros de fotos por todas partes y, día tras día, había encargado a una empresa de catering que me enviara especialidades culinarias de sus diferentes regiones. Y el vino. Oh, el vino… Logra que mi Italia sea casi auténtica.

Camino por las callejas de Roma en busca de aquel restaurante tan especial. La ciudad está pegajosa y caliente. Estoy agotada. Agotada de nadar contra la corriente de turistas, agotada de rechazar los ofrecimientos de los innumerables vendedores ambulantes, agotada de la belleza que hay a mi alrededor, que he bebido a grandes sorbos. Los colores me asombran. Las nubes bajas y grises cubren la Ciudad Eterna, y el Tíber fluye en un verde opaco.

Debo de haberme quedado dormida porque, cuando despierto, el documental sobre la Roma antigua que estaba viendo ha terminado hace rato. Me siento confusa. No recuerdo ningún sueño, pero me resulta difícil regresar a la realidad.

Actualmente sueño poco. En los primeros años de mi reclusión del mundo real soñaba con mucha intensidad. Como si mi cerebro quisiera compensar por la noche la falta de estímulos nuevos durante el día. Inventaba las aventuras más abigarradas: selvas tropicales con animales parlantes; ciudades de cristal multicolor pobladas por seres con poderes mágicos. Mis sueños siempre comenzaban alegres y luminosos, pero tarde o temprano, al principio de forma imperceptible, muy paulatina, se teñían como un papel secante sumergido en tinta negra. En la selva las hojas caían y los animales enmudecían. El cristal multicolor de pronto era afilado y cortaba los dedos, el cielo se cernía en tonos burdeos. Y tarde o temprano aparecía. El monstruo. Unas veces no era más que una vaga sensación de amenaza que no acababa de comprender, otras solo lo entreveía como una silueta en el margen de mi campo visual. A veces me perseguía, y yo corría y evitaba volverme porque no podía soportar ver su rostro, ni siquiera en sueños. Si miraba al monstruo directamente, me moría. Siempre. Me moría y despertaba jadeando como si estuviera a punto de ahogarme. Y entonces, en aquellos primeros años, cuando aún tenía sueños, era difícil ahuyentar los pensamientos nocturnos, que se posaban como cuervos en mi cama. Y ya no podía hacer nada. No importaba cuán dolorosos fueran los recuerdos; en esos momentos pensaba en ella, en mi hermana.

Esta noche no hay sueños, no hay monstruos, y sin embargo estoy angustiada. En mi cabeza resuena una frase que no alcanzo a entender. Una voz. Tengo los párpados pegados, me doy cuenta de que se me ha dormido el brazo derecho, lo masajeo intentando reanimarlo. El televisor sigue encendido y de allí sale la voz que se ha deslizado en mis sueños, que me ha despertado.

Es una voz masculina, neutra e impersonal, como las que siempre se oyen en los canales de noticias que a veces emiten esos bonitos documentales que tanto me gustan. Me incorporo a duras penas, busco a tientas el mando a distancia, no lo encuentro. Mi cama es gigante, mi cama es un mar de cojines y mantas, libros de fotos y todo un ejército de mandos a distancia: para el televisor; para el receptor; para el reproductor de DVD y los dos de Blu-Ray, que reproducen distintos formatos; para el equipo de sonido, el grabador de DVD y mi viejo aparato de VHS. Resoplo resignada, la voz del locutor me informa de cosas sobre Oriente Próximo de las que no quiero saber nada, ahora no, hoy no, estoy de vacaciones, estoy en Italia, ¡me apetecía mucho este viaje!

Es demasiado tarde. Las certezas del mundo real de las que habla la voz del locutor, las guerras, las catástrofes, las crueldades que tanto me habría gustado olvidar durante un par de días han penetrado en mi mente y me han arrebatado la alegría en cuestión de segundos. La sensación de que estoy en Italia ha desaparecido, el viaje se ha frustrado. Mañana por la mañana regresaré a mi verdadero dormitorio y liaré los bártulos de Italia. Me froto los párpados, el resplandor del televisor me molesta mucho. El locutor ha dejado Oriente Próximo y ahora habla de asuntos de política nacional. Atiendo resignada. Mis ojos cansados lagrimean. El hombre ha terminado de recitar su texto y a continuación se establece una conexión en directo con Berlín. Ante el Reichstag, que se alza majestuoso y sólido en la oscuridad, hay un reportero que dice algo sobre el último viaje al extranjero de la canciller.

Enfoco la vista. Me estremezco, parpadeo. No me lo explico... Pero ¡lo estoy viendo! ¡Justo delante de mí! No puede ser, sencillamente no puede ser. No creo lo que ven mis ojos; vuelvo a parpadear, nerviosa, como si así pudiera ahuyentar la imagen; no cambia nada. El corazón se me encoge dolorosamente. Mi cerebro piensa: «Imposible». Aun así, mis sentidos saben que es cierto. ¡Dios mío!

Mi mundo se tambalea. No entiendo qué sucede a mi alrededor pero la cama se mueve, las estanterías con los libros oscilan y se vienen abajo. Los cuadros se descuelgan de la pared, los cristales se rompen, se forman grietas en el techo, al principio muy finas, enseguida más gruesas. Las paredes se derrumban, el ruido es indescriptible, y sin embargo todo está en silencio, en completo silencio.

Mi mundo se ha reducido a cenizas. Estoy sentada en la cama, entre los escombros, y miro fijamente el televisor. Soy una herida abierta. Soy el olor de la carne cruda. Me escindo. Hay relámpagos en mi cabeza, de una claridad deslumbrante y dolorosa. Mi campo de visión se tiñe de rojo, me llevo la mano al corazón, me mareo, mi conciencia titila, sé lo que es, esta sensación cruda y roja, estoy teniendo un ataque de pánico, estoy hiperventilando, enseguida me desmayaré, espero desmayarme. Esa imagen, ese rostro... no lo soporto. Quiero apartar la mirada pero es imposible, estoy petrificada. No quiero verlo pero tengo que hacerlo, no puedo evitarlo, mi mirada se dirige hacia el televisor, no puedo desviarla, no puedo, mis ojos están muy abiertos y lo observo fijamente, al monstruo de mis sueños, e intento despertarme, despertarme de una vez. Morir y así despertarme, como sucede siempre que miro al monstruo cara a cara en sueños.

Pero ya estoy despierta.

3

La mañana siguiente salgo de entre los escombros y poco a poco me recobro.

Me llamo Linda Conrads. Soy escritora. Cada año me obligo a escribir un libro. Mis libros tienen mucho éxito. Tengo una posición acomodada. O mejor dicho: tengo dinero.

Tengo treinta y ocho años. Estoy enferma. Los medios especulan sobre una enfermedad misteriosa que me impide moverme a mi antojo. Hace más de una década que no salgo de mi casa.

Tengo familia. O mejor dicho: tengo padres. No los veo desde hace mucho. No me visitan. No puedo visitarlos. Rara vez hablamos por teléfono.

Hay algo en lo que no me gusta pensar. Sin embargo me resulta imposible no hacerlo. Guarda relación con mi hermana. Hace tiempo de aquello. Yo quería a mi hermana. Mi hermana se llamaba Anna. Mi hermana está muerta. Mi hermana era tres años menor que yo. Mi hermana murió hace doce años. Mi hermana no murió sin más. Mi hermana fue asesinada. Hace doce años que mi hermana fue asesinada y yo la encontré. Vi huir a su asesino. Vi la cara del asesino. El asesino era un hombre. El asesino volvió el rostro hacia mí y echó a correr. No sé por qué salió corriendo. No sé por qué no me atacó. Solo sé que mi hermana está muerta y yo no.

Mi terapeuta considera que sufro un trauma psíquico severo.

Esta es mi vida, esta soy yo. Lo cierto es que no quiero pensar en ello.

Me incorporo a duras penas, dejo caer las piernas por el borde de la cama, me levanto. O al menos eso me propongo, pero en realidad no me muevo ni un centímetro. Me pregunto si estoy paralizada. No tengo fuerzas en los brazos ni en las piernas. Vuelvo a intentarlo, pero es como si mi cerebro emitiera unas órdenes tan débiles que no llegaran a mis extremidades. Puede que no pase nada si me quedo tumbada aquí un momento. Ya es de día, pero la verdad es que lo único que me espera es mi casa vacía. No me esfuerzo, desisto. Mi cuerpo me resulta extrañamente pesado. Me quedo acostada un rato, pero no vuelvo a dormirme. La siguiente vez que miro el reloj de la mesita de noche han pasado seis horas. Me sorprende, no es bueno. Cuanto más rápido pasa el tiempo antes llega la noche, y tengo miedo a la noche a pesar de todas las luces encendidas de mi casa. Tras varios intentos finalmente consigo llevarme al baño y después bajar la escalera. Una expedición al otro extremo del mundo. Bukowski me recibe con un bufido alegre meneando la cola. Le doy de comer, le lleno el cuenco de agua, lo dejo salir, revolcarse un poco; recuerdo que por lo general me hace feliz verlo correr y jugar, pero hoy no siento nada. Solo quiero que regrese cuanto antes para irme a la cama otra vez. Le silbo, es un punto diminuto y saltarín en la linde del bosque. Si no volviera, yo no podría hacer nada. Pero siempre regresa. Conmigo, a mi pequeño mundo. Hoy también. Se me echa encima, me pide que juegue con él, pero no puedo. Desiste, decepcionado.

Lo siento, amigo.

Se acurruca en su lugar preferido de la cocina y me dirige una mirada triste. Me doy la vuelta, me voy a mi habitación, donde de inmediato me tumbo en la cama; me siento débil, permeable.

Antes de la oscuridad, antes de mi reclusión, cuando era fuerte y vivía en el mundo real, solo me sentía así cuando estaba incubando una gripe. Pero no he pillado la gripe. Me ha pillado la depresión, como siempre que pienso en Anna y en lo que sucedió, recuerdos que tanto empeño pongo en bloquear.

Hasta ahora he logrado ver pasar la vida tranquilamente y reprimir cualquier pensamiento sobre mi hermana. Pero todo aquello ha vuelto. Y, por mucho tiempo que haya pasado, la herida sigue abierta. El tiempo no es más que un parche.

Sé que debería hacer algo antes de que sea demasiado tarde, antes de que me atrape la vorágine de la depresión, que me arrastra hacia la oscuridad. Sé que debería hablar con un médico, pedirle que me recete algo, pero no consigo hacer acopio de ánimo. El esfuerzo me parece inmenso. Y al fin y al cabo qué más da. Muy bien, tendré una depresión. Podría quedarme acostada para siempre. ¿Qué diferencia habría? Si no puedo salir de casa, ¿por qué tendría que salir del dormitorio? ¿O dejar la cama? ¿O el sitio donde estoy tumbada? El día pasa y la noche ocupa su lugar.

Se me ocurre que podría llamar a alguien. A Norbert quizá. Él vendría. No solo es mi editor, somos amigos. Si pudiera mover los músculos de la cara, al pensar en Norbert sonreiría. Recuerdo nuestro último encuentro. Estábamos sentados en la cocina, yo había preparado espaguetis con salsa boloñesa casera y Norbert me habló de sus vacaciones en el sur de Francia, de lo más interesante que había pasado en la editorial, de las últimas locuras de su esposa. Norbert es maravilloso, ruidoso, divertido, una fuente inagotable de historias. Tiene la mejor risa del mundo. La mejor risa de los dos mundos, para ser precisos.

Norbert me llama su «extremófila». Cuando me lo dijo por primera vez tuve que buscarlo en Google. Y me asombró cuánta razón tenía. Los extremófilos son organismos que se han adaptado a condiciones extremas y sobreviven en medios hostiles. Con un calor o un frío insoportables. En completa oscuridad. En entornos radiactivos. En ácido. O incluso, y a esto debe de referirse Norbert, prácticamente aislados. «Extremófila.» Me gusta la palabra. Y me agrada que me llame así. Suena como si yo misma me hubiera buscado todo esto. Como si me entusiasmara vivir de forma tan extrema. Como si lo hubiera elegido.

Por ahora solo puedo escoger si me tumbo del lado izquierdo o del derecho, boca abajo o boca arriba. Pasa un día o dos. Hago un gran esfuerzo por no pensar en nada. En algún momento me levanto, me acerco a las estanterías que se alinean contra las paredes de mi habitación, saco un par de libros, los coloco sobre la cama, pongo en modo «bucle infinito» mi álbum favorito de Billie Holiday y vuelvo a deslizarme bajo las mantas. Escucho, hojeo y leo hasta que me duelen los ojos y la música me deja laxa como si me hubiera dado un baño de agua caliente. Ya no me apetece leer, me gustaría ver una película, pero no me atrevo a encender el televisor. Sencillamente no me atrevo.

Doy un respingo al oír pasos. Billie ya no canta, en algún momento he silenciado su triste voz con uno de mis múltiples mandos a distancia. ¿Quién hay ahí? Es noche cerrada. ¿Por qué no ladra mi perro? Querría levantarme, coger algo con lo que defenderme, esconderme, hacer cualquier cosa, pero me quedo tumbada, con la respiración acelerada y los ojos muy abiertos. Alguien llama a la puerta. No respondo.

—¿Hola? —dice una voz que no conozco.

Y de nuevo:

—¿Hola? ¿Está ahí dentro?

La puerta se abre, yo gimoteo, mi débil versión de un grito. Es Charlotte, mi asistente. Conozco su voz, por supuesto; mi miedo la ha distorsionado. Charlotte viene dos veces por semana, me hace la compra, lleva las cartas a la oficina de Correos, hace lo que haya que hacer. Mi conexión de pago con el mundo exterior. Permanece en el marco de la puerta, indecisa.

—¿Está usted bien?

Mis pensamientos se reordenan. Si Charlotte está aquí, no puede ser de noche. Debo de haber pasado mucho tiempo en la cama.

—Perdone que haya entrado por mi cuenta, pero, como no ha respondido al timbre, me he preocupado y he abierto con mi llave.

¿Timbre? Recuerdo un ruido que se ha colado en mi sueño. ¡Vuelvo a soñar después de tantos años!

—No me encuentro muy bien —digo—. Estaba profundamente dormida y no la he oído. Disculpe.

Estoy un poco avergonzada, ni siquiera consigo incorporarme, me quedo tumbada. Charlotte parece inquieta, y eso que no es fácil que pierda la calma. Precisamente por eso la elegí. Charlotte es más joven que yo, puede que ronde los treinta años. Tiene un montón de empleos: es camarera en varias cafeterías, trabaja en la taquilla de un cine del centro, ese tipo de cosas. Y dos veces por semana viene a mi casa. Me gusta Charlotte. Su pelo corto teñido de negro azulado, su cuerpo rotundo, sus coloridos tatuajes, su humor procaz, las historias de su hijo pequeño. «El diablillo», lo llama.

Si Charlotte parece inquieta, mi aspecto debe de ser terrible.

—¿Le traigo algo más? ¿De la farmacia quizá?

—Gracias, en casa tengo cuanto me hace falta —respondo.

Sueno extraña, como un robot, hasta yo me doy cuenta, pero no puedo hacer nada para cambiarlo.

—Hoy no la necesito, Charlotte. Tendría que haberla avisado. Lo siento.

—No se preocupe. La compra está en el frigorífico. ¿Quiere que pasee al perro antes de irme?

Dios mío, el perro. ¿Cuánto tiempo llevo aquí tumbada?

—Genial, gracias —digo—. Póngale comida en el cuenco también, ¿de acuerdo?

—Vale.

Me tapo con las mantas hasta la nariz para que Charlotte sepa que doy por terminada la conversación.

Se queda un instante en la puerta, es evidente que no se decide a dejarme sola, pero finalmente toma una decisión y sale de mi habitación. Oigo los ruidos que hace en la cocina; está dando de comer a Bukowski. Por lo general me encanta que haya jaleo en casa, hoy me da igual. Dejo que las almohadas, las mantas y la oscuridad me envuelvan, aunque ya no podré dormirme.

4

Estoy tumbada en la oscuridad y pienso en el día más negro de mi vida. Recuerdo que no pude llorar la muerte de mi hermana cuando la enterraron, aún no. Que una única idea ocupaba mi mente y mi ser: *¿Por qué?* No había sitio para nada más: *¿Por qué? ¿Por qué? ¿Por qué? ¿Por qué ha tenido que morir?*

Sentía que mis padres me hacían esas preguntas, ellos, los demás dolientes, los amigos de Anna, sus compañeros... todos en realidad. Ya que yo había estado allí, debía saber algo. ¿Qué demonios había sucedido? ¿Por qué había tenido que morir Anna?

Recuerdo que los asistentes al entierro lloraban, dejaban caer flores sobre el ataúd, se apoyaban unos en otros, se sonaban la nariz. A mí todo me resultaba irreal, extrañamente distorsionado. Los ruidos, los colores, incluso los sentimientos. Un sacerdote que arrastraba las palabras. Personas que se movían a cámara lenta. Arreglos de rosas y lirios descoloridos.

¡Maldita sea, las flores! La idea me devuelve al presente. Me incorporo en la cama. He olvidado pedir a Charlotte que riegue las flores de mi invernadero, y hace rato que se ha marchado. Charlotte sabe que adoro mis plantas y que me ocupo de ellas con regularidad, así que es poco probable que se le haya ocurrido regarlas. No me queda otra que hacerlo yo misma. Me levanto con un lamento. Noto el suelo frío bajo mis pies desnudos. Me obligo a poner uno delante del otro, a recorrer el pasillo en dirección a la escalera, a descender a la planta baja, a atravesar el gran salón y el comedor. Abro la puerta de mi invernadero y me adentro en la selva.

Mi casa está dominada por espacios amplios, por el vacío, por objetos inanimados, a excepción de Bukowski. Pero aquí, en mi invernadero, en este verdor frondoso y exuberante, reina la vida. Palmeras. Helechos. Pasionarias, strelitzias, calas e, invariablemente, orquídeas. Me encantan las plantas exóticas.

El calor sofocante del invernadero —mi propio jardín tropical en miniatura— hace que la frente empiece a sudarme casi de inmediato, y la larga camiseta blanca que me he puesto para dormir está húmeda y se me pega al cuerpo. Adoro esta maleza verde. No quiero orden. Quiero caos, vida. Quiero que las ramas y las hojas me acaricien cuando recorro estos pasillos, como si caminara por un bosque. Quiero oler el aroma de las flores, dejar que me embriaguen, quiero impregnarme de sus colores.

Miro a mi alrededor. Sé que ver mis plantas debería alegrarme, sin embargo hoy no siento nada. Mi invernadero está intensamente iluminado, pero fuera es noche cerrada. Sobre el techo de cristal que me cubre las estrellas brillan indiferentes. Llevo a cabo las tareas que tanto me satisfacen por lo general como con el piloto automático. Riego las plantas. Introduzco los dedos en la tierra para saber si está seca y se ha apelmazado y necesita agua, o si, por el contrario, se me adhiere a ellos porque está húmeda.

Me abro paso hacia la parte trasera del invernadero. Aquí se encuentra mi pequeño jardín personal de orquídeas. Las plantas se apilan en estanterías, cuelgan del techo en macetas. Florecen con opulencia. Aquí también está mi preferida, que al mismo tiempo es la que más disgustos me da. Una pequeña orquídea, insignificante entre sus exuberantes hermanas, casi podría decirse que es fea, con solo dos o tres hojitas verdes oscuras, además de raíces grises y secas, sin flores, hace mucho que no tiene flores, ni siquiera una vara. Es la única planta que no he comprado yo misma para el invernadero. Ya la tenía antes. Me la traje de mi antigua vida, del mundo real, hace muchos, muchos años. Sé que no reverdecerá, pero no soy capaz de tirarla. La riego un poco. Entonces me vuelvo hacia una orquídea especialmente bonita con pesadas flores blancas. Deslizo el dedo por sus hojas, palpo con cuidado las flores aterciopeladas. Los capullos que aún no se han abierto son firmes, los noto duros cuando los toco. Casi parecen reventar de vida. Dentro de poco se abrirán. Se me ocurre que podría estar bien cortar un par de varas florecidas y colocarlas en un jarrón en casa. Y mientras todo esto se me pasa por la cabeza, de pronto vuelvo a pensar en Anna. Aquí tampoco puedo librarme de su recuerdo.

Cuando éramos pequeñas coger flores no le gustaba tanto como a mí y a los demás niños. Creía que era cruel arrancarles su bonita cabeza. Al pensar en ello ahora una sonrisa asoma a mis labios. Las manías de Anna. Y de repente veo a mi hermana ante mí con total claridad, su pelo rubio, sus ojos añiles, su nariz diminuta, su boca grande, la arruga entre sus cejas casi invisibles que siempre aparecía cuando se enfadaba. Los pequeños lunares que formaban un triángulo perfecto en su mejilla izquierda. El imperceptible vello rubio de sus mejillas, que solo se veía cuando el sol de verano le daba en la cara en un ángulo perfecto. La veo, claramente. Y oigo su voz, luminosa y cantarina. Y su traviesa risa masculina, que tanto desentonaba con su carácter de niña. La veo riendo ante mí. Es como un puñetazo en el vientre.

Recuerdo una de las primeras conversaciones con mi terapeuta, poco después de la muerte de Anna. La policía no tenía pistas, el retrato robot que habían hecho con mi ayuda no servía de nada, ni siquiera yo pensaba que guardara similitud con el hombre que había visto. Pero por mucho que lo intentara no era capaz de hacerlo mejor. Recuerdo decir a la terapeuta que necesitaba saber por qué había sucedido. Que no saberlo me torturaba. Recuerdo que me respondió que era normal, que siempre era lo peor para los familiares. Me recomendó un grupo de autoayuda. Un grupo de autoayuda, casi me echo a reír. Recuerdo contarle que habría hecho cualquier cosa por conocer el motivo. Le debía al menos eso a mi hermana. Al menos eso.

¿Por qué? ¿Por qué? ¿Por qué?

—Está usted obsesionada con esa pregunta, señora Conrads, no es bueno, debe pasar página. Seguir con su vida.

Intento desprenderme de la imagen de Anna y de cualquier pensamiento sobre ella. No quiero pensar en ella, porque sé adónde me lleva eso. En una ocasión casi me volvió loca. La idea de que Anna está muerta y de que su asesino sigue libre ahí fuera.

Lo peor fue no poder hacer nada. Así que era preferible dejar de pensar en ello. Distraerme. Olvidar a Anna.

Lo intento ahora, pero esta vez no funciona, ¿por qué?

El rostro del locutor de las noticias se me aparece de súbito y algo hace clic en mi cabeza. De golpe me doy cuenta de que he estado en shock las últimas horas.

Pero ahora lo veo claro. El hombre de la pantalla de televisión, cuya imagen tanto me ha perturbado, era real.

No era una pesadilla, era la realidad.

He visto al asesino de mi hermana. Sí, han pasado doce años, pero lo recuerdo muy bien. El significado de lo que ha sucedido me golpea con fuerza.

Se me cae la regadera, que acababa de llenar de agua fresca. Aterriza ruidosamente en el suelo, su contenido se derrama sobre mis pies desnudos. Me vuelvo, salgo del invernadero, me golpeo un dedo en el umbral al entrar en casa, ignoro el dolor agudo que me recorre hasta el talón, sigo avanzando a toda prisa.

Cruzo la planta baja con paso rápido, subo la escalera hasta el piso superior, me deslizo por el pasillo, llego a mi dormitorio sin aliento. El portátil está sobre la cama. Irradia algo amenazante. Titubeo un instante, pero enseguida me siento y lo arrastro hacia mí con dedos temblorosos. Casi tengo miedo de abrirlo, como si pudieran vigilarme a través de la pantalla.

Entro en internet, abro Google, tecleo el nombre del canal de noticias en el que he visto a ese hombre. Estoy nerviosa, me confundo un par de veces con las teclas, al tercer intento lo consigo por fin. Abro la página de inicio de la redacción del canal. Voy haciendo clic sobre los perfiles de los trabajadores. Durante unos segundos pienso fugazmente que quizá todo esto no haya sido más que una paranoia, que ese hombre no existe, que solo lo he soñado.

Pero entonces doy con él. Después de unos cuantos clics lo localizo. El monstruo. Me estremezco al ver de pronto su imagen en la pantalla, levanto instintivamente la mano izquierda para ocultar su foto, no puedo mirarlo, aún no, las paredes vuelven a moverse, el corazón se me acelera. Me concentro en mi respiración. Cierro los ojos. Con tranquilidad. Bien. Los abro, contemplo la página web. Leo su nombre. Su currículo. Leo que le han concedido varios premios. Que tiene familia. Que lleva una vida plena y de éxito. Algo se desgarra en mi interior. Siento algo que no había sentido en años, y es abrasador. Poco a poco bajo la mano que tapaba la pantalla.

Lo observo.

Miro a los ojos al hombre que asesinó a mi hermana.

La ira me atenaza la garganta y solo puedo pensar en una cosa: *Voy a por ti.*

Cierro el portátil, lo aparto, me levanto.

Pienso a toda velocidad. El corazón me late con fuerza.

Lo increíble es que ¡vive muy cerca de aquí! A cualquier persona normal le resultaría fácil dar con él. Pero yo estoy atrapada en mi casa. Y la policía… la policía ni siquiera me creyó entonces. No realmente.

Así que, si quiero hablar con él, enfrentarme a él, pedirle cuentas, debo conseguir que él venga a mí. ¿Cuál puede ser el cebo?

La conversación con mi terapeuta se me pasa de nuevo por la mente.

—¿Por qué? ¿Por qué tuvo que morir Anna?

—Debe usted aceptar la posibilidad de que no obtenga nunca la respuesta a esta pregunta, Linda.

—No puedo aceptarlo. Jamás.

—Acabará haciéndolo.

Jamás.

Reflexiono febrilmente. Él es periodista. Y yo soy una escritora famosa por su inaccesibilidad a la que todas las revistas y las cadenas europeas importantes llevan años casi suplicando una entrevista. Sobre todo cuando publico un nuevo libro.

Otra vez pienso en la conversación con la psicóloga. Y recuerdo el consejo que me dio entonces.

—No hace más que torturarse, Linda.

—No puedo detener los pensamientos.

—Si necesita un motivo, invéntese uno. O escriba un libro. Sáquelo... Y después déjelo ir. Siga con su vida.

Se me eriza el vello de la nuca. Dios mío. ¡Eso es!

Me estremezco de la cabeza a los pies.

¡Por supuesto!

Escribiré otro libro. Relataré lo que sucedió en forma de novela negra.

Un cebo para el asesino y una terapia para mí.

Mi cuerpo ha recuperado la ligereza. Salgo del dormitorio, las extremidades vuelven a obedecerme. Voy al baño, me meto bajo la ducha. Me seco, me visto, entro en mi despacho, enciendo el ordenador y comienzo a escribir.

De *Hermanas de sangre*, de Linda Conrads

1

JONAS

Golpeó con todas sus fuerzas. La mujer cayó al suelo, logró levantarse a duras penas y trató de escapar, presa del pánico, pero no tenía la más mínima posibilidad. El hombre era mucho más rápido. La empujó violentamente al suelo, se arrodilló sobre su espalda, la agarró de la melena y comenzó a golpearle la cabeza contra el suelo con fuerza, una y otra vez. Los gritos de la mujer se convirtieron en un lamento, después enmudeció. El hombre la soltó. Su rostro, que hasta entonces había estado desfigurado por un odio ciego, adoptó un gesto de incredulidad. Se miró las manos ensangrentadas con el ceño fruncido mientras una luna llena enorme y plateada salía tras él. Los elfos rieron entre dientes, se acercaron corriendo a la mujer, que yacía exánime, sumergieron un par de delgados dedos en su sangre y empezaron a embadurnarse los pálidos rostros como si se tratara de una pintura de guerra.

Jonas suspiró. Hacía una eternidad que no iba al teatro, y desde luego a él no se le habría ocurrido. Había sido Mia quien había expresado su deseo de volver a ver una función en lugar de ir siempre al cine. Una de sus amigas le había recomendado esa puesta en escena de *Sueño de una noche de verano* de Shakespeare y Mia enseguida había comprado las entradas, entusiasmada. Lo cierto era que él esperaba una comedia ligera. Lo que veía en cambio eran elfos siniestros, duendes diabólicos y parejas que se despedazaban explícitamente en el bosque de noche con ayuda de gran cantidad de sangre artificial. Volvió la mirada hacia su mujer, que seguía los acontecimientos con los ojos centelleantes. El resto del público también parecía hechizado. Jonas se sintió excluido. Era el único en la sala al que el violento espectáculo del escenario no le decía nada.

Quizá él antes también era así, quizá antes también a él el horror y la violencia le resultaban fascinantes y entretenidos. Ya no lo recordaba. A buen seguro hacía demasiado tiempo de eso.

Sus pensamientos vagaron lejos de la noche de verano shakesperiana hacia el caso que lo ocupaba en ese momento. Mia le habría dado un golpe disimulado en el costado si hubiera sabido que estaba allí sentado junto a ella, en la oscuridad del teatro, y que una vez más estaba pensando en el trabajo, pero ¡qué se le iba a hacer! Recordó la última escena del crimen, repasó mentalmente las miles de piezas de puzle, grandes y pequeñas, que él y sus compañeros habían reunido con esfuerzo y laboriosidad, y que según todos los indicios pronto conducirían a la detención del esposo de la vícti…

Jonas se asustó al pasar de pronto de la oscuridad total a una intensa claridad acompañada de un aplauso ensordecedor.

Cuando el público a su alrededor se levantó para dar una ovación en pie —como si en secreto se hubieran puesto de acuerdo todos y no le hubieran informado—, el comisario Jonas Weber se sintió la persona más solitaria del planeta.

Mia permanecía en silencio a su lado en el coche mientras él conducía hacia casa por las oscuras calles. En la cola del guardarropa y de camino al aparcamiento ya se había desahogado del entusiasmo que la obra le había producido y ahora escuchaba la música de la radio con una sonrisa serena en los labios que no iba dirigida a él.

Jonas puso el intermitente derecho. A la luz de los faros, su casa surgió de la oscuridad y se iluminó en un blanco y negro granulado. Justo estaba tirando del freno de mano cuando su móvil comenzó a vibrar.

Respondió la llamada y esperó la reacción de Mia, un reniego en voz baja, un suspiro o al menos un gesto de desesperación, pero no sucedió nada. Sus labios del color de las cerezas formaron un «buenas noches» silencioso, después bajó del coche. Jonas la siguió con la mirada mientras la voz de su compañera brotaba del teléfono, observó a su mujer alejarse de él. Vio su larga melena rubia, sus vaqueros ajustados y su camisa verde oscura volverse grises cuando la oscuridad la rodeó.

Antes Mia y él se esforzaban por hallar un minuto para pasarlo juntos y lamentaban que una operación interrumpiera bruscamente el tiempo que compartían. Ahora cada vez les era más indiferente.

Jonas se obligó a centrar su atención en la llamada. Su compañera le dictó una dirección, él la introdujo de inmediato en el GPS. Dijo:

—Sí, ok. Ya estoy de camino.

Colgó. Suspiró profundamente. Se sorprendió de que solo hiciera cuatro años que Mia y él se hubieran casado y que cuando pensaba en su matrimonio ya recurriera a tópicos como «antes» y «ahora».

Jonas apartó la mirada de la puerta por la que su mujer había desaparecido y arrancó el coche.

5

Cosas que no hay en mi mundo: castañas que caen repentinamente del árbol. Niños haciendo ruido al pisar las hojas caídas en otoño. Personas disfrazadas en el tranvía. Encuentros casuales decisivos. Mujeres menudas arrastradas por sus enormes perros como si estuvieran haciendo esquí acuático.

Estrellas fugaces. Patitos aprendiendo a nadar. Castillos de arena. Choques frontales. Sorpresas. Guardias de cruce ante los colegios. Montañas rusas. Quemaduras solares.

A mi mundo le bastan unos cuantos colores.

La música es mi refugio. Las películas son mi pasatiempo; los libros mi amor, mi pasión. Pero la música es mi refugio. Cuando estoy contenta o alegre, algo que sucede rara vez —lo reconozco—, pongo un disco acorde —puede que de Ella Fitzgerald o de Sarah Vaughan— y así tengo la sensación de que alguien se alegra conmigo. Si en cambio estoy triste y abatida, entonces Billie Holiday o Nina Simone sufren conmigo. Incluso me consuelan un poco, a veces.

Estoy en la cocina, escucho a Nina y echo un puñado de granos de café en mi pequeño molinillo antiguo. Disfruto de su olor, este aroma fuerte, oscuro, reconfortante. Empiezo a moler los granos a mano. Me gustan los crujidos y chasquidos que hacen. A continuación abro el cajoncito de madera al que ha ido a parar el café molido y lo pongo en un filtro. Cuando estoy sola en casa y solo necesito prepararlo para mí —es decir, la mayoría de las veces—, siempre lo hago a mano. Ponerlo, molerlo, sacarlo, hervir el agua, preparar de forma lenta y metódica el café, que gotea poco a poco en mi taza: es un ritual. Cuando se lleva una vida tan pausada como la mía, es bueno disfrutar de las cosas sencillas.

Vacío el filtro y observo el café negro en la taza, me siento a la mesa de la cocina con él. El aroma que flota en el aire me tranquiliza un poco.

Por la ventana veo la entrada a mi casa. Está en calma. Pero el monstruo de mis sueños pronto recorrerá ese camino. Llamará a mi puerta y le abriré. La idea me aterroriza.

Bebo un sorbo de café, hago una mueca. Aunque me gusta tomarlo solo, hoy me ha salido demasiado fuerte. Saco la leche que guardo en el frigorífico para Charlotte u otras visitas y vierto un buen chorro en la taza. Observo fascinada las nubecillas que se arremolinan en su superficie, que se concentran y vuelven a expandirse con movimientos aleatorios, como niños que juegan. Y me doy cuenta de que me estoy metiendo en una situación tan impredecible como estas nubecillas arremolinadas que no puedo controlar. Puedo encerrar al hombre en mi casa, eso sí.

Y después ¿qué?

Las nubecillas dejan de bailar, se desvanecen. Cojo una cucharilla, remuevo el café, me lo bebo a sorbitos. Mi mirada se posa en el camino de entrada de mi casa. Está bordeado por viejos árboles; pronto estará cubierto de hojas de castaño amarillentas, rojizas y marrones. Por primera vez me resulta amenazante. De repente me cuesta respirar.

No puedo hacerlo.

Aparto bruscamente la mirada de la entrada y cojo el móvil. Durante uno o dos minutos paso pantallas hasta dar con la que activa las llamadas ocultas. Me levanto, bajo el volumen de la música. Entonces vuelvo a sentarme y marco el número de la comisaría que en su día se ocupó de la investigación del asesinato de Anna. Aún me lo sé de memoria.

Cuando oigo el tono el corazón se me acelera. Intento respirar con tranquilidad. Me digo que estoy haciendo lo correcto. Que confío en la policía a pesar de todo. Que debo dejar la investigación del asesinato en manos de los profesionales. Me digo que guardaré el manuscrito de la novela que acabo de empezar en el último cajón de mi escritorio o, mejor aún, lo tiraré y no volveré a pensar en él.

El tono suena una segunda vez, prolongado y torturador.

Estoy tan nerviosa como antes de un examen, mi respiración se convierte en un jadeo. Vacilo, de pronto pienso que la policía no me creerá, como tampoco me creyó entonces. Me debato entre colgar o no cuando alguien coge la llamada y oigo una voz de mujer. La reconozco de inmediato.

Andrea Brandt pertenecía por aquel entonces a la brigada de homicidios. No me gustaba y yo no le gustaba a ella. Mi firmeza se tambalea.

—¿Hola? —dice Brandt alargando las vocales ligeramente, impaciente porque tardo en hablar.

Hago un esfuerzo.

—Buenos días. ¿Está el comisario Julian Schumer? —pregunto.

—Tiene el día libre. ¿Con quién hablo, por favor?

Trago saliva, no sé si debería confiar en ella —¡precisamente en ella!— o si será mejor que cuelgue.

—Se trata de un caso antiguo —digo al cabo, como si no hubiera oído su pregunta.

No me decido a revelar mi nombre. Aún no.

—De un asesinato que tuvo lugar hace más de diez años —añado.

—¿Sí?

Soy consciente de que he captado la atención de la agente, y me daría una bofetada por no haber preparado esta conversación como es debido. Mi antigua impulsividad retorna justo ahora.

—¿Qué diría usted —pregunto— si después de más de una década un testigo aportara un nuevo testimonio? ¿Qué pasaría si alguien creyera saber quién es el asesino?

Andrea Brandt duda solo un instante.

—¿Es usted ese testigo?

Maldita sea. ¿Pongo mis cartas sobre la mesa? Lucho conmigo misma.

—Si quiere hacer una declaración, puede pasarse por aquí en cualquier momento —añade Brandt.

—¿Con qué frecuencia se resuelven casos antiguos como este? —Obvio su propuesta.

Al otro lado de la línea la agente contiene un suspiro, y trato de imaginar cuántas veces recibirá llamadas de este tipo que al final no producen ningún resultado concreto.

—No puedo darle una cifra exacta, señora…

Buen intento. No digo nada. Soporta el silencio incómodo un momento, después renuncia a que le dé mi nombre.

—Lo que no es tan raro es que casos antiguos que siguen abiertos se resuelvan con ayuda de pruebas de ADN, lo que se conoce como huella genética —dice—. Esta información es completamente fiable incluso décadas después del crimen.

Al contrario que los testimonios, reflexiono.

—Pero como ya he dicho, si quiere hacer una declaración estamos a su disposición en cualquier momento —repite Brandt—. ¿De qué caso se trata exactamente?

—Lo pensaré —respondo.

—Su voz me resulta familiar —suelta de pronto—. ¿Nos conocemos?

Entro en pánico. Corto la llamada. Hasta ahora no me había dado cuenta de que durante la breve conversación me he levantado y he caminado nerviosa de un lado a otro de la habitación. Tengo una sensación desagradable en la boca del estómago. Vuelvo a sentarme a la mesa de la cocina, espero a que el pulso se me estabilice y me bebo el resto del café. Está frío e insípido.

Conservo muy buen recuerdo del hombre que dirigía la investigación, pero habría preferido olvidar a la comisaria joven y reservada, que también formaba parte de la brigada de homicidios. Al hacer en su día mi declaración oficial como testigo ya tuve la sensación de que Andrea Brandt no me creyó. Durante un tiempo tuve incluso la impresión de que me consideraba en secreto la asesina, a pesar de todas las pruebas que demostraban lo contrario. Y ahora tengo que tratar de explicar precisamente a Andrea Brandt que he reconocido al asesino de Anna, que es un prestigioso periodista al que he visto en un canal de noticias. Doce años después del crimen. Y que me será imposible pasarme por la comisaría para prestar declaración. Porque solo de pensar en cruzar el umbral ya me encuentro mal…

No.

Si quiero pedir cuentas a ese hombre, tendré que arreglármelas sola.

6

A veces veo mi reflejo en el espejo y no me reconozco. Estoy en el baño y me observo. Llevaba mucho tiempo sin hacerlo. Claro que me miro en el espejo por las mañanas y por las noches, cuando me lavo los dientes o la cara. Pero por lo general no me miro de verdad. Hoy es distinto.

Día X. El periodista al que he invitado a casa para una entrevista debe de estar en el coche de camino hacia aquí. En cualquier momento pasará por delante de la entrada. Entonces bajará del vehículo, recorrerá el par de metros que hay hasta la puerta y llamará. Estoy preparada. Lo he estudiado. Sé qué veré cuando se siente frente a mí. Pero ¿qué verá él? Me miro fijamente. Mis ojos, mi nariz. Mi boca, mis mejillas y mis orejas, después de nuevo mis ojos. Y hay cierto asombro en mí hacia mi envoltorio: este es mi aspecto. Así que esta soy yo.

Cuando suena el timbre me estremezco. Repaso mentalmente mi plan una vez más, después me yergo y emprendo el camino hacia la puerta. El latido de mi corazón es tan fuerte que resuena por toda la casa, hace vibrar los cristales de las ventanas. Respiro hondo una última vez y abro la puerta.

El monstruo me persiguió durante años hasta en sueños y ahora está ante mí. Me tiende la mano. Contengo el impulso de gritar, de echar a correr, de perder el control. No puedo titubear, no he de temblar. Lo miraré a los ojos, hablaré alto y claro. Me lo he propuesto, me he preparado para ello. El momento ha llegado, y ahora que está aquí no parece real. Le estrecho la mano. Sonrío y digo:

—Pase, por favor.

No titubeo, no tiemblo, lo miro a los ojos, mi voz suena fuerte, alta y clara. Sé que el monstruo no puede hacerme nada en mi casa. Todo el mundo sabe que está aquí. Mi editorial, su redacción... No podría hacerme nada aunque estuviéramos solos. No me hará nada. No es estúpido. Aun así... Me supone un gran esfuerzo darle la espalda y permitirle el acceso. Lo precedo en dirección a la habitación donde la conversación tendrá lugar. He escogido el comedor. No ha sido una decisión estratégica, sino puramente intuitiva. El comedor. Llega Charlotte, mi asistente, le ayuda a quitarse el abrigo, lo atiende, trota de aquí allá, parlotea, le ofrece una bebida, derrocha encanto; todo eso por lo que le pago. Para ella no es más que un trabajo. No tiene ni idea de qué va esto en realidad; con todo, su presencia me tranquiliza.

Trato de parecer relajada, de no mirar fijamente a Lenzen. Es alto, tiene el pelo corto y oscuro con un par de mechones grises; pero lo que más llama la atención son sus ojos grises y despiertos. De un vistazo abarcan toda la habitación. Se acerca a la mesa, tan grande que podría utilizarse para una conferencia. Deja su bolsa en la silla más cercana, la abre y mira en su interior para asegurarse de que ha traído todo lo que necesita.

Charlotte trae botellines de agua y vasos. Me acerco a la mesa; hay en ella algunos ejemplares de mi última novela, en la que describo el asesinato de mi hermana. Él y yo sabemos que no es ficción, sino una acusación. Cojo uno de los botellines, lo abro, me sirvo agua en un vaso; las manos no me tiemblan en absoluto.

El monstruo es exactamente igual que en la tele. Se llama Victor Lenzen.

—La casa es preciosa —dice Lenzen acercándose a la ventana. Su mirada recorre la linde del bosque.

—Gracias —respondo—. Me alegro de que le guste.

Me enfado conmigo misma por el comentario, un simple

36

«gracias» habría bastado. Enunciados claros. No titubear, no temblar, mirarlo a los ojos, hablar alto y claro.

—¿Desde cuándo vive aquí? —pregunta.

—Desde hace unos once años.

Me siento a la mesa en el sitio que me he reservado dejando la taza de café. Es el sitio que me transmite la mayor sensación de seguridad: una pared detrás, la puerta a la vista. Si quiere sentarse enfrente de mí tendrá que hacerlo de espaldas a la puerta. A la mayoría de las personas eso las pone nerviosas y debilita su capacidad de concentración. Lo acepta sin hacer objeciones. Si se ha dado cuenta no ha permitido que yo lo note. Saca un bloc de notas, un lápiz y una grabadora de la bolsa, que ha dejado en el suelo junto a su silla. Me pregunto qué más habrá dentro.

Charlotte se ha retirado educadamente a la habitación de al lado. Victor Lenzen y yo estamos sentados frente a frente, la partida puede empezar.

Sé muchas cosas sobre Victor Lenzen, he aprendido mucho sobre él en los últimos meses. Él es el periodista de esta sala, pero no es el único que sabe investigar.

—¿Puedo preguntarle algo? —comienza.

—Para eso está aquí, ¿no? —respondo con una sonrisa.

Victor Lenzen tiene cincuenta y tres años.

—*Touché*. Pero la pregunta que iba a formularle no forma parte del cuestionario de la entrevista.

Victor Lenzen está separado y tiene una hija de trece años.

—Adelante —insisto.

—Bien. Solo quería saber… Bueno, todo el mundo sabe que vive usted retirada y que ha pasado más de una década desde su última gran entrevista.

Victor Lenzen estudió Política, Historia y Periodismo, y a continuación hizo prácticas en un periódico de Fráncfort. Se trasladó a Múnich, ascendió rápidamente y se convirtió en jefe de redacción de un diario muniqués. Después se marchó al extranjero.

—Doy muchas entrevistas —digo.

—En los últimos diez años ha concedido solo cuatro, una por teléfono y tres por correo electrónico, si me han informado bien.

Victor Lenzen trabajó muchos años como corresponsal en el extranjero, estuvo en Oriente Próximo, en Afganistán, en Washington, en Londres y finalmente en Asia.

—Ha hecho usted los deberes.

—Hay personas que creen que Linda Conrads, la autora de *best sellers*, no existe —prosiguió—. Piensan que es el seudónimo de otro escritor.

—Como puede ver, existo.

—Desde luego. Y ahora publica su último libro. Todo el mundo anhela hablar con usted y solo yo obtengo una entrevista. Y eso que ni siquiera la había pedido.

Hace medio año Victor Lenzen recibió una oferta para trabajar en un canal de noticias alemán, y desde entonces vuelve a residir de forma permanente en Alemania y trabaja para la televisión y otros medios de prensa escrita.

—¿Cuál es su pregunta? —digo.

Victor Lenzen es considerado uno de los periodistas alemanes más brillantes y hasta el momento ha sido galardonado con tres premios nacionales.

—¿Por qué me ha elegido a mí?

Victor Lenzen tiene pareja, se llama Cora Lessing. Vive en Berlín.

—Puede que admire su trabajo.

Victor Lenzen le es fiel a Cora Lessing.

—Puede —dice—. Pero ni siquiera soy periodista cultural; informo casi siempre sobre procesos políticos en el extranjero.

Desde que ha vuelto a instalarse en Alemania, Victor Lenzen visita cada semana a su hija Marie.

—¿Preferiría no estar aquí, señor Lenzen?

—Por Dios, no, no me malinterprete. Me siento honrado, por supuesto. Solo era una pregunta.

La madre de Victor Lenzen murió a principios de los ochenta, su padre sigue viviendo en la casa familiar y la cuida él mismo. Victor Lenzen lo visita regularmente.

—¿Y tiene más que no formen parte del cuestionario pactado? —Intento sonar divertida—. ¿O empezamos ya?

Victor Lenzen juega a bádminton con algunos compañeros después de trabajar. Victor Lenzen es socio de Amnistía Internacional.

—Empecemos —concede.

El grupo favorito de Victor Lenzen es U2. Le gusta ir al cine y habla con fluidez cuatro lenguas, además del alemán: inglés, francés, español y árabe.

—De acuerdo.

—Bueno, no, una cuestión más —dice Lenzen. Titubea, o hace como si titubeara.

Victor Lenzen es un asesino.

—Es solo que... —Deja el resto de la frase en el aire amenazadoramente.

Victor Lenzen es un asesino.

—¿Nos hemos visto antes? —pregunta al cabo.

Miro a Victor Lenzen a los ojos y veo ahí sentada a una persona que no se asemeja en nada a la de antes, y me doy cuenta de cuán equivocada estaba. Victor Lenzen no es estúpido. Victor Lenzen es un maníaco.

Se abalanza sobre mí por encima de la mesa. Me caigo hacia atrás de la silla, me golpeo la cabeza con fuerza contra el parquet, no tengo tiempo de entender nada, no tengo tiempo de emitir ningún sonido porque lo tengo encima, me echa las manos al cuello, pataleo y me revuelvo, me resisto, intento liberarme, pero pesa mucho, demasiado, me rodea el cuello con las manos y me asfixia. Aire, no tengo aire. El pánico llega enseguida, me arrolla. Doy patadas, me retuerzo, ya no soy más que cuerpo, nada más que la voluntad de sobrevivir. Noto la sangre en mis venas, pesada, caliente, densa, oigo un zumbido en los oídos que crece y disminuye. La cabeza me estalla. Abro los ojos de golpe.

Me está mirando fijamente; sus ojos están arrasados en lágrimas a causa del esfuerzo y el odio; me odia, pienso, ¿por qué me odia?, y su rostro es lo último que veo. Y entonces eso también desaparece.

No soy tan inocente. Podría suceder así. Exactamente así o de forma similar. Lo sé todo sobre Victor Lenzen y al mismo tiempo no sé nada. A pesar de todo lo haré. Se lo debo a Anna.

Cojo el teléfono, noto su peso en la mano. Respiro hondo. Marco el número del periódico muniqués para el que Victor Lenzen escribe y pido que me pasen con la redacción.

7

Desde la ventana de mi despacho miro el lago de Starnberg. Me alegro de que cuando buscaba casa, me importara tanto que tuviese unas bonitas vistas; por eso me decidí por esta. Sabe Dios que no hay muchas personas que dependan tanto de las vistas bonitas como yo. Al fin y al cabo son las únicas que tengo. Aunque eso no es del todo cierto, ya que esta imagen cambia todos los días. Unas veces el lago me resulta frío y hostil, después vuelve a ser invitador y refrescante, otras veces parece encantado, y creo ver justo bajo la superficie a las sirenas de las que hablan las antiguas leyendas de la región. Hoy el lago es un espejo para el único par de nubes coquetas que flotan en el cielo despejado. Echo de menos a los vencejos que lo adornan en verano con sus temerarias acrobacias. Son mis animales preferidos. Viven y aman, incluso duermen en el aire, siempre en movimiento en un cielo infinito, salvajes, libres.

Estoy sentada ante mi escritorio y pienso en lo que he puesto en marcha. En pocos meses el periodista Victor Lenzen entrevistará a la misteriosa escritora de *best sellers* Linda Conrads. La conversación girará en torno a la última obra de la autora, su primera novela negra. El hecho de que Linda Conrads conceda una entrevista ya es una sensación. La prensa lleva años pidiendo hablar con ella, ofreciendo sumas astronómicas, pero la novelista siempre dice que no. No es extraño que los medios estén como locos por hablar con ella, ya que apenas se sabe nada de la escritora que se esconde tras este nombre. Hace años que no da charlas ni entrevistas, vive retirada, no tiene cuentas en Facebook, Instagram ni Twitter, es decir: si no fuera por los libros, publicados con hermosa regularidad, podría llegar a creerse que Linda Conrads no existe. Tampoco la biografía ni la foto de la autora en las cubiertas de sus novelas aportan información reveladora y hace unos diez años que son siempre iguales. La foto, en blanco y negro, muestra a una mujer, puede que guapa, puede que fea, quizá alta, pero quizá baja, con pelo quizá rubio, quizá castaño, y ojos posiblemente verdes o tal vez azules. Desde lejos. De perfil. Y la breve biografía de la cubierta solo desvela mi año de nacimiento y que vivo con mi perro cerca de Múnich. Eso es todo.

El hecho de que Linda Conrads se deje entrevistar en exclusiva por el antiguo corresponsal Victor Lenzen causará furor.

Retaré al asesino de mi hermana, y lo haré con los únicos medios de los que dispongo: los de la literatura. En este libro acusaré al asesino de mi hermana. Y después lo miraré a los ojos. Y quiero que él me mire a los ojos sabiendo que lo he descubierto, aunque nadie más lo haya hecho. Probaré que Victor Lenzen es culpable y averiguaré por qué murió Anna. Cueste lo que cueste.

Esta es la tarea hercúlea a la que debo dedicarme ahora: escribir una novela negra en la que narraré un asesinato idéntico al de mi hermana en cada detalle.

Nunca antes he tenido que escribir un libro tan complicado, en el que por un lado quiero ser lo más fiel posible a la realidad y por otro debo urdir una trama que permita que al final detengan al asesino, algo que hasta ahora me ha sido negado. De todos modos me resulta raro escribir sobre acontecimientos de mi propia vida.

Jamás he intentado reflejar la realidad en mis libros. Sería un desperdicio; siempre he tenido una imaginación desbordante con infinidad de historias que pugnaban por salir de mi cabeza. Si mis padres no mienten, en el jardín de infancia ya me gustaba inventar historias. Era una frase célebre en mi familia: Linda y sus historias. Recuerdo que una vez en la escuela primaria le conté a una amiga mía que había ido a pasear por el bosque con mi madre para recoger fresas silvestres y que de pronto habíamos visto en un claro una cría de corzo. Moteado y pequeño, dormido en la hierba. Yo quería acercarme a acariciarlo, pero mi madre me había sujetado y me había dicho que entonces la cría olería a persona y su mamá quizá ya no la aceptaría, y que lo mejor era que la dejara dormir en paz. Y que había tenido suerte de descubrir una cría de corzo tan pequeña, era algo muy poco habitual. Recuerdo lo impresionada que mi amiga estaba por la historia, dijo que había ido muchas veces al bosque y había visto corzos en un par de ocasiones, pero nunca una cría. Me sentí muy orgullosa, realmente había tenido muchísima suerte. Y recuerdo que cuando mi amiguita se fue a casa, mi madre me cogió por banda y me preguntó por qué contaba mentiras. Me explicó que mentir no estaba bien. Y recuerdo la indignación que sentía mientras le decía que no había mentido, que por fuerza debía acordarse de la cría de corzo porque yo la recordaba perfectamente; y mi madre, negando con la cabeza, «Linda y sus historias», y afirmando que lo de la cría de corzo lo habíamos visto en una película hacía poco. Y recuerdo que entonces me vino a la memoria. ¡Claro, una película!

La imaginación es algo maravilloso, tan maravilloso que gano mucho dinero con ella. En todo lo que he escrito hasta este momento he procurado mantenerme al margen de mi realidad y de mí misma. Ahora me resulta extraño permitir que otras personas entren en mi vida. Me tranquilizo pensando que no son historias mías, sino que se trata de una realidad paralela a la mía en la que me sumerjo. Hay muchos detalles diferentes, en parte porque he decidido cambiarlos y en parte porque no lo recuerdo todo en detalle. Solo un capítulo, aquel en torno al que gira todo, será idéntico a como sucedió: en una noche de pleno verano. La casa de Anna. Música atronadora. Sangre y ojos vacíos.

El libro debería empezar con este capítulo, pero aún no he sido capaz de regresar a ese lugar. Ayer me dije: Mañana lo escribo. Hoy vuelvo a pensar: Mañana.

Escribir me fatiga, pero en el buen sentido. Es mi entrenamiento diario. Me sienta bien tener un objetivo, un objetivo de verdad.

Nadie excepto yo nota el cambio. Todo es como siempre: Linda está en su casa grande y solitaria e informa a su agente y a su editorial de que va a escribir otro libro. Es lo que suele hacer una vez al año. Nada especial. Todo sigue igual para mi agente Pia, a quien ya he avisado de que pronto habrá un nuevo manuscrito, y que está entusiasmada porque ella es así. A pesar de que naturalmente le ha sorprendido que cambie de género y de repente quiera escribir un *thriller*. Todo sigue igual para Charlotte, que como mucho ha notado que paso menos tiempo leyendo y viendo la televisión y más en mi despacho. Todo sigue igual para Ferdi, el jardinero, que cuida de mi terreno y como mucho ha notado que me ve menos en pijama durante el día. Todo es como siempre. Solo Bukowski está atento, sabe que planeo algo y me lanza miradas conspirativas. Ayer lo sorprendí observándome preocupado con sus grandes e inteligentes ojos, y me conmovió.

Todo saldrá bien, amigo.

He meditado mucho acerca de si debería poner a alguien al corriente. Sería razonable. Sin embargo he decidido no hacerlo. Lo que me propongo es una completa locura. Cualquier persona llamaría a la policía e informaría de sus sospechas. Si se lo contara a Norbert, me diría exactamente eso: «¡Llama a la policía, Linda!».

Pero no puedo. En el mejor de los casos, si dan crédito a lo que le cuento, lo primero que harán será interrogar a Victor Lenzen. Y entonces estará sobre aviso y nunca podré acercarme a él. En tal caso puede que nunca sepa lo que sucedió. La idea me resulta insoportable. No, tengo que hacerlo yo misma. Por Anna.

No hay otra manera. He de plantearle preguntas mirándolo a los ojos. Nada de preguntas de un policía educado a un influyente periodista que parece estar por encima de cualquier sospecha sobre un caso que sucedió hace mucho tiempo. Nada de: «Perdone que lo molestemos, pero ha aparecido una testigo que cree...». Nada de: «¿Dónde estaba usted el...?».

Preguntas de verdad. Eso solo puedo hacerlo yo, y solo puedo hacerlo sola. Además, si involucrara a alguien en esta historia sabría sin lugar a dudas que lo hago por miedo y egoísmo. Victor Lenzen es peligroso. No quiero que entre en contacto con personas a las que aprecio y quiero. Así que tengo que arreglármelas sola. Y al fin y al cabo, aparte de Norbert, mi editor, y de Bukowski, no hay nadie en quien confíe al cien por cien. Al noventa y nueve por cien, sí. Pero ¿el cien? Ni siquiera sé aún si puedo confiar en mí misma al cien por cien.

De modo que a los demás les he contado únicamente lo necesario. Ya he hablado con mi agente, así como con la jefa de prensa de la editorial y con mi correctora. A todas ellas les ha desconcertado que quiera escribir una novela negra, y les ha desconcertado aún más que desee conceder una entrevista, pero han aceptado. Con mi editor hablaré tranquilamente más adelante, si bien lo básico ya está en marcha. Ya hay una fecha de entrega para mi manuscrito y una fecha de publicación del libro.

Es bueno. Trabajar con una fecha de entrega ha vuelto a dar sentido a mi existencia durante los últimos años y me ha salvado la vida más de una vez. Es difícil vivir completamente sola en esta casa tan grande, y a menudo me he planteado escapar. Un puñado de somníferos. Una cuchilla en la bañera. Al final lo único que me retenía era algo tan banal como una fecha de entrega. Era algo tangible. Imaginaba las enormes molestias que de no haber cumplido con mi parte habría causado a mi editor y a todas y cada una de las demás personas que, año tras año, se ocupan de que mis libros salgan al mercado. Había contratos y planes. Por tanto, seguía viviendo y escribiendo.

Intento no pensar mucho en que este libro quizá sea el último.

Llamando a la redacción he iniciado un proceso peligroso. Ha sido una jugada inteligente, porque así ya no hay vuelta atrás. Resulta que Lenzen trabaja tanto para la cadena como para un periódico. Es bueno. Ya que para mi plan sería contraproducente que apareciera con todo un equipo de televisión. Por eso he acordado con él una entrevista para el periódico. Solos él y yo.

Regreso con Jonas Weber, el joven comisario de pelo oscuro y ojos serios, uno de ellos castaño y el otro verde. Y con Sophie, ya que así es como he decidido llamar a mi álter ego literario. Sophie me recuerda a cómo era yo antes. Impulsiva, juguetona, incapaz de estar mucho rato quieta. Excursiones por el bosque de buena mañana, camping. Sexo en los probadores, alpinismo, partidos de fútbol.

Observo a Sophie en mis páginas. Parece una persona a la que le gustan los retos, que aún no se ha hundido. Esa ya no soy yo. Ya no tengo los ojos que encontraron a Anna muerta hace doce años. Poco a poco se han visto sustituidos por otros. Mis labios tampoco son ya los labios que apreté al contemplar cómo bajaban el ataúd de mi hermana a la tumba. Mis manos ya no son las que le trenzaron el pelo para su primera entrevista de trabajo. Soy otra. Completamente. No se trata de una metáfora, es la verdad.

Nuestro cuerpo reemplaza células constantemente. Las intercambia. Las renueva. En siete años somos personas nuevas, por así decirlo. Sé este tipo de cosas. En los últimos años he tenido una barbaridad de tiempo para leer.

Ahora estoy sentada a oscuras con Sophie en una escalera y me muero de frío a pesar de que fuera hace calor. La noche es estrellada. Miro como Jonas y Sophie comparten un cigarrillo. Mi historia me absorbe. Me pierdo. Compartir un cigarrillo con un desconocido tiene algo de mágico. Escribo y observo a ambos, y casi me apetece volver a fumar.

El escenario se viene abajo cuando alguien llama a la puerta. El susto me cala hasta la médula. El corazón me late a mil por hora y percibo lo fina que es la línea que separa mi firmeza recién adquirida de mis miedos. Me he quedado de una pieza, con las manos sobre las teclas del portátil, soy una estatua y espero temerosa

46

la segunda llamada al timbre. De todos modos me estremezco al oírla. Y una tercera, y una cuarta. Tengo miedo. No espero a nadie. Es prácticamente de noche, estoy sola, sola con mi pequeño perro en mi gran casa. Hace pocos días que llamé a la redacción de la cadena de noticias en la que trabaja el asesino de mi hermana y pregunté por él. He atraído su atención, he cometido una estupidez, y ahora tengo miedo. El timbre sigue sonando, mis pensamientos se suceden a toda velocidad, ¿qué hago, qué hago, qué hago? No puedo discurrir con claridad. ¿Lo ignoro? ¿Me hago la muerta? ¿Llamo a la policía? ¿Voy con sigilo a la cocina y cojo un cuchillo? ¿Qué hago? Bukowski empieza a ladrar, viene corriendo hacia mí meneando la cola, por supuesto, le encantan las visitas. Se abalanza en línea recta hacia mí, se me echa encima, y el timbre enfurecido enmudece un momento. Mi cerebro vuelve a ponerse en marcha.

Tranquila, Linda.

Hay un millón de explicaciones posibles para que alguien llame a mi puerta un jueves a las diez y media de la noche. Y ninguna de esas innumerables explicaciones tiene nada que ver con Victor Lenzen. Y además: ¿por qué iba a llamar a la puerta un asesino? Seguro que es algo completamente inocente. Es probable que se trate de Charlotte, que ha olvidado algo. O quizá sea mi agente, que vive muy cerca y de vez en cuando se pasa por aquí, aunque no suele hacerlo tan tarde. ¿O acaso ha sucedido algo en la zona? ¡Incluso puede que alguien necesite ayuda! Vuelvo en mí, salgo de mi ensimismamiento y bajo corriendo la escalera hacia la puerta. Bukowski me acompaña ladrando y meneando la cola.

¡Me alegro de que estés a mi lado, amigo!

Abro la puerta. Hay un hombre ante mí.

4

SOPHIE

El aire tenía la consistencia de la gelatina. Sophie se había sentido atrapada en él en cuanto se había bajado de su coche climatizado. Odiaba las noches como aquella, sudorosas y corrosivas, en las que el calor no la dejaba dormir, en las que siempre tenía la piel pegajosa, en las que los mosquitos la devoraban.

Estaba ante la puerta de la casa de su hermana y llamaba ya por segunda vez, hastiada y molesta. Al aparcar había visto luz en casa de Britta y sabía que estaba dentro. Era probable que no abriera por una cuestión de principios, porque no le gustaban las visitas sorpresa y aprovechaba cualquier oportunidad para comentar que era de mala educación aparecer así sin más, en lugar de avisar al menos de camino con el móvil.

Sophie apartó el dedo del timbre y apoyó una oreja en la puerta. Dentro se oía música.

—¿Britta? —gritó, pero no obtuvo respuesta.

De pronto Sophie recordó a su madre. Su madre, que se preocupaba por cualquier nimiedad, que reunía una patrulla de búsqueda al más mínimo retraso de una de sus dos hijas, que a la menor tos ya se temía un cáncer de pulmón. Sophie, en cambio, era una de esas personas que creen que las verdaderas desgracias solo ocurren a los demás. Así que se encogió de hombros, rebuscó en su bolso el manojo de llaves en el que había puesto una copia de la de casa de Britta, la encontró, la introdujo en la cerradura y abrió la puerta.

—¿Britta?

Sophie atravesó en pocos pasos el pequeño pasillo siguiendo la música y entró en el salón. Se quedó de piedra. Sus ojos recibieron demasiada información para formarse idea al momento de la situación.

Ahí estaba... Britta. En el suelo, de espaldas, con los ojos muy abiertos, con una expresión de incredulidad en el rostro. En un primer momento Sophie pensó que su hermana había sufrido una mala caída y simplemente necesitaba ayuda para levantarse. Dio un paso hacia Britta, entonces vio la sangre, se quedó paralizada, de una pieza. Sintió que ya no quedaba oxígeno en la habitación. Blanco y negro, una escena en blanco y negro. Sin aire, sin ruidos, sin colores, solo aquel bodegón atroz. El cabello claro de Britta, su vestido oscuro, la alfombra blanca, cristales, un vaso volcado, flores blancas, una sandalia perdida, sangre negra. Se extendía desde el torso de Britta.

Sophie jadeaba, y la música regresó de golpe, atronadora y amenazadora. *All you need is love, la-da-da-da-da.* Y los colores regresaron de golpe, y lo único que Sophie veía era un rojo intenso y brillante.

Y mientras su cerebro conmocionado aún trataba de comprender la imagen que tenía delante, de pronto vio por el rabillo del ojo que algo se movía en un rincón de la habitación. Volvió la cabeza, presa del pánico, y se dio cuenta de que no eran más que las cortinas de la puerta de la terraza, que ondeaban despacio con la corriente. Pero entonces vio la sombra. Estaba completamente inmóvil, como un animal al acecho, como si Sophie no pudiera descubrir quién era si no se movía. Se hallaba junto a la puerta de la terraza y la miró. Después desapareció.

8

Asustada, miro fijamente a Norbert, mi editor, que todavía tiene el dedo en el timbre.

—¡Ya era hora! —exclama, y me sortea entrando en el pasillo sin decir hola ni ninguna otra fórmula de cortesía. Un primer soplo de invierno atraviesa el umbral con él.

Quiero contestar, pero no lo consigo.

—¿Acaso te has vuelto loca? —me abronca Norbert.

Bukowski se le echa encima, adora a mi editor. Aunque eso no significa gran cosa, ya que a mi perro le gusta todo el mundo. Es evidente que Norbert está cabreado, pero se ablanda un momento, alborota el pelo a Bukowski; cuando vuelve a dirigirse a mí la arruga de su entrecejo está ahí de nuevo. Para ser sincera, me alegro una barbaridad de verlo, esté furioso o no. Norbert es un colérico redomado, pero también la persona más bondadosa que conozco. Cualquier cosa puede encenderlo: la política, que cada vez es más estúpida; el sector, que cada vez está peor; sus autores, que cada vez son más avariciosos. Todo el mundo conoce los ataques de ira de Norbert y las apasionadas peroratas que, cuando le hierve especialmente la sangre, salpica con vehementes palabrotas procedentes de su patria adoptiva en el sur de Francia: «Putain!», «Merde!». O ambas combinadas cuando la situación es peor de lo habitual.

—¿Qué pasa? —pregunto una vez he digerido lo justo la sorpresa nocturna—. Pensaba que estabas en Francia.

Resopla.

—¿Que qué pasa? ¡Eso te pregunto yo a ti!

Lo cierto es que no tengo ni idea de por qué está tan furioso. Llevamos años trabajando juntos. Y somos amigos. ¿Qué he hecho? ¿O habré olvidado hacer algo? ¿Se me ha escapado algo importante al estar trabajando en la novela? Estoy en blanco.

—Primero entra. Como es debido, quiero decir —aclaro, adelantándome hacia la cocina.

Pongo la cafetera, sirvo agua en un vaso y se lo tiendo. Norbert ya se ha sentado a la mesa sin que haya tenido que pedírselo, pero vuelve a levantarse cuando me vuelvo hacia él. Está demasiado enfadado para permanecer sentado.

—¿Y bien? —insisto.

—¿Y bien? —repite Norbert en un tono que hace que Bukowski retroceda un par de pasos, desconcertado—. Mi autora Linda Conrads, a la que asesoro en el sector editorial desde hace más de una década, ha decidido abandonar las maravillosas novelas de gran calidad literaria que ha publicado con regularidad hasta ahora e irritar a sus lectores, a los críticos y también a mí con la genial idea de escribir un *thriller* sangriento. Sin llegar a un acuerdo, sin nada, sin más. Y por si no fuera suficiente, ¡la señora va con esta información directamente a la prensa! Sin hablarlo con su editor siquiera. Porque al parecer opina que no solo soy el jefe de una empresa bastante grande y bastante lucrativa con bastantes empleados que se deja la piel día tras día, en especial por ella y por sus libros, sino que cree que, por encima de todo, ¡soy su imprenta personal sin voluntad propia! *Putain bordel de merde!*

La cabeza de Norbert ha adoptado una tonalidad roja intensa. Coge el vaso de agua y da un trago. Quiere añadir algo, abre la boca, cambia de opinión, sacude la cabeza y sigue vaciando el vaso con un borboteo iracundo. No sé qué decir, no pensé ni por un momento que sería precisamente Norbert quien me causara problemas. Y de pronto descubro que puede darme problemas inmensos. Que mi libro se publique y tenga la cobertura de prensa habitual es una parte esencial de mi plan. Sin libro no hay entrevista. Maldita sea, no tengo tiempo ni energía para discutir con Norbert o incluso tener que acabar buscándome una nueva editorial. Tengo otras preocupaciones. Por descontado, cualquier editorial se moriría de ganas por contar conmigo; tengo éxito, y estoy segura de que el cambio de género no ahuyentará a mis fans. Puede que a un par, pero por aquellos que se vayan vendrán otros. Y no se trata de eso en absoluto. Me da exactamente igual cuántos ejemplares venda mientras Lenzen muerda el anzuelo. Pero eso no puedo decírselo a Norbert. No puedo decirle que no se trata solo de un libro.

No quiero discutir. Menos aún con uno de mis escasos amigos en este planeta. Mi mente trabaja a toda máquina, intento sopesar si debería poner al corriente a Norbert. De todo. Me lo he planteado muchas veces. Sería estupendo contar con su apoyo.

—Así que repito mi pregunta inicial —dice, dejando el vaso en la mesa y sacándome de mis elucubraciones—. ¿Acaso te has vuelto loca?

Pienso en que me encantaría tener un cómplice, alguien en quien confiar. Pienso en que en una situación de crisis, de verdadera y auténtica crisis, no querría tener a nadie más a mi lado que a Norbert. Pienso en que debo contárselo todo. En que no puedo hacerlo sola. En que tengo miedo.

—Bueno, ¿qué? —pregunta, impaciente.

A la mierda. Se lo voy a explicar. Hago un esfuerzo, cojo aire.

—Norbert...

—No digas nada —sisea, y levanta una mano para hacerme callar—. Me he dejado algo.

Sale de la habitación a toda prisa. Confusa, oigo que abre la puerta de la entrada y desaparece en la noche. Solo un par de minutos después reaparece con una botella de vino en la mano.

—Para ti —dice, y deja el vino en la mesa de la cocina con la misma expresión de disgusto que tenía antes.

Cuando me visita, Norbert suele traerme una botella de vino de su país de adopción; el mejor rosado que conozco. Claro que no suele estar enfadado conmigo. Norbert percibe mi gesto de desconcierto.

—Que te comportes como una idiota no significa que vaya a dejarte morir de sed. —Me lanza una mirada de qué-bueno-soy-contigo.

Contengo una risita y al mismo tiempo tengo ganas de llorar. Reconozco que sería perfecto tenerlo a bordo, que me creyera, que quizá incluso me comprendiera; pero a la vez sé que sería demasiado peligroso. No puedo involucrarlo en esto. Maldita sea. ¿Qué estoy haciendo?

El borboteo de la cafetera interrumpe mis pensamientos, y nos sirvo.

—No creas que te has librado —dice Norbert—. Me debes una explicación.

Me siento, él hace lo propio frente a mí, y rebusco en mi mente una explicación que pueda entender.

—¿Cómo es posible que hayas hablado con los demás de la editorial pero no conmigo?

—Porque quería hablar contigo personalmente después de tus vacaciones en lugar de escribirte un estúpido email —respondo—. Pero ¡te me has adelantado! ¡Ni siquiera sabía que ya habías vuelto!

Es la verdad. Norbert me dirige una mirada penetrante.

—¿Y por qué un *thriller*? —pregunta—. ¡Ahora en serio!

Titubeo un instante y decido ser lo más fiel posible a la verdad sin revelar demasiado.

—¿Tienes hermanos, Norbert?

—No —dice—. Soy hijo único. Mi mujer opina que se me nota.

Casi me echo a reír. Vuelvo a ponerme seria.

—Yo tenía una hermana. Se llamaba Anna.

Él frunce sus pobladas cejas.

—¿Tenías? —pregunta.

—Anna está muerta. La asesinaron.

—Dios mío —dice—. ¿Cuándo fue eso?

—Hace mucho ya. En verano serán doce años.

—*Merde!* —exclama.

—Sí.

—¿Cogieron al culpable?

—No... —Trago saliva—. Jamás.

—*Putain* —susurra Norbert—. Es terrible.

Compartimos unos segundos de silencio.

—¿Por qué no me lo habías contado?

—No me gusta hablar de ello —digo—. No sé hacerlo. Abrir mi corazón a otras personas. Quizá por eso nunca lo he superado del todo. ¿Sabes?, mi forma de procesar las cosas es diferente. Me sobrepongo a lo que me sucede escribiendo. Y eso es lo que estoy haciendo ahora.

Él permanece en silencio un buen rato. Después asiente.

—Lo entiendo —dice finalmente.

Y para él el asunto está cerrado. Se levanta, busca un sacacorchos en el cajón de la cocina, lo encuentra, abre el vino que ha traído y lo sirve. Me he quitado un peso de varias toneladas de encima.

Una hora, muchas palabras, tres cafés, una botella de un rosado francés excepcional y tres cuartos de una botella de whisky después, continuamos sentados a la mesa de la cocina y nos retorcemos de risa. Norbert me está contando por enésima vez la historia de cuando estuvo en un bar con aquel político de Hesse que por aquel entonces tenía un aspecto simpático, tan gordo y desaliñado, y se emborrachó tanto que dos policías lo pillaron tratando de abrir con la llave de su abollado Golf un Porsche que casualmente también era rojo y estaba en el mismo aparcamiento. Esa historia siempre me hace reír como la primera vez.

Sonrío incluso cuando Norbert empieza a hablar de cómo perdí los nervios en la fiesta de su cincuenta cumpleaños solo porque la banda tuvo la desfachatez de tocar *All you need is love* de los Beatles. Recuerdo aquella noche como a través de un velo, fue una de las veladas relativamente buenas poco después de la muerte de Anna; fue durante esa época extraña, entre la conmoción y el derrumbe, en la que yo ya no estaba bien ni mucho menos, pero de alguna manera seguía con mi vida.

Norbert y yo no nos conocíamos mucho, yo acababa de entrar en su editorial y él no tenía ni idea de lo que me había sucedido. No tenía ni idea de que yo tenía una hermana. Recuerdo que bebí *prosecco*, y eso que tomaba antidepresivos, que bailé con Marc, mi prometido, aunque ya no sentía nada por él. Recuerdo que me vestí de blanco siguiendo las indicaciones de la invitación a pesar de que hasta entonces iba de negro riguroso. Recuerdo que pensé que mi vida podría ser así, que podría celebrar fiestas y beber *prosecco* y bailar y satisfacer deseos inofensivos de amigos excéntricos. Y recuerdo que en aquella ocasión el seísmo me sorprendió en la pista de baile, que justo estaba bailando con Marc cuando comenzaron a sonar los primeros compases de *All you need is love*. Recuerdo que la realidad fue engullida por un remolino voraz de oscuridad y que yo me quedé sola con el momento, con la sangre, con Anna y la sangre; que jadeaba, que trataba de salir de la oscuridad, pero la canción me retenía, abrí los ojos, capté un par de retazos de la realidad, me aferré a ellos, la gente a mi alrededor cantaba, yo jadeaba, ¡parad, parad!, gritaba inaudible, y la gente a mi alrededor seguía cantando, nadie me oía, *All you need is love, la-da-da-da-da*, y entonces grité de verdad, lo más fuerte que pude. *¡Parad, parad, parad!*, grité hasta que me ardió la garganta, hasta que la gente a mi alrededor dejó de cantar, de bailar, hasta que atraje todas las miradas, hasta que la banda se detuvo desconcertada, y yo en la pista de baile, gritando y chillando *¡Parad, parad, parad!*, todavía atrapada en el remolino, todavía en casa de Anna, todavía sin saber qué hacer, todavía sola, y los brazos de Marc, su voz, suave: «Chis, tranquila, está bien», y su voz, fuerte: «Disculpad, mi prometida ha bebido demasiado, perdón, ¿podemos pasar?».

Norbert se retuerce de risa al recordarlo. No tiene ni idea de lo que estaba sucediendo realmente, piensa que me había bebido hasta el agua de los floreros y que además sentía un profundo rechazo inexplicable hacia los Beatles.

Hoy en día no hablo de lo que sucedió con Anna, y entonces tampoco hablaba de ello. De hecho, en la actualidad no queda nadie en mi vida que sepa que tuve una hermana y lo que le pasó, aparte de mis padres. Ni viejos amigos, ni compañeros de clase, ni conocidos comunes. Para las personas de mi entorno Anna nunca ha existido.

Así que ¿cómo iba a relacionar Norbert mi salida de tono con el asesinato? Por eso no pasa nada por que Norbert se ría. Desconoce lo que sucedió cuando entré en casa de Anna, la encontré tirada en el suelo, muerta o muriéndose, y vi a su asesino. Al acecho, con sus ojos claros y fríos, yo paralizada durante varios horribles segundos, Anna paralizada para siempre, todo inmóvil en ese momento, yo una estatua, Anna una escultura horrible, horrible, petrificada, inmóvil, toda la habitación congelada, y un único movimiento por el rabillo del ojo, irreal, espectral, infinito, el tocadiscos tan cruel, tan fuera de lugar, girando sin cesar, el disco, que por cierto era uno de los viejos discos que le había regalado a Anna. Los Beatles. *All you need is love, la-da-da-da-da.*

La canción que tiene la culpa de que nunca, nunca jamás encienda la radio por miedo a que suene.

Me trago el nudo que tengo en la garganta, envío muy lejos mis pensamientos. Es bueno que Norbert se ría. No importa de qué.

Disfruto de tenerlo aquí. Me encanta su humor, y me encanta su cinismo pícaro, la actitud que solo pueden permitirse las personas a las que la vida trata realmente bien. Me gustaría que se quedara a pasar la noche, en mi casa hay habitaciones de invitados más que suficientes, pero Norbert insiste en volver a la suya, me dice algo de una conferencia a la mañana siguiente. Maldita sea, se está tan bien, todo es tan normal, un amigo enfrente que me resulta tan cercano como un hermano mayor, mi perro dormido a sus pies, levantando las cejas en sueños como si le estuviera sucediendo algo extraordinario. Solo somos tres, pero justo ahora, en este instante, mi casa está llena de vida. Contengo un suspiro. Está claro que no puede ser así para siempre. Ni siquiera debería desear retener un momento tan bonito como este. Enseguida pasará algo que lo estropeará. ¿Qué será, qué será, qué será?

Es Norbert. Se levanta. Contengo el impulso de agarrarme a él.

—Quédate, por favor —susurro—. Tengo miedo.

No lo oye, puede que ni siquiera lo haya pronunciado. Norbert coge su abrigo, me lanza una mirada severa y dice que ya que me pongo a escribir un *thriller*, más vale que el manuscrito sea bueno, y se tambalea hacia la puerta. No debería dejarle conducir así de borracho, lo sigo, mis extremidades parecen de plomo.

Se vuelve hacia mí, me agarra de los hombros y me mira fijamente a los ojos, huelo su aliento de whisky.

—Un libro tiene que ser el hacha para el mar helado que llevamos dentro —sentencia en tono casi acusador.

—Kafka —digo, y Norbert asiente.

—Tú eras la que lo citaba a todas horas. Un libro debe ser el hacha, Linda. No lo olvides. *Thriller* o no, necesito de ti algo auténtico. Algo sobre la vida, sobre el alma, sobre…

Murmura algo incomprensible, me suelta los hombros, comienza a abrocharse el abrigo distraídamente. Empieza mal por arriba, se pierde, vuelve a empezar, se equivoca de nuevo, está a punto de darle un ataque de rabia, se rinde, se deja el abrigo abierto.

—Este libro es el hacha, Norbert.

Me mira con desconfianza y se encoge de hombros. Intento decirle con una mirada todo lo que no puedo expresar con palabras por el momento, grito. Que tengo un miedo terrible, que no quiero morir, que necesito hablar con alguien, que me caeré muerta si se va ahora, que me siento la persona más sola del planeta. No grito lo bastante fuerte.

Mi editor se despide de mí con un sonoro beso a la izquierda y un sonoro beso a la derecha y se marcha dando tumbos. Lo sigo con la mirada hasta que desaparece en la noche. No quiero que se vaya. Quiero contárselo todo. El seísmo. Anna. Quiero contarle lo que me propongo. Lo sola que estoy. Él es mi última oportunidad, mi bote salvavidas, mi ancla. Abro la boca para llamarlo, pero ya no lo veo, ya no lo veo, es demasiado tarde, ha desaparecido, ha soltado amarras, estoy sola.

6

JONAS

Agarró el arma con ambas manos, adoptó una postura estable, la levantó, apuntó y disparó. Jonas odiaba la idea de tener que apuntar a una persona con su arma algún día, se alegraba de no haber tenido que disparar a nadie aún. Una vez había disparado al aire, pero todo había quedado en eso, y esperaba que aquello no cambiara nunca. Sin embargo le encantaba entrenarse en el campo de tiro, siempre le había gustado disparar. De niño, a las latas con la escopeta de aire comprimido de su padre; de joven, a los gorriones y a las palomas, como un idiota con sus colegas, aún con la escopeta de aire comprimido. Y ahora, a dianas con su arma reglamentaria. Le gustaba la cautela que exigía manejar un arma de fuego. El esmero, los rituales que lo acompañaban. Normalmente al cerebro no le quedaba tiempo para pensar en otra cosa. Pero ese día el ritual no funcionaba, sus pensamientos no le daban tregua.

Pensaba en la escena del crimen a la que lo habían llamado la noche anterior, en toda aquella sangre. Pensaba en la imagen del cadáver. Pensaba en la testigo que había encontrado a la muerta, que había sorprendido al asesino. Una historia muy peculiar. Tanto por ordenar, tantas preguntas abiertas para las que quizá nunca hubiera respuesta por muy duro que trabajara.

La noche había sido larga, larga y agotadora; no había tenido oportunidad de ir a casa antes de que amaneciera y acurrucarse en la cama con Mia. Y encima había cometido aquel error tan estúpido. Todavía no sabía cómo había podido pasar. Por lo general se le daba muy bien tratar con los familiares. No tenía ni idea de por qué le afectaba tanto todo aquello después de tantos años. Sí, la víctima tenía mala pinta. Siete puñaladas. Pero no era la primera vez que veía algo así. Sí, había llegado allí agotado. Pero estaba acostumbrado.

Debía de haber sido la mujer. La testigo, quizá un par de años más joven que él, que había encontrado a su hermana apuñalada y había llegado a ver huir al asesino. Jonas se había sorprendido observándola mientras hablaba con sus compañeros. Un sanitario la había sentado, le había puesto una manta sobre los hombros, un gesto extraño teniendo en cuenta el calor que hacía esa noche. La mujer se había quedado allí sentada, perdida en sus pensamientos. Sin temblar, sin llorar. Quizá esté en shock, estaba pensando Jonas cuando de pronto ella había vuelto la cabeza y lo había mirado directamente con una rara intensidad. Ni llorosa, ni confusa, ni aturdida, ni en shock, en absoluto, sino lúcida por completo. Desde entonces recordaba esa escena una y otra vez, no conseguía librarse de ella. La mujer se había despojado de la manta, se había levantado y se había acercado a él. Había vuelto a mirarlo a los ojos y le había dicho solo dos palabras, como si las frases completas le supusieran demasiado esfuerzo.

—¿Por qué?

Jonas no había podido evitar tragar saliva.

—No lo sé.

Pero había percibido que eso no era suficiente, que debía darle algo y, antes de poder meditarlo, Jonas había añadido:

—No sé qué ha sucedido aquí, pero le prometo que lo averiguaré.

Le habría gustado darse una bofetada. ¿Por qué había

hecho promesas a un familiar? Quizá nunca encontraran al responsable. Aún no sabía nada del trasfondo del caso. ¡Se había comportado de forma muy poco profesional! Como un policía estúpido de cualquier película tonta.

Recordó la mirada de reproche que Antonia Bug le había dirigido, a él, que en teoría no solo era el policía más experimentado, sino que también debía haber sido el más sensato. Recordó que había esperado que ella le dijera algo en cuanto estuvieran solos, y lo mucho que había agradecido a su nueva compañera que no lo hubiera hecho.

Jonas cargó el arma, trató de concentrarse y olvidar la escena. Ya tenía suficientes problemas para, encima, hacerse reproches por aquella pequeña metedura de pata. En realidad no había prometido nada a la mujer. No podía hacerlo, eso lo sabía cualquiera. A veces simplemente se usaba esa palabra, «prometo», como una forma de hablar. Y además los interrogatorios a los testigos ya habían terminado, así que lo más probable era que no volviera a ver a esa mujer nunca más. Levantó el arma, trató de no pensar en nada y disparó.

9

Intento controlar el impulso de huir. Me resulta tremendamente difícil. Siento que se me acelera el corazón, noto que mi respiración cada vez es más agitada. Pruebo a utilizar lo que he aprendido, trato de trabajar con las sensaciones de mi cuerpo en lugar de ignorarlas. Me concentro en mis latidos, cuento mis respiraciones, veintiuno, veintidós, veintitrés. Dirijo mi atención hacia el asco que siento en lugar de hacer el esfuerzo inútil de reprimirlo. Siento el asco en el pecho, un poco por debajo del miedo. Es pegajoso y firme como mucosidad espesa. Lo palpo con cuidado, crece y decrece como el dolor de muelas. Quiero rehuirlo, quiero salir de aquí; también he aprendido que eso es normal.

Instinto de huida, completamente normal. Pero no sirve de nada evadirse, tratar de evitar el dolor y el miedo. Echo mano del mantra en el que he trabajado con mi terapeuta, me aferro a él. El camino para escapar del miedo pasa por el miedo. El camino para escapar del miedo pasa por el miedo. El camino para escapar del miedo pasa por el miedo.

El hombre me mira con expresión interrogante. Con un asentimiento mudo le indico que estoy preparada, aunque la verdad es que no lo estoy en absoluto. Pero ya llevo muchos, muchos aterradores minutos contemplando la tarántula. Está sentada en su tarro, tranquila la mayor parte del tiempo, solo de cuando en cuando se mueve lentamente y los pelos se me ponen como escarpias. Nada en ella es como debería: ni sus extraños movimientos, ni su cuerpo, ni las partes marcadamente separadas de sus patas.

El terapeuta es paciente. Hoy hemos hecho muchos progresos. Al principio ni siquiera podía estar en la misma habitación que el animal.

Fue Charlotte quien le abrió y me convenció de que me atreviera y saludara al hombre de la tarántula. Charlotte cree que estoy investigando para un libro. Que tanto lo de hoy como todas las demás locuras que he hecho en esta casa en las últimas semanas están relacionadas con la investigación para un libro. Es bueno. Así acepta sin más que me encierre con antiguos policías y estudie métodos de interrogación, que antiguos instructores del ejército me expliquen cómo se entrena la fortaleza mental de los soldados de élite para que superen posibles torturas sin revelar información. Charlotte recibe con amabilidad y discreción a los expertos que vienen a casa día tras día. De manera que tampoco comenta la llegada del terapeuta especializado en tratar a personas con fobias mediante terapia de confrontación. Piensa que estoy investigando. No tiene ni idea de que trato de averiguar cuánto miedo puedo soportar antes de colapsarme.

Soy débil, y sé que soy débil. La vida que he llevado los últimos años no me ha causado malestar de ningún tipo. Me he debilitado tanto que ya me supone un tremendo esfuerzo tener que ducharme con agua fría en lugar de caliente. Si quiero enfrentarme al asesino de mi hermana debo aprender a ser dura conmigo misma.

De ahí la tarántula. Más malestar imposible. Desde que tengo uso de razón, prácticamente nada me ha producido tanto rechazo como las arañas.

El hombre quita la tapa al frasco en el que ha metido temporalmente al bicho para que vaya acostumbrándome a verlo.

—Espere —digo—. Espere.

Él se detiene.

—No le dé demasiadas vueltas —aconseja—. No será más fácil por mucho que espere.

Me mira con expectación. No hará nada hasta que yo dé mi consentimiento; ese es el trato.

Recuerdo nuestra conversación al comienzo de la sesión.

—¿De qué tiene miedo, señora Conrads? —me ha preguntado el hombre.

—De las arañas, naturalmente —he respondido, molesta por lo estúpido de la pregunta—. Me dan miedo las arañas.

—¿La tarántula del terrario portátil que llevo en la bolsa?

—¡Sí!

—¿Tiene miedo en este momento?

—¡Claro que tengo miedo!

—¿Y si resulta que en mi bolsa no hay ningún terrario con una tarántula?

—No entiendo...

—Supongamos solo por un momento que no hay arañas en kilómetros a la redonda. Porque me la he olvidado. ¿De qué habría tenido tanto miedo entonces? Ya que en ese caso no podría haber sido de la araña. Ni siquiera era real.

—Pero en ese momento yo pensaba que era real —he dicho yo.

—Exacto: usted pensaba. Ahí nace el miedo. En su cabeza, en su mente. La araña no tiene absolutamente nada que ver.

Hago de tripas corazón.

—Está bien —digo—. Hagámoslo.

El hombre vuelve a quitar la tapa al frasco y lo pone lentamente en posición horizontal. La araña comienza a moverse a una velocidad que me horroriza. Me obligo a seguir mirando, incluso cuando el hombre permite que la araña corra por su mano. Contengo el impulso de levantarme de un salto y echar a correr. Siento una, dos gotas de sudor recorriéndome la espalda. Sudor frío. Me obligo a permanecer sentada y a seguir mirando. La araña se detiene, se queda quieta en la mano del hombre, una pesadilla de patas, pelusa y repugnancia hecha realidad.

Vuelvo a tratar de utilizar lo que he aprendido en las últimas semanas. Dirijo la atención hacia mi cuerpo, tomo conciencia de la postura poco natural que he adoptado. Estoy acurrucada en el extremo más alejado de mi sillón con la parte superior del cuerpo inclinada lo más posible hacia la izquierda. Y me pregunto si esto es lo que quiero ser: un conejo frente a la serpiente. Si me lo puedo permitir, ahora y en el futuro. Y me incorporo, me enderezo, levanto la barbilla. Extiendo la mano y hago un gesto de asentimiento al hombre de la araña. Me tiemblan los dedos pero no los retiro.

—¿Se encuentra bien? —pregunta él.

Asiento en silencio, canalizo toda mi energía hacia la mano, la sostengo completamente inmóvil.

—Está bien —dice el hombre de la araña, y acerca su mano a la mía. El animal permanece agachado un instante, quieto. Lo observo, sus patas gruesas y peludas, su cuerpo robusto, también peludo pero con una pequeña calva justo en el centro. Tiene las patas atigradas, negro intenso y castaño claro, negro intenso y castaño claro, con una mancha anaranjada en medio. La descubro ahora, no lo había visto antes. La araña está inmóvil, tranquilamente, en la mano del hombre, y creo que lo conseguiré.

Entonces se pone en movimiento. Todo en ella es horrible. Mi estómago se rebela, veo puntos de luz, pero me quedo quieta, muy quieta, y el animal se acerca a mi mano. El primer tanteo de sus patas en la palma me produce pánico, pero aguanto sin moverme. La tarántula se me sube a la mano. Noto su peso, el tacto de sus patas, su cuerpo deslizándose por el dorso. Durante un breve y terrible instante me digo que seguirá corriendo, que ascenderá por mi brazo, por mi hombro hacia el cuello, hacia la cara; pero se detiene. Ya solo se mueve despacio sobre sus patas. En mi mano. La miro fijamente, ahí, agazapada. No es una pesadilla, pienso, es la realidad, está pasando y lo estás soportando, este es tu miedo, esto es lo que se siente, y lo estás soportando. Me mareo, quiero desmayarme, pero no me desmayo. Continúo sentada. Con una tarántula en la mano. Se tranquiliza, agazapada, expectante. Palpo mi miedo. Ese miedo es como un pozo oscuro en el que he caído. Floto vertical en el agua, intento tocar el fondo con las puntas de los pies, pero no lo alcanzo.

—¿Quiere que se la quite? —pregunta el hombre sacándome del trance.

Una vez más solo soy capaz de asentir en silencio. Recoge cuidadosamente al animal con las manos cóncavas y vuelve a guardarlo en el pequeño terrario móvil que lleva en la bolsa.

Contemplo mi mano, siento el latido de mi corazón, una sensación áspera en la lengua, la tensión de los músculos. La camiseta empapada en sudor se me pega al cuerpo. Se me dibuja una mueca en el rostro como si quisiera llorar, pero las lágrimas no llegan, como tantas otras veces en los últimos años, así que lloro sin lágrimas, con sollozos secos y dolorosos.

Lo he conseguido.

10

Estoy sentada en mi butaca favorita, miro hacia la oscuridad del exterior y espero a que salga el sol. Veo la linde del bosque en calma ante mí. Me encantaría atisbar un animal bajo esta fría luz de las estrellas, pero nada se mueve. Solo un mochuelo incansable ulula de cuando en cuando.

El cielo estrellado se extiende sobre las copas de los árboles. Quién sabe si las estrellas realmente están ahí. Las estrellas solo pueden comunicarnos que ya no existen de una única manera: dejando de brillar. Pero cuando una estrella está a mil años luz de distancia, y si esa estrella se apagó ayer, en teoría en la tierra no lo sabríamos hasta mil años luz después.

No sabemos nada. No hay certezas.

Aparto la mirada del firmamento, me acurruco en la butaca y trato de dormir un poco. Tengo a mis espaldas un día interesante y una noche de trabajo intenso. Mañana me espera una charla importante con un experto para la que quiero prepararme como es debido.

Enseguida vuelvo a abrir los ojos, está claro que no podré dormir. Intento relajarme en la butaca y recuperar algo de fuerzas sin necesidad de quedarme dormida. Mi mirada recae sobre el prado que se extiende ante la casa, sobre la linde del bosque y sobre la orilla centelleante del lago. Paso un buen rato sentada allí sin más. Y llegado el momento pienso que son imaginaciones mías cuando las estrellas empiezan a brillar con menos intensidad y el cielo comienza a cambiar sutilmente de color. Pero entonces oigo el gorjeo de los pájaros a través de la ventana entreabierta, que se inicia tan repentinamente como si un director invisible se lo hubiera ordenado con la batuta levantada a su pequeña orquesta alada, y así sé que está saliendo el sol. Al principio no es más que una banda brillante detrás de los árboles, pero pronto se alza inmenso y abrasador.

Es como un milagro. Tomo conciencia de que me encuentro en un planeta diminuto que se mueve a una velocidad demencial a través de un universo infinito en un vuelo arriesgado e infatigable en torno al sol, y pienso: es una locura. El simple hecho de que existamos, la Tierra, el Sol, las estrellas, y de que yo esté aquí sentada viendo y sintiéndolo todo es increíble, un milagro. Si eso es posible, todo es posible.

El instante pasa. Tengo ante mí una mañana clara y hermosa. Miro el reloj. Faltan varias horas para que llegue el hombre que me enseñará técnicas de interrogatorio.

Me levanto, me preparo un té, cojo el portátil del despacho y me siento con él a la mesa de la cocina. Vuelvo a repasar los artículos a los que dediqué la noche. Cuando Bukowski se me acerca sigilosamente, lo dejo salir y lo observo saludar al nuevo día.

Cuando por fin llega el momento, hace tiempo que el sol ha superado el cénit. Estoy sentada en la cocina con Charlotte, que me ha traído la compra de la semana.

—¿Le importaría salir otra vez con el perro antes de marcharse? —le pregunto.

—Claro, ningún problema.

Charlotte sabe que prefiero estar a solas con mis expertos y que solo por eso le pido que se vaya con Bukowski, y no lo cuestiona sino que simplemente se va. Miro por la ventana, veo a mi jardinero cortar el césped. Al descubrirme detrás del cristal levanta la mano para saludarme. Le devuelvo el saludo y cierro la ventana de la habitación en la que quiero recibir al doctor Christensen.

Menos de media hora después estoy sentada frente a él. El rubio germano-americano me mira con sus ojos azul iceberg. Su apretón de manos es firme, y solo soy capaz de sostenerle la mirada porque he entrenado mucho durante las últimas semanas. Hace rato que Charlotte se ha ido a su casa, está oscureciendo. Concerté esta consulta privada hace ya algunas semanas y tuve que abonar mucho dinero para que se dignara venir aquí. Christensen es un experto en arrancar confesiones a los criminales. Su especialidad es el famoso método Reid, una técnica de interrogatorio oficialmente prohibida en Alemania que acaba por quebrar al presunto culpable mediante herramientas psicológicas y un arsenal de trucos y estrategias.

Quizá sea una ingenuidad pensar que Lenzen confesará.

Pero ya que voy a tener la oportunidad de hablar con él, quiero estar lo más preparada posible. Tengo que conseguir de algún modo que hable conmigo más allá de la entrevista. Debo formularle preguntas que lo lleven a contradecirse, provocarlo si es necesario, y ponerlo en una situación comprometida. Si existe un hombre que pueda ayudarme a aprender cómo imponerse a un criminal y sonsacarle una confesión, ese es el doctor Arthur Christensen.

Y en caso de que fracase con Lenzen, seguiré teniendo un as en la manga...

Cuando Christensen se dio cuenta de que yo no estaba interesada en sus explicaciones teóricas, que pueden leerse en publicaciones especializadas, sino que quería saber en detalle cómo doblegar a un criminal y obligarlo a confesar, es decir, el proceso práctico y las sensaciones que produce, al principio pareció un poco irritado. Sin embargo, tanto la elevada suma que estaba dispuesta a gastar como el hecho de que evidentemente no soy una maestra del crimen, sino solo una escritora débil y enferma, terminaron por convencerlo para revelarme sus habilidades.

Así que ahora estamos sentados frente a frente. He hecho los deberes. Christensen me propuso poner en práctica sus métodos de interrogatorio conmigo misma, pues ese le parecía el modo más sencillo de mostrarme de forma rápida e ilustrativa lo que se siente al experimentar el método Reid en carne propia. Me pidió que antes de dar comienzo a la consulta pensara en algo personal que me avergüence de verdad y que no quiera que salga a la luz. Naturalmente lo encontré, como todo el mundo. Y ahora estamos sentados frente a frente y Christensen trata de sonsacarme esa información. Se está acercando. Hace ya una hora que ha comprendido que tiene que ver con mi familia. Sus preguntas cada vez son más mordaces, yo cada vez estoy más sensible. En un primer momento Christensen me era indiferente, puede que me resultara incluso simpático. Ahora lo desprecio. Por sus preguntas, por su insistencia, porque no me deja en paz. Porque me ordena que vuelva a sentarme cada vez que he de ir al baño. Porque me reprende cada vez que quiero beber algo. No podré beber hasta que no confiese. Al ver que me rodeaba el cuerpo con los brazos porque estaba helada, ha abierto todas las ventanas de la habitación.

Me está volviendo loca. Christensen tiene la manía de carraspear con sequedad. Al principio no me había dado cuenta. En algún momento lo he notado y lo he considerado una peculiaridad curiosa. Pero ahora me saca de quicio, y siempre que emite ese ruido tengo ganas de levantarme de un salto y gritarle que deje de hacerlo de una puñetera vez. Esta situación de estrés saca lo peor de mí, mi irritabilidad, mi temperamento colérico. Todos tenemos detonantes, pequeñas cosas que nos vuelven locos. Los míos son sobre todo de tipo acústico. Un carraspeo permanente, que alguien se sorba los mocos sin cesar. O cuando alguien masca chicle y hace globos sin parar, ese pop que se oye cuando explotan. Anna lo hacía continuamente, muchas veces solo porque sabía que me molestaba, ¡habría querido matarla! En cuanto lo pienso me avergüenzo. ¡Cómo se me ha podido ocurrir! Christensen me está ablandando. Me resquebrajo poco a poco. Estoy cansada, helada, tengo hambre y sed. Siguiendo sus instrucciones, anoche no dormí y apenas he comido nada en todo el día. Christensen dice que si hubiera estado en prisión preventiva bajo su custodia, él mismo se habría ocupado de que no pegara ojo y pasara hambre.

—Es asombroso lo rápido que nos resquebrajamos cuando nos quitan lo básico para nuestro bienestar físico —me explicó por teléfono, y yo lo escuché con mucha atención.

No tendré la oportunidad de impedir que el asesino de mi hermana duerma ni coma, pero de todos modos estoy aprendiendo a manejar mejor una situación de enorme estrés. Quién sabe si las noches anteriores a la entrevista con Lenzen seré capaz de descansar y probar bocado.

Las preguntas de Christensen no acaban nunca. Estoy hasta las narices de ellas. Se repiten sin cesar. Estoy agotada. Sobre todo emocionalmente. Me gustaría contárselo de principio a fin para que esto acabe. Y por qué no, ¡si solo es un ejercicio!

Según lo estoy pensando caigo en la cuenta de que se trata de una idea peligrosa. Es exactamente el tipo de justificación, la búsqueda de una salida, que podría hacer que me derrumbara. A pesar del frío que hace en la habitación, estoy sudando.

Cuando Christensen se va por fin, me siento destrozada. Exhausta física y mentalmente, rendida, vacía.

—Todo el mundo tiene un límite —me ha dicho Christensen al acabar la sesión—. Unos lo alcanzan antes, otros después. Por descontado, depende en gran medida de lo valioso que sea el secreto o de las consecuencias que tendría confesarlo.

Abro la puerta de casa para dejarle perderse en la noche. Es tarde. Me pone una mano en el hombro con gesto jovial, hago un esfuerzo por no estremecerme cuando me toca.

—Ha hecho un buen trabajo —afirma—. Es usted un hueso duro de roer.

Me pregunto si me sentiría mejor si hubiera cedido ante él. Aliviada. Una parte de mí quería compartir mi secreto. Me pregunto si las personas como Victor Lenzen sentirán lo mismo al respecto que Linda Conrads. Yo quería confesar.

Pero no he desvelado mi secreto. No he llegado a mi límite.

Intento recuperar el dominio de mí misma. Cierro las ventanas y entro en calor. Como y bebo. Dormir es lo único que no puedo hacer aún. Me organizo estrictamente los días. A primera hora de la mañana escribo, después investigo y me entreno, y a continuación vuelvo a escribir hasta bien entrada la noche. Me gustaría tomarme la noche libre, estoy agotada, pero todavía queda mucho por hacer si deseo respetar el plazo, y tengo que respetar el plazo.

Me siento ante el escritorio y abro un archivo de texto en el portátil. Si quiero avanzar en orden, ahora tendría que escribir algo difícil, sobre el luto y la culpa. Miro fijamente el documento. No puedo, ahora no. Después de un día tan agotador he de crear algo hermoso, un capítulo bonito dentro de una historia espantosa, uno nada más.

Reflexiono. Recuerdo cómo era yo hace más de doce años, qué sentía entonces. Una vida completamente diferente. Pienso en una noche muy concreta en mi antigua casa y me doy cuenta de que se me escapa una ligera sonrisa. Había olvidado lo que se sentía al tener un recuerdo feliz. Respiro hondo y comienzo a escribir, me sumerjo por completo. Lo veo todo, en colores. Oigo una voz familiar, huelo mi antiguo hogar, lo revivo todo. Resulta agradable, casi real, al acercarme al final del capítulo no quiero regresar a mi propia realidad, pero no tengo otra opción. Cuando vuelvo a levantar la mirada es noche cerrada. Soy consciente del hambre y la sed que tengo, del largo tiempo que he pasado sentada. Guardo el texto. Cierro el archivo. No puedo resistirme, lo abro de nuevo, lo leo, me dejo reconfortar por el recuerdo de mi antigua vida. Lo vuelvo a leer. Se me ocurre que es demasiado personal. Se me ocurre que esto no va sobre mí. Que estoy escribiendo este libro para Anna, no para mí, y que los capítulos bonitos no tienen cabida. Cierro el archivo y lo arrastro hasta la papelera. Cambio de opinión. Creo una subcarpeta, la llamo «Nina Simone», arrastro hasta ella el archivo. Abro otro documento de Word, decido controlarme, escribir lo que toca escribir.

No será mañana, sino ahora.

9

JONAS

En los escalones que conducían a su casa alguien estaba sentado y fumando. Hacía tiempo que había oscurecido, pero Jonas había visto la silueta desde lejos cuando doblaba la esquina. Al acercarse vio que se trataba de una mujer. Daba caladas a su cigarrillo y su rostro se iluminaba en la oscuridad. Era la testigo del otro día. A Jonas se le aceleró el corazón. ¿A qué había venido?

De pronto le resultó incómodo encontrarse con ella así. Estaba empapado en sudor. Mia había salido con sus amigas, de manera que por fin se había decidido a volver a completar corriendo el trayecto largo que atravesaba el bosque cercano. Había aprovechado la carrera para pensar. Sobre lo rápido que habían cambiado las cosas entre Mia y él. Sin más. Sin mentiras, sin aventuras, tampoco peleas por tener niños o por la compra, nada de grandes dramas. Aún sentían aprecio el uno por el otro. Mucho. Pero ya no se querían.

Esa conclusión lo había afectado más que si se hubiera tratado de una infidelidad. Posiblemente era culpa suya. Ya que con independencia de cómo marchara la relación en ese momento, se sentía raro en los últimos tiempos. Como apartado de la vida en cierto modo, como embutido en una escafandra. No era por Mia. La sensación le era de sobra conocida, ese dolor fantasma, indeterminado, por no ser capaz de entender a ninguna persona y porque ninguna persona lo entendiera a él. Lo notaba en el trabajo. Lo notaba cuando hablaba con sus amigos. Lo había notado en el teatro.

A veces se preguntaba si era normal. La sensación de la escafandra. O si así se sentía uno cuando caía en la crisis de la mediana edad. Aunque en tal caso le llegaba un poco pronto, apenas tenía treinta años.

Jonas dejó de pensar en ello, respiró hondo y se acercó a la silueta que fumaba.

—Buenas noches —dijo ella.

—Buenas noches —respondió Jonas—. ¿Qué hace aquí, señora...?

—Llámeme Sophie, por favor.

Jonas era consciente de que debía echarla de allí de inmediato; era un atrevimiento irrumpir así en su vida privada. Debía echarla de allí, entrar en casa, ducharse y olvidar ese extraño encuentro. En lugar de eso se sentó.

—Está bien. Sophie, ¿qué hace aquí?

Ella pareció reflexionar un instante.

—Me gustaría saber qué pasará ahora —dijo.

—¿Perdone?

—Me ha preguntado qué hago aquí. Estoy aquí para que me explique qué pasará ahora. Con el... —Se atascó—. Con el caso.

Jonas observó a la joven sentada junto a él envuelta en humo de tabaco. Las largas piernas dobladas como un saltamontes herido y rodeándose el cuerpo con un brazo como si tuviera frío a pesar del calor veraniego.

—¿No deberíamos hablarlo mañana en mi despacho? —Sabía que tendría que actuar con más vehemencia para librarse de ella.

Entonces ¿por qué no lo hago?, se preguntó.

—Ya que he venido hasta aquí, podemos hablar.

—No sé qué quiere que le diga… —Jonas suspiró—. Seguiremos reuniendo pistas. Analizaremos detalladamente el informe forense, hablaremos con muchas personas, haremos lo que podamos. Ese es nuestro trabajo.

—Encontrarán al asesino —dijo Sophie.

No era una pregunta.

Jonas contuvo otro suspiro. ¿Cómo se le había ocurrido prometerle eso? Tendría que haberse controlado. El lugar del crimen era una pesadilla forense. Pocas noches antes de su muerte la víctima, Britta Peters, había organizado en su casa una fiesta de cumpleaños para una de sus amigas, una fiesta con casi sesenta invitados. Casi sesenta personas que habían dejado una cantidad ingente de huellas dactilares y restos de ADN por todas partes. Si la búsqueda con ayuda del retrato robot no daba resultado y no encontraban ningún indicio en el entorno de la víctima, la cosa se pondría difícil.

—Haremos todo lo que podamos —anunció finalmente.

Sophie asintió. Dio una calada a su cigarrillo.

—Había algo que no encajaba en casa de Britta —dijo—. No soy capaz de recordar qué era.

Jonas conocía la sensación, esa tensión inquietante, una especie de tono grave que no era posible percibir con el oído pero sí con el estómago.

—¿Me da uno? —preguntó—. Un cigarrillo, quiero decir.

—Este era el último. Pero si quiere lo compartimos.

Él cogió el pitillo encendido que Sophie le tendía, sus yemas de los dedos se rozaron ligeramente. Dio una profunda calada y se lo devolvió. Sophie se lo acercó a los labios.

—Creo que Britta fue una víctima casual —dijo entre una calada y otra.

—¿Puedo preguntarle por qué lo cree?

—Nadie que la conociera habría hecho algo así —respondió ella—. Nadie.

Jonas se quedó callado. Volvió a coger el cigarrillo que Sophie le tendía, dio una calada, se lo devolvió. Ella lo apagó en silencio. Durante unos instantes clavó la mirada en la oscuridad.

—¿Quiere que le hable de Britta? —preguntó al cabo.

Jonas no fue capaz de decir que no, y asintió. Sophie permaneció callada un momento, como si estuviera decidiendo por dónde empezar.

—Una vez, cuando Britta tenía cinco años, cinco o seis, estábamos con nuestros padres en la ciudad —comenzó a relatar finalmente—. Caminábamos por la calle, íbamos comiendo un helado, era verano, lo recuerdo como si fuera ayer. Y en la acera había un sintecho. En harapos rígidos de pura suciedad, con un perro sarnoso junto a él y botellas en un carrito de la compra. Nunca antes habíamos visto un sintecho. Me espanté al pasar delante de aquel hombre porque olía muy mal y tenía un aspecto horrible, y porque el perro me daba miedo. Pero Britta tenía curiosidad, le dijo algo, «Hola, señor» o algo así, lo que los niños suelen decir a los desconocidos. Y el hombre le sonrió y dijo: «Hola, niñita». Mis padres nos alejaron a rastras de allí, pero por alguna razón a Britta no se le fue de la cabeza aquel hombre. Atosigó a mis padres durante horas con preguntas acerca de qué le pasaba y por qué tenía una pinta tan rara y por qué hablaba tan raro y por qué olía tan raro, y mis padres le dijeron que aquel hombre probablemente estuviera enfermo y que no tenía casa. A partir de entonces, cada vez que íbamos a la ciudad, Britta guardaba algo de comer y lo buscaba.

—¿Lo encontró?

—No. Pero no era solo aquel hombre, ¿entiende? No sabría decirle cuántos animales heridos se llevó Britta a casa de niña, que después mis padres tenían que cuidar con ella hasta que se curaban. Cuando Britta tenía doce años, empezó a trabajar como voluntaria en una protectora de animales. Y desde que se mudó a la ciudad trabajaba en un comedor social para personas sin hogar. Nunca olvidó a aquel hombre, ¿entiende?

Jonas asintió. Trataba de imaginar viva a la delicada mujer rubia que ahora estaba tumbada en el laboratorio forense, de verla yendo de un lado a otro, haciendo tareas cotidianas, conversando con su hermana, riendo; pero no lo conseguía. Siempre le había resultado imposible imaginar viva a una víctima de asesinato. Nunca las conocía en vida, solo muertas, y su imaginación no bastaba para hacerse una idea diferente.

—Y simplificar es fácil —prosiguió Sophie inesperadamente después de permanecer un rato callada—. Resulta sencillo criticar a las personas como Britta, decir que van de buenas o qué sé yo. Pero Britta realmente era así. No iba de buena, lo era de verdad.

Jonas la miró, trató de imaginársela con su hermana. Ambas mujeres eran del todo opuestas. La delicada Britta con aspecto de duende de largos cabellos, que en todas las fotos que había visto de ella irradiaba cierta timidez y fragilidad. Y Sophie, de pelo corto y actitud masculina, que tan fuerte parecía a pesar de lo que estaba pasando.

—Siete puñaladas —dijo Sophie, y Jonas se estremeció en silencio—. Lo sé por el periódico.

Permaneció callada un rato.

—¿Se imagina cómo han reaccionado mis padres al leer eso? —preguntó.

Él asintió en un acto reflejo, después negó con la cabeza. No podía, reconocía que no.

—Tienen que encontrarlo —dijo Sophie.

El comisario volvió la cabeza hacia ella. La luz, que se había encendido gracias al detector de movimiento cuando se había acercado a la casa, se apagó. Los ojos de Sophie centelleaban en la oscuridad. Jonas se sumergió un instante en ellos. Sophie le sostuvo la mirada. Y el momento pasó.

—Tengo que irme —anunció ella de pronto, y se levantó.

Jonas la imitó, cogió el bolso de cuero de los escalones y se lo tendió.

—Dios mío, ¿qué lleva aquí dentro? ¿Pesas?

—Un par de libros, nada más —respondió Sophie echándose el bolso al hombro—. En cierto modo es un consuelo llevar conmigo siempre algo que leer.

—Entiendo.

—¿Sí? ¿También le gusta leer?

—Bueno, para serle sincero, no sé cuándo fue la última vez que tuve un libro en las manos —respondió él—. Sencillamente no tengo paciencia para las novelas. Antes estaba obsesionado con la poesía. Verlaine, Rimbaud, Keats. Ese tipo de cosas.

—Madre mía —se lamentó Sophie—. En el colegio ya odiaba la poesía. Si en noveno hubiera tenido que recitar una sola vez más *La pantera* de Rilke, me temo que habría provocado una matanza. «Cansada del pasar de los barrotes, su mirada ya no retiene nada…»

Se estremeció con un escalofrío fingido.

Jonas no pudo evitar una sonrisilla.

—No es usted justa con el viejo Rilke —dijo—. ¡Quién sabe!, quizá algún día trate de convencerla de darle otra oportunidad a la poesía. Puede que Whitman le gustara. O Thoreau.

En cuanto pronunció las palabras se maldijo a sí mismo. ¿Qué estaba haciendo?

—Me encantaría —dijo Sophie.

Se levantó y se dispuso a marcharse.

—Gracias por su tiempo. Y perdone que le haya molestado.

Desapareció en la noche. Jonas la siguió un instante con la mirada, después se dio la vuelta y subió los escalones hasta la puerta.

Se detuvo asombrado.

La sensación de la escafandra había desaparecido.

11

Tengo los músculos al rojo. Estoy decidida a prepararme lo mejor posible para el día X, y eso también supone entrenamiento físico. Si quiero tener la menor posibilidad en una situación extrema de estrés no solo tengo que prepararme mentalmente, sino también físicamente. Un cuerpo fuerte resiste mejor la tensión. Así que me estoy entrenando. En el sótano tengo desde hace años un gimnasio que he utilizado muy pocas veces. Durante una época sufrí unos terribles dolores de espalda que conseguí controlar con ayuda de un entrenador personal y un ejercicio disciplinado con las máquinas. Por lo demás, nunca he tenido muchos motivos para preocuparme de mi físico. Soy más bien delgada y estoy relativamente en forma, y el aspecto que pueda tener en biquini me da igual. En mi mundo no hay playas.

El entrenamiento me sienta bien. Ahora que vuelvo a tomar conciencia de mi cuerpo, me doy cuenta de lo mucho que lo he descuidado estos últimos años. Vivía tan solo en mi mente y había olvidado por completo mis brazos, mis piernas, mis hombros y mi espalda, mis manos y mis pies. Estoy cómoda con mi cuerpo, entreno duro, disfruto del dolor de la última repetición de pesas, ese ardor, esa sensación lacerante que me confirma que estoy viva. Tiene efecto sobre mí. Mi cuerpo recuerda cosas diferentes a las de mi cerebro. Recuerda carreras por el bosque y gemelos doloridos. Noches sin parar de bailar y ampollas en los pies. La sensación de lanzarme a una piscina un día caluroso, cómo se encoge el corazón antes de decidir seguir latiendo. Mi cuerpo me recuerda lo que es sentir dolor. Y me recuerda lo que es sentir amor, oscuro y confuso y púrpura. Tomo conciencia de lo mucho que hace que nadie me toca y de lo mucho que llevo sin tocar a nadie.

Desearía dejar atrás esta sensación cruda y ansiosa que acabo de intuir. Pero estoy corriendo en una cinta. Por mucho que acelere, nunca me moveré del sitio. Me deshago de ese pensamiento, subo la velocidad dos, tres niveles.

Se me acelera el pulso, me cuesta respirar, y de pronto me acuerdo de anoche. La horrible pesadilla de la que me costó un gran esfuerzo librarme y de la que he despertado jadeando y pataleando. No ha sido mi primera pesadilla sobre el encuentro con Lenzen, pero sí la peor con diferencia. Todo salía terriblemente mal. Y ha sido muy real. Mi miedo. La sonrisilla de Lenzen. Sus manos manchadas de la sangre de Charlotte.

Al menos la pesadilla ha servido para algo. Ahora sé que tengo que hacer de tripas corazón y mantener a Charlotte al margen. En el fondo lo sabía desde hace tiempo, pero mis miedos me habían hecho egoísta y no permitían que la idea se abriera paso hasta la superficie. No quería recibir a Lenzen sin nadie de confianza a mi lado, y por eso obvié que si mantenía a Charlotte cerca de un asesino la exponía a un peligro impredecible. No sé por qué cometió Lenzen el asesinato, no sé si es calculador o impulsivo, no sé si ha matado a otras personas antes o después de Anna, no sé absolutamente nada. No quiero que Charlotte lo conozca, y me ocuparé de que no suceda. Puede que la probabilidad de un ataque físico sea pequeña, pero no voy a correr ningún riesgo.

A primera hora de la mañana he cogido el teléfono, he llamado a Charlotte y le he dado el día de la entrevista libre. Así que estaré a solas con Lenzen.

Termino mi entrenamiento, detengo la cinta, me bajo empapada en sudor. Mi cuerpo está agotado y me gusta esta sensación. De camino al cuarto de baño paso junto a mi vieja orquídea marchita, tímida y modesta en el alféizar de la ventana del pasillo. No sé por qué sentí la necesidad de meterla en casa y mimarla. Quizá porque he empezado a mimarme a mí misma. Llego al cuarto de baño, tengo la camiseta tan pegada a la piel que me cuesta horrores quitármela. Me meto en la ducha, abro el grifo del agua caliente y disfruto de la sensación mientras me resbala por los hombros, la espalda y los muslos. Mi cuerpo parece estar despertando de un letargo de varios años.

De pronto me apetece sentir más. Tengo ganas de música rock a todo volumen y el pitido que deja en los oídos, de mareos provocados por el alcohol, de comida muy picante, de amor.

Y mi mente me enumera las cosas que no hay en mi mundo: gatos ajenos que de repente se vuelven cariñosos. Monedas encontradas en la calle. Silencios incómodos en el ascensor. Mensajes en las farolas: «Te vi el jueves pasado en el concierto de Coldplay y te perdí en la multitud, te llamas Myriam con Y, tienes el cabello castaño y los ojos verdes, llama, por favor, al 0176...». El olor a asfalto caliente en verano. Picaduras de avispa. Huelgas de tren. Frenazos en seco. Escenarios al aire libre. Conciertos improvisados. Amor.

Cierro el grifo y aparto estos pensamientos. Tengo demasiado que hacer.

En menos de diez minutos estoy sentada de nuevo en mi despacho y escribo mientras en mi ventana surgen las primeras estrellitas de escarcha.

10

SOPHIE

El momento perfecto era justo entre el sueño y la vigilia.

En cuanto Sophie se quedaba dormida, la asaltaba la misma pesadilla. Y en cuanto despertaba, caía sobre ella la dolorosa realidad. Pero el breve instante entre ambas era absolutamente perfecto.

Ese día el momento también había pasado, fugaz como un parpadeo, y Sophie lo recordó todo. Britta estaba muerta. De ahí venía la desesperación que sentía en el corazón. Britta estaba muerta, Britta estaba muerta. Nada volvería a ir bien jamás.

Había pasado horas insomne en la cama hasta que, después de varias noches en vela, por fin se le habían cerrado los ojos. Ahora parpadeaba, intentaba distinguir los dígitos iluminados en rojo de la radio despertador. Casi las cuatro. A pesar de que no había dormido ni dos horas, sabía que no tenía sentido quedarse en la cama.

Se sentó en el borde; se detuvo en seco. La asaltó el recuerdo del escenario de la casa de Britta. Algo no encajaba en aquella imagen. Percibió algo discordante desde un principio. Había pasado noches en vela pensando en ello, pero la idea era escurridiza, difícil de atrapar. En ese momento tuvo la impresión de que en el sueño había recordado ese detalle importante. Cerró los ojos y contuvo el aliento; aun así el sueño se le escapaba. Se levantó en silencio para no despertar a Paul y cerró la puerta sigilosamente tras ella. Respiró aliviada al salir de la habitación sin molestarlo. Lo que menos le apetecía entonces era que su prometido se diera cuenta de que no estaba en la cama, y que se levantara para buscarla y asfixiarla con su pegajosa preocupación. No habría soportado que Paul le preguntara una sola vez más cómo estaba.

Sophie entró en el baño, se desvistió y se metió en la ducha. Notó que le temblaban las piernas. Como si hubiera corrido un maratón. Hacía mucho que no comía. Abrió el grifo. El agua fluyó lenta y viscosa de la alcachofa, como gelatina sin cuajar del todo. Cerró los ojos y puso la cara bajo el chorro. El agua le goteó por el cuerpo, pegajosa como la miel. No, no exactamente como la miel, pensó. Más bien como la sangre. Abrió los ojos y descubrió que tenía razón. Sangre por todas partes. La cubría, viscosa y densa; formó un pequeño charco en su ombligo, le salpicó los dedos de los pies. Jadeó, cerró los ojos, contó. Veintiuno, veintidós, veintitrés, veinticuatro, veinticinco. Se obligó a abrir los ojos de nuevo. El agua volvía a tener la consistencia normal, ya no era roja.

No tardó ni cinco minutos en secarse y vestirse y al momento entraba en su estudio. Incontables lienzos acabados. Olor a pintura al óleo y acrílica seca. Últimamente había sido muy productiva, el estudio se le quedaba pequeño. De hecho, todo el apartamento. Hacía tiempo que podían permitirse más espacio, mucho más espacio si hubieran querido. Su nuevo galerista vendía sus cuadros con facilidad y a precios con los que ella jamás había soñado. Y el bufete de Paul también marchaba bien. Hasta el momento Sophie solo se había aferrado a aquel apartamento por comodidad. Porque no le apetecía tener que tratar con agentes inmobiliarios. Pero ya iba siendo hora.

Se acercó al caballete, mezcló colores, sumergió el pincel y comenzó a dar pinceladas amplias y rápidas, sin pensar. Cuando terminó, agotada y sin aliento, Britta la observaba desde el lienzo con los ojos vacíos. Sophie dio un paso atrás, después otro, se volvió y salió dando tumbos del estudio.

La pintura siempre había sido su refugio, un lugar que le ofrecía alivio, pero en las últimas semanas no había más que sangre y dolor.

Fue a la cocina e intentó abrir la nevera; el tirador temblaba en su mano como un flan. Motitas blancas titilaban ante sus ojos. Acercó una silla de inmediato, se sentó y, con mucho esfuerzo, logró mantener la consciencia.

No podía comer. No podía dormir. No podía pintar. No podía hablar con nadie. Y el asesino de Britta estaba ahí fuera en algún lugar. Mientras fuera así, solo veía una actividad por la que le merecía la pena salir de la cama: encontrarlo.

Sophie se levantó como pudo. Entró en su despacho, buscó un cuaderno sin usar, encendió el portátil y comenzó a investigar.

12

Hay algo en la esquina de mi habitación, en la oscuridad. Una sombra.

Sé qué es, pero no lo miro. No puedo dormir, tengo miedo. Estoy tumbada en la cama, con las mantas hasta la barbilla. Es noche cerrada y mañana —no, hoy, para ser exacta— es el día de la entrevista. En condiciones normales, en esas noches largas y mortecinas en las que el sueño me rehúye, veo la tele. Pero hoy no puedo dejarme llevar por ese flujo incontrolable de información. Quiero controlar qué imágenes e ideas entran en mi mente.

Al despertar, antes de abrir los ojos y mirar el reloj, he pensado que ojalá no fuera la hora del lobo, ese terrible intervalo entre las tres y las cuatro de la madrugada. Cuando me despierto a esa hora, los pensamientos oscuros se me quedan pegados como sanguijuelas. Le pasa a todo el mundo. Es normal no encontrarse bien a esa hora. Es la hora en la que la noche es más fría, en la que el cuerpo funciona al ralentí. La presión sanguínea, el metabolismo, la temperatura corporal; todo se ralentiza. Entre las tres y las cuatro de la madrugada es cuando más cerca estamos de la muerte. No es de extrañar que, al parecer, sea a esa hora cuando más gente muere.

He pensado en todo eso, después he abierto los ojos, he vuelto la cabeza para poder ver los dígitos de la pantalla de mi despertador, y he tragado saliva con dificultad. Las tres pasadas, por supuesto.

Ahora estoy aquí tumbada y dejo que las palabras se me deshagan en la lengua: la hora del lobo. Estoy familiarizada con ella, la conozco bien. Pero hoy es diferente. Aún más oscura, aún más impenetrable. La sombra de la esquina se mueve. Únicamente la veo por el rabillo del ojo. Huele a confusión, a miedo y a sangre. Solo quedan un par de horas para que comience: la entrevista.

Intento calmarme. Me digo que lo conseguiré. Me digo que Victor Lenzen estará sometido a tanta presión como yo, puede que incluso a más. Tiene mucho que perder. Su carrera, su familia, su libertad. Esa es mi ventaja. Que yo no tengo nada que perder. Pero el miedo es el mismo.

Enciendo la luz de la mesilla, como si así pudiera ahuyentar los pensamientos sombríos. Me arrebujo con las mantas, pero sigo teniendo frío. Cojo el viejo y manoseado libro de poesía que algún admirador me envió hace años. Deslizo los dedos por las tapas, exploro las grietas y los desgarros del grueso papel de la cubierta. Siempre he sido mujer de prosa, nunca de poesía, pero este libro me ha ayudado en muchas ocasiones. Se abre solo por la página del «Canto a mí mismo» de Whitman, lo he leído tantas veces que el libro lo recuerda.

> *¿Me contradigo?*
> *Pues bien, me contradigo*
> *(soy inmenso, contengo multitudes).*

Me complace leer que alguien siente lo mismo que yo. Mis pensamientos van a parar de nuevo a Lenzen. Soy absolutamente incapaz de imaginar cómo transcurrirá el día. Tengo tanto miedo de él como impaciencia por que llegue. La espera pasiva y la incertidumbre me están devorando por dentro. El amanecer parece tan lejano... Ansío el sol, su luz. Me incorporo con las piernas cruzadas. Me echo una manta encima, como una capa. Hojeo el libro de poemas y encuentro la página que buscaba.

> *¡Contemplar el amanecer!*
> *La débil luz oscurece las sombras inmensas y diáfanas,*
> *el aire me sabe deliciosamente.*

En la hora más oscura de la noche busco el calor del amanecer que describió un poeta norteamericano hace más de cien años y me siento un poco mejor, tengo un poco menos de frío.

Entonces vuelvo a verlo, en el extremo de mi campo visual. La sombra del rincón oscuro de mi cuarto se mueve.

Hago acopio de todo mi valor y me siento en el borde de la cama. Me levanto, me acerco a la sombra con paso vacilante y extiendo la mano hacia ella. Lo único que toco es una pared blanca. El rincón de mi habitación está vacío, solo hay un leve olor a fiera enjaulada flotando en el ambiente.

13

El día que ansiaba y temía a partes iguales ha llegado.

Le he dado la bienvenida desde la ventana de mi dormitorio. Últimamente ha hecho ya bastante calor, pero hoy el aire es fresco y el cielo está despejado. La hierba está cubierta de una densa escarcha que brilla seductora bajo la luz del sol. Los niños se encontrarán con charcos congelados de camino a la escuela, patinarán sobre ellos, quizá los toquen con las puntas de las botas para quebrar la dura superficie. No tengo tiempo de disfrutar de las vistas. Tengo muchas cosas que hacer esta mañana antes de que Lenzen llegue a mediodía.

Estaré preparada.

Una trampa es un artefacto para cazar o matar.

Una buena trampa debe tener dos características: ser segura y sencilla.

Estoy en el comedor y observo la comida que he encargado. Bastaría para todo un regimiento, y eso que solo seremos tres: Lenzen, el fotógrafo que lo acompañará y yo. De todos modos confío en que el fotógrafo no necesite más de una hora para hacer su trabajo y que después nos deje a solas. El almuerzo que he pedido consiste en muchos vasitos dispuestos con gracia llenos de diferentes ensaladas y otros bocados, así como rollitos de verduras y pollo. También hay pequeñas porciones de tarta en elegantes platos de porcelana y una cesta de fruta adornada con gusto. No he escogido nada de esto por su sabor, sino teniendo en cuenta la probabilidad de dejar huellas y rastros de ADN aceptables al comerlo. Las raciones de ensalada y de tarta son perfectas. Para comerlas es necesario un tenedor, y es inevitable dejar saliva en él. El plato de fruta también es prometedor. Si Lenzen muerde una manzana, en cuanto se vaya podría recoger los restos y pedir que los analizaran. Es prácticamente imposible comer los rollitos sin ensuciarse con la salsa que se derrama al morderlos. Así que es probable que después de disfrutar de un rollito Lenzen utilice una servilleta para limpiarse los dedos y la boca. En ese caso, cabe esperar que deje huellas aprovechables en ella.

Retiro los cubiertos y las servilletas que ha mandado el servicio de catering. Acto seguido me pongo guantes de goma desechables, cojo los tenedores de ensalada y las cucharillas para la tarta que esterilicé anoche y los coloco sobre el carrito de servir. A continuación abro un paquete de servilletas nuevo y las pongo en él también. Doy un paso atrás y contemplo mi obra. La comida resulta increíblemente tentadora. Perfecto.

Me quito los guantes, los tiro a la basura, me pongo otros y saco del armario el único cenicero que tengo en casa. Lo dejo sobre la mesa a la que nos sentaremos Lenzen y yo. En ella ya hay un par de ejemplares de mi libro, café en un termo, leche, azúcar, tazas y cucharillas, así como pequeños botellines de agua mineral y vasos. El cenicero es con diferencia el objeto más importante de la mesa del comedor. He averiguado que Lenzen fuma. Si deja en él una colilla, será como ganar el premio gordo. No quiero que tenga ni que preguntarme si puede fumar, sino que se encuentre el cenicero en la mesa.

Echo un vistazo al móvil. Aún queda mucho tiempo para que Lenzen llegue. Cojo aire, me quito también este par de guantes y lo tiro. Después me dejo caer en el sofá del salón, cierro los ojos, repaso mentalmente la lista de tareas pendientes y enseguida llego a la conclusión de que he hecho todo cuanto quedaba por hacer.

Abro los ojos y miro a mi alrededor. No veo las cámaras ni los micrófonos que dos discretos empleados de una empresa de seguridad instalaron por toda la planta baja. Bien. Si yo no las distingo a pesar de saber que están ahí, seguro que él tampoco. Tengo vigilada toda la planta. Puede parecer ingenuo suponer que Lenzen se incriminará. Pero según los psicólogos —y otros expertos como el doctor Christensen—, eso es lo que desea en secreto más de un asesino: confesar.

Estoy preparada. Después de levantarme esta mañana he corrido media hora en la cinta: tiempo suficiente para colmar mi cerebro de oxígeno, pero no para agotarme. Me he duchado. Me he vestido con esmero. Voy de negro. No de azul, que transmite confianza, ni de rojo, que irradia agresividad y pasión, ni de blanco, que significa inocencia, sino de negro. Seriedad. Gravedad, y sí: duelo. He desayunado copiosamente. Salmón y espinacas, puro alimento para el cerebro, tal como me aseguró el experto en nutrición con el que hablé. Después he dado de comer a Bukowski y lo he encerrado en un cuarto de la planta de arriba con un recipiente de agua, un poco de comida y algunos de sus juguetes favoritos. A continuación me he ocupado del almuerzo.

Y ahora estoy sentada en el sofá.

Pienso en la conversación telefónica que mantuve hace algunas semanas con un experto de la Brigada Regional de Investigación Criminal. Recuerdo el carácter jovial del profesor Kerner, que desentonaba con el tema del que hablábamos.

Decidí pedirle discreción y después poner todas las cartas sobre la mesa, contárselo todo. Hablarle de mi hermana, Anna, y de su asesinato sin resolver. Finalmente le hice la pregunta más importante: si aún se conservaban las muestras de ADN que se recogieron en su día en la escena del crimen.

Y él me respondió: «¡Por supuesto!».

Me pongo cómoda en el sofá, intento relajarme un poco. Me alegro de haber hablado con Kerner. Ya que sobre todo busco una cosa: que el asesino de mi hermana se derrumbe ante mí. Necesito saber qué sucedió aquella noche maldita y tengo que oírlo de su propia boca. Pero la idea de Kerner y sus muestras de ADN me tranquilizan. Es mi red, mi doble fondo. Pillaré a Lenzen. De una manera u otra.

Echo un vistazo al reloj.

Son poco más de las once, aún tengo casi una hora para relajarme y repasarlo todo mentalmen… Suena el timbre. Me incorporo asustada, la adrenalina arrasa mi estómago e inunda mi cabeza como una ola fría, mi serenidad ha desaparecido de un soplo. Me tambaleo, me agarro al respaldo del sofá, respiro hondo tres veces, después suelto el respaldo y voy hacia la puerta. Quizá sea el cartero. O un comercial. ¿Sigue habiendo comerciales? Abro la puerta.

El monstruo me ha perseguido en sueños durante años y ahora está frente a mí.

—Buenos días —dice Victor Lenzen con una sonrisa de disculpa y me tiende la mano—. Soy Victor Lenzen. Llegamos un poco pronto. Hemos salido con tiempo de Múnich para no llegar tarde, pero el viaje ha ido mucho mejor de lo que esperábamos.

Contengo el impulso de huir gritando, de perder el control. Me siento completamente superada por la situación; aun así, no dejo que se me note.

—No pasa nada —digo—. Soy Linda Conrads.

Le estrecho la mano y sonrío. El camino para escapar del miedo pasa por el miedo.

—Entre, por favor.

No titubeo, no tiemblo, lo miro a los ojos, mi voz es fuerte y clara. En ese momento se amplía un poco mi campo de visión y me doy cuenta de que el fotógrafo también está ahí. Es joven, no tendrá más de veinticinco, y parece un tanto nervioso cuando le doy la mano, nervioso y entusiasta; dice algo de que es un admirador, pero me resulta difícil prestarle atención.

Los hago pasar a mi casa. Ambos se quitan educadamente los zapatos mojados, Lenzen se despoja de un abrigo negro que deja al descubierto un atuendo impecable. Pantalones oscuros, camisa blanca, americana negra, corbata. Ha encanecido bien. Elegante, con las arrugas justas.

Recojo su abrigo mojado y la parka del fotógrafo, los cuelgo en el perchero del pasillo y observo con disimulo a ambos. Victor Lenzen es una de esas personas cuyo carisma no se ve reflejado en las fotos. Es de esas personas cuya presencia altera el ambiente de una habitación. Es sorprendentemente atractivo, de un modo peculiar y peligroso.

Me enfado conmigo misma por distraerme con esos pensamientos y trato de concentrarme.

Parecen sentirse algo angustiados en el vestíbulo grande y elegante de la egocéntrica autora que nunca sale de casa. Intrusos. Eso es bueno, el malestar es bueno. Los precedo en dirección al comedor, aprovecho el instante para recomponerme. Ha llegado el momento. El hecho de que hayan llegado temprano (y sin duda ha sido intencionado, claramente intencionado por parte de Lenzen con el fin de desconcertarme y arrebatarme la batuta para dirigir el curso de los acontecimientos, demostrarme desde buen comienzo que no puedo controlar la situación) me ha descolocado durante unos segundos, sí. Pero ya vuelvo a ser yo misma. Y estoy sorprendida porque, ahora que ha comenzado, estoy insensible. Estoy un tanto aturdida, me siento como una actriz cuando sube el telón, una actriz que representa el papel de Linda Conrads. Y es que al fin y al cabo esto es una especie de teatro, una función para todas las cámaras y los micrófonos de la casa, para los que actuamos Lenzen y yo.

Conduzco a los hombres al comedor. La decisión de realizar la entrevista en el comedor no ha sido estratégica, sino puramente intuitiva. El salón me pareció inapropiado. Tendríamos que habernos sentado en el sofá, cerca uno del otro. Mullido, demasiado blando. Inapropiado. Mi despacho está en la planta de arriba, subiendo por la escalera, atravesando el vestíbulo, al final del pasillo. Demasiado lejos. El comedor es perfecto. Cerca de la puerta. Con una mesa grande que me facilita distancia. Y tiene otra ventaja: aparte de los momentos en los que miro por el ventanal y observo la linde del bosque, apenas lo uso. Cuando estoy sola, como en la cocina. Y estoy sola muy a menudo. Prefiero sentarme frente a Lenzen en una habitación que no signifique tanto para mí como por ejemplo la cocina, donde suelo charlar con Norbert mientras bebemos rosado y remuevo la salsa del cazo. O la biblioteca del piso superior, en la que viajo, sueño, amo. En la que vivo.

Trato de parecer relajada, de no mirar fijamente a Lenzen. Por el rabillo del ojo percibo que da un breve repaso visual a la habitación. Se acerca a la mesa, tan grande que podría utilizarse para una conferencia.

Deja su bolsa en la silla más cercana, la abre y mira en su interior para asegurarse de que ha traído todo lo que necesita. Parece un poco torpe, casi nervioso, el fotógrafo también. Si no supiera la verdad, pensaría que sencillamente quieren hacer bien su trabajo y que su nerviosismo se debe a eso. En el caso del fotógrafo es probable que así sea.

Recorro con la mirada la gran mesa de comedor vacía en la que hay un par de ejemplares de mi nueva novela. No habría hecho falta que colocase los libros sobre la mesa, pues estoy segura de que todos en esta habitación conocemos su contenido. Pero desde la perspectiva psicológica resulta adecuado tener a mano el escrito de acusación. El fotógrafo pensará que los libros deben aparecer en las fotos por motivos publicitarios. Está trasteando con su equipo mientras el monstruo echa un vistazo a la sala.

Me siento. Cojo uno de los botellines, me sirvo agua en un vaso, no me tiemblan las manos. Mis manos. Me pregunto si es la primera vez en mi vida que estrecho la mano a un asesino. Nunca se sabe, ¿no? Me pregunto a cuánta gente he estrechado la mano en mi vida. Me pregunto cuánto tiempo llevo viva. Lo calculo rápidamente. Treinta y ocho años, eso son alrededor de 13.870 días. Si hubiera estrechado la mano de una persona cada día de mi vida, el resultado serían unas 14.000. Me pregunto una de cada cuántas personas ha cometido algún asesinato y llego a la conclusión de que probablemente este no sea el primer asesino al que le doy la mano. Pero sí el único del que soy consciente de que lo es. Me lanza una mirada. Obligo a mis pensamientos a tranquilizarse. Aletean como gallinas espantadas. Pero enseguida obedecen. Me enfado. Me enfado por enfadarme. Ese es justo el tipo de descuido que podría costarme el cuello. Ahora, concentración. Se lo debo a Anna.

Veo al monstruo, miro a Victor Lenzen. Odio su nombre. No solo porque es el nombre del monstruo. Sino también porque sé que Victor significa «el Vencedor», y porque creo en la magia, en la fuerza de los nombres. Pero esta vez el final de la historia será diferente.

—La casa es preciosa —dice Lenzen acercándose a la ventana.

Su mirada recorre la linde del bosque.

—Gracias —respondo; me levanto y me acerco a él.

Cuando le he abierto la puerta, el sol brillaba a través de las nubes. Ahora está cayendo una lluvia fina.

—Es marzo y hace tiempo de abril —comenta él.

No respondo.

—¿Desde cuándo vive aquí? —pregunta.

—Desde hace unos once años.

Me estremezco al oír el timbre del teléfono fijo en el salón. Nadie me llama nunca al fijo. Si alguien quiere hablar conmigo me llama al móvil, porque siempre lo llevo conmigo sin importar donde esté en esta casa tan grande. Veo que Lenzen me observa de reojo. El teléfono sigue sonando.

—¿No lo coge? —pregunta—. No me importa esperar un poco.

Niego con la cabeza y en ese momento se extingue el sonido.

—Seguro que no era importante —digo, esperando que sea cierto.

Aparto la mirada de la linde del bosque. Me siento a la mesa en el sitio que me he reservado dejando la taza de café. Es el sitio que me transmite la mayor sensación de seguridad: una pared detrás, la puerta a la vista.

Si quiere sentarse enfrente de mí tendrá que hacerlo de espaldas a la puerta. A la mayoría de las personas eso las pone nerviosas y debilita su capacidad de concentración. Lo acepta sin hacer objeciones. Si se ha dado cuenta no ha permitido que yo lo note.

—¿Empezamos? —pregunto.

Asiente y se sienta enfrente de mí.

Saca un bloc de notas, un lápiz y una grabadora de la bolsa, que ha dejado en el suelo junto a su silla. Me pregunto qué más habrá dentro. Se prepara. Me estiro, siento el impulso de cruzar las piernas y los brazos, me resisto. Nada de gestos defensivos. Pongo los pies algo separados en el suelo. Apoyo los antebrazos en la mesa, me inclino ligeramente hacia delante. Fuerte. Ocupando espacio. «Posturas de poder», como las llama el doctor Christensen. Observo a Lenzen recolocar sus documentos, alinear la grabadora al borde de la mesa con precisión geométrica.

—Bueno —comienza a decir finalmente—. En primer lugar quiero agradecerle de todo corazón que nos dedique su tiempo. Sé que en muy raras ocasiones da entrevistas, y me siento enormemente honrado de que me haya invitado a su preciosa casa.

—Admiro mucho su trabajo —digo con la esperanza de sonar impasible.

—¿En serio? —Pone cara de sentirse halagado, hace una pausa y comprendo que espera que me explique.

—Oh, sí —exclamo—. Sus reportajes desde Afganistán, desde Irán, desde Siria. La suya es una labor muy importante.

Baja la mirada y sonríe discretamente, como si el elogio que él mismo acaba de sonsacarme le resultara incómodo.

¿A qué viene esto, señor Lenzen?

Postura erguida, respiración lenta y controlada; envío a mi cuerpo todas las señales que necesita para estar concentrado pero relajado, y sin embargo tengo los nervios a flor de piel. No puedo esperar a saber qué preguntas ha preparado Lenzen y cómo piensa conducir la entrevista. Ya que él también debe de estar tenso. Se preguntará cuál es mi objetivo. Cuáles son mis cartas. Qué ases me guardo en la manga. Carraspea, echa un vistazo a sus notas. El fotógrafo está ocupado con su cámara, hace un par de fotos de prueba, después vuelve a mirar su fotómetro.

—Bueno —dice Lenzen—. Mi primera pregunta es la que sus lectores se estarán haciendo en estos momentos. Se ha hecho famosa con novelas de gran calidad literaria, casi poéticas. Y ahora por primera vez ha escrito un *thriller*, *Hermanas de sangre*. ¿A qué se debe el cambio de género?

Es exactamente la pregunta que esperaba para empezar y me relajo un poco, pero no llego a responder porque de repente se oyen ruidos en el pasillo. Una llave gira en la cerradura, después resuenan pasos. Me quedo sin respiración.

—Disculpe —digo levantándome.

Debo dejarlo solo un momento, pero el fotógrafo está con él. Y no tiene ningún sentido que esté compinchado con Lenzen. Entro en el vestíbulo y se me cae el alma a los pies.

—¡Charlotte! —exclamo, incapaz de disimular mi espanto—. ¿Qué hace aquí?

Me mira confusa, con el abrigo empapado y el ceño fruncido.

—¿No era hoy la entrevista?

Oye el murmullo de los dos hombres en el comedor y mira su reloj desconcertada.

—Madre mía, ¿llego tarde? ¡Pensaba que la cosa no empezaba hasta las doce!

—En realidad no contaba con que viniera —susurro porque no quiero que Lenzen me oiga—. La llamé y le dejé un mensaje en el buzón de voz. ¿No lo ha escuchado?

—Ah, he cambiado de móvil hace poco —dice Charlotte a la ligera—. Pero ya que estoy aquí...

Me deja allí plantada, suelta las llaves en el aparador que hay junto a la puerta y cuelga su fino abrigo de caperucita roja.

—¿Qué hago?

Tengo que dominarme para no zarandearla, darle una bofetada y empujarla fuera violentamente. En el comedor ya no se oyen murmullos, parece que los hombres están escuchando lo que sucede aquí, en la entrada.

Me controlo. Charlotte me mira expectante. En ese breve instante de silencio vuelve a sonar el teléfono. Me concentro en ignorarlo.

—Ya lo he organizado todo —digo—. Pero podría preparar café, eso sería estupendo.

Ya he hecho café, está en un termo en la mesa. No importa. No sé si evitaré que Charlotte y Lenzen se vean, pero lo intentaré a toda costa.

—Claro —dice Charlotte, y mira brevemente hacia el salón, de donde viene el timbre penetrante, pero no hace ningún comentario.

—Iré enseguida a recoger la cafetera —le digo mientras se aleja—. Hasta entonces no quiero interrupciones.

Charlotte frunce el ceño porque por lo general no soy así; sin duda achaca mi comportamiento a lo desacostumbrado de la situación —sabe que no suelo permitir el paso a desconocidos, y menos aún para dar entrevistas— y no replica. El teléfono enmudece. Durante un instante estoy tentada de ir a mirar quién está siendo tan insistente, pero descarto la idea enseguida. No puede haber nada tan importante como lo que está sucediendo aquí.

Cierro los ojos un segundo y regreso al comedor.

12

SOPHIE

Sophie estaba sentada en su coche y miraba a un gato atigrado rojo y blanco tumbado en la hierba delante de su casa que se lavaba a conciencia. Llevaba diez minutos largos intentando decidirse a entrar una última vez al edificio en el que Britta vivía.

El día ya había empezado de forma desagradable. Primero, después de una breve cabezada tras una noche en vela, la había despertado un periodista que quería hablar con ella sobre su hermana. Sophie había colgado furiosa. Después había llamado al casero de Britta para enterarse de cuándo podría recoger del apartamento sus objetos personales. No había dado con él, pero había hablado brevemente con su hijo, quien le había dado el pésame y después había cambiado de tema y le había contado que su hermano había muerto en un accidente de coche cuando aún iba al colegio. Así que, por supuesto, comprendía cómo se sentía Sophie.

Y ahora estaba allí sentada. Hacía calor, el sol caía a plomo sobre el techo negro del coche. No quería salir. Solo quería quedarse allí y observar al gato. Un poco más. Sin embargo el animal, como si le hubiera leído el pensamiento y no tuviera ganas de dejarse observar por ella, se levantó con elegancia, lanzó una mirada de desprecio en su dirección y se alejó con movimientos altaneros.

Sophie suspiró, hizo de tripas corazón y se bajó del coche.

Era pleno día y cerca, quizá detrás del edificio, se oía a niños jugar. Nada hacía pensar que allí hubiera sucedido algo terrible. No obstante, Sophie tuvo que obligarse a dar cada paso que la acercaba a la puerta. Tragó saliva al llegar frente a la entrada del edificio y leer los letreros de los timbres. El nombre de Britta seguía allí. Escrito con caligrafía femenina y sujeto provisionalmente con celo. Apartó la mirada y llamó con los labios fruncidos al timbre de la señora mayor que vivía en el segundo piso. Un chasquido le indicó que alguien había descolgado el telefonillo.

—¿Sí? —oyó decir poco después a una voz débil—. ¿Quién es?

—Hola, soy Sophie Peters, la hermana de Britta Peters.

—Ah. Ajá. Suba, señora Peters.

El portero automático zumbó, Sophie hizo un esfuerzo y se vio de nuevo en el portal. Para subir la escalera, apretó los dientes y pasó tan rápido como pudo delante de la puerta que conducía al bajo en el que Britta vivía. En la segunda planta la recibió una anciana con el pelo corto arreglado y un collar de perlas. Sophie le dio la mano.

—Adelante —dijo la mujer—. Pase, por favor.

Sophie la siguió por un pequeño pasillo hacia un salón de decoración anticuada.

Los tonos pasteles, los tapetes sobre los muebles, el armario empotrado pasado de moda y el olor a patatas cocidas que flotaba en el aire tenían un efecto enormemente tranquilizador.

—Qué bien que haya venido tan pronto —dijo la señora después de ofrecerle un sitio en el sofá y una taza de té.

—Por supuesto —respondió Sophie—. He salido en cuanto he escuchado el mensaje que me dejó en el contestador.

Sopló con cuidado el té y dio un sorbo. La mujer asintió.

—Los vecinos me explicaron que había pasado por aquí y había preguntado si alguien había visto algo —dijo.

—Pensé que la gente quizá me contara más que la policía —comentó Sophie—. Nunca se sabe. Y, para serle sincera, estos días la casa se me cae encima.

La anciana asintió.

—La comprendo —dijo—. Cuando yo era joven, era igual. Siempre tenía que hacer cosas, sin parar.

Bebió un trago de su té.

—Yo estaba en el médico cuando vino a preguntar —explicó—. Por eso no dio conmigo.

—Ah… ¿Informó a la policía de lo que vio? —indagó Sophie.

—A esos… —dijo con vaguedad haciendo un gesto de rechazo.

Sophie frunció el ceño.

—Pero ¿vio a alguien?

La anciana comenzó a frotar una mancha en su vestido que solo ella veía. Sophie dejó su taza de té a un lado y se inclinó nerviosa hacia delante. Apenas era capaz de controlar el temblor de las manos.

—En su mensaje afirmaba haber visto al hombre que asesinó a mi hermana —insistió impaciente al darse cuenta de que su interlocutora no parecía querer hablar por iniciativa propia.

La señora la miró a los ojos un momento, después se echó a llorar y se derrumbó.

—Sigo sin poder creerlo —dijo—. ¡Una muchacha tan simpática! ¿Sabe qué? Siempre me hacía la compra. Últimamente me cuesta caminar.

Sophie observó llorar a la anciana un rato y consta-

tó que ella no era capaz de sentir gran cosa. Entonces
sacó un pañuelo del bolso y se lo tendió a la mujer.
Esta lo cogió y se secó los ojos.

—Decía que vio a alguien —repitió Sophie una vez que
la señora se tranquilizó un poco.

Todos los músculos de su cuerpo se tensaron mientras
esperaba una respuesta.

Poco después, de vuelta en el coche por la autopista,
Sophie repasó mentalmente la conversación y le resultó difícil contener el enfado. Al final todo aquello
había sido una enorme decepción. La mujer estaba sola y
tenía ganas de hablar con alguien sobre Britta, que solía visitarla con regularidad y ayudarla a hacer la
compra. Además sufría de cataratas y estaba casi ciega.
Sophie había prestado atención un rato a la mujer y había huido en cuanto había podido.

Pensó en Britta mientras iniciaba un adelantamiento.
En Britta ayudando a la anciana con la compra y probablemente escuchando sus historias de joven con la paciencia de un santo.

Sophie conducía como en trance. Finalmente redujo la
velocidad y puso el intermitente. Había llegado a su
destino.

La joven que le abrió se le echó al cuello de inmediato.

—¡Sophie!

—Hola, Rike.

—Qué bien que hayas venido. Pasa. Vamos a la cocina.

Sophie siguió a la joven.

—¿Qué tal estás? ¿Y tus padres? ¿Cómo lo lleváis?

Sophie ya estaba acostumbrada a esas preguntas, tenía preparada una respuesta que funcionaba.

—Hacemos lo que podemos.

—Estuvisteis muy enteros en el entierro.

A Friederike le temblaba el labio inferior. Sophie abrió el bolso, sacó un pañuelo por segunda vez esa tarde y se lo tendió.

—Lo siento mucho —balbució entre lágrimas—. ¡Debería ser yo la que te consolara!

—Britta era tu mejor amiga —contestó Sophie—. Tienes el mismo derecho que yo a estar triste.

Friederike cogió el pañuelo y se sonó la nariz.

—El entierro fue muy raro —dijo—. Echar flores sobre su ataúd... Britta odiaba las flores cortadas.

—Lo sé —reconoció Sophie, y tuvo ganas de sonreír—. Mis padres y yo pensamos lo mismo al organizar el entierro. Cuando dijimos que a Britta no le gustaban las flores, el de la funeraria nos miró como si estuviéramos locos. «¿Cómo es posible? ¡A todas las mujeres les gustan las flores!»

Friederike dejó escapar una risita nasal.

—A Britta no —dijo—. «Pobres flores. Imagínate que estás tan tranquila en un prado, ¡llega alguien y te arranca la cabeza!»

Las dos se echaron a reír.

—A veces tenía unas cosas...

Friederike sonrió, pero el momento pasó tan rápidamente como había llegado. Volvieron a arrasársele los ojos en lágrimas.

—Es tan terrible que... no me lo creo. Mi cerebro no acaba de asimilarlo.

Se secó las lágrimas.

—¿Realmente lo viste? —preguntó.

Sophie se estremeció.

—Sí —dijo escueta.

—Dios mío.

Los ojos de la amiga de Britta volvieron a arrasarse.

—Me alegro mucho de que al menos tú estés bien.

Sollozó durante un rato, después hizo un esfuerzo y se recompuso.

—¿Sabes qué es lo que más echo de menos? —preguntó.

—¿Qué?

—Llamar a Britta cuando necesito consejo. Es extraño, le llevaba tres años. Pero sin duda era ella la más adulta de las dos. No tengo ni idea de qué voy a hacer sin Britta.

—Entiendo a qué te refieres —convino Sophie—. Britta siempre decía lo que los demás no se atrevían: «Has engordado bastante, hermanita. ¡Deberías comer mejor! Sophie, ¿estás segura de que Paul es el hombre adecuado para ti? No me gusta cómo mira a otras mujeres cuando está contigo. Hermanita, ese bolso es de cuero auténtico, ¿verdad? ¿Te parece bien?».

Friederike lanzó una breve carcajada.

—¡Típico de Britta! —Rió entre dientes—. Es extraño… A veces me ponía de los nervios. Y ahora daría cualquier cosa por oír uno de los discursos de Britta sobre los mares contaminados por el plástico o las atrocidades de la cría intensiva de animales.

Friederike se sorbió y después se sonó ruidosamente la nariz.

—¿De qué querías hablar conmigo, Sophie?

—Me gustaría preguntarte algo.

—De acuerdo, dispara.

—¿Sabes si Britta se estaba viendo con alguien últimamente?

—¿Te refieres a un hombre?

—Exacto.

—No. Desde que Leo la dejó, no.

Sophie suspiró. La teoría del crimen pasional en la que la policía creía —por lo que había deducido de las conversaciones— cada vez resultaba menos probable. Britta no mantenía ninguna relación sentimental cuando la asesinaron.

—¿Por qué se separaron, a todo esto? —preguntó—. Britta nunca me habló de ello.

—Porque Leo es imbécil, por eso. De hecho, aseguraba que ella lo engañaba.

—¿Qué?

—¡Sí! —Friederike resopló—. ¡Britta engañándolo! ¿Te lo puedes creer? En mi opinión, él tenía algo desde hace tiempo con esa tal Vanessa con la que está ahora, y simplemente trató de echar la culpa de la separación a Britta.

—¿Por qué haría algo así? —preguntó Sophie.

Friederike se encogió de hombros.

—Ahora ya da igual —dijo finalmente.

Sophie asintió pensativa. Se desmoralizó. La teoría del crimen pasional que manejaba la policía nunca la había convencido, si bien con el tiempo había esperado que fuera cierta. Que Britta estuviera viéndose en secreto con alguien de quien ella no sabía nada. Los crímenes pasionales casi siempre se resolvían. Pero si no había una relación evidente entre el asesino y la víctima, la investigación se complicaba y las probabilidades de esclarecer el caso descendían de manera drástica.

—Pero —dijo Friederike sacando a Sophie de sus pensamientos— tampoco habría tenido ningún sentido que Britta quedara con hombres. ¿Por qué iba a seguir teniendo citas?

—¿A qué te refieres? —preguntó Sophie.

—Oh, Dios mío —exclamó Friederike—. ¿No sabías nada?

14

Me cuesta digerir el hecho de que Charlotte, a la que no quería tener aquí bajo ningún concepto, esté ahora en la cocina preparando café. Pero en fin, ya no hay nada que hacer.

Cuando entro en el comedor Victor Lenzen me mira con las cejas ligeramente arqueadas.

—¿Va todo bien? —pregunta, y no puedo evitar admirar su sangre fría, ya que sabe que nada me va bien.

Sigue sentado en su sitio, con la grabadora y el móvil delante, mientras que el fotógrafo ha repartido su equipo por el parquet y come tarta.

—De maravilla —respondo, con cuidado de que mi lenguaje corporal no diga lo contrario.

Observo el vaso de agua en mi sitio, soy consciente de que en ningún caso puedo volver a beber de él ahora que lo he dejado desatendido durante unos minutos.

De pronto me pregunto si Lenzen piensa lo mismo de mí, si se le ha pasado por la cabeza que podría intentar envenenarlo. ¿Será por eso que no come?

Me dispongo a volver a sentarme frente a él, pero el fotógrafo me retiene.

—Señora Conrads, ¿hacemos primero las fotos? Así no tendré que interrumpir la entrevista más adelante.

Odio que me retraten; aun así, no lo digo. El miedo a la cámara significa debilidad. Puede que pequeña. Pero debilidad al fin y al cabo.

—Encantada —respondo—. ¿Dónde quiere que me sitúe?

Reflexiona un momento.

—¿Cuál es su habitación preferida de la casa?

La biblioteca, es evidente, pero está en la planta de arriba y ni muerta guiaría voluntariamente a los dos hombres por la casa hasta mi sanctasanctórum.

—La cocina —contesto.

—Pues en la cocina —concede el fotógrafo—. ¡Genial!

—Hasta ahora —dice Lenzen.

Reparo en la mirada que el fotógrafo le dirige, muy rápida, y comprendo que no se caen bien. Eso hace que el fotógrafo enseguida me resulte simpático.

Me adelanto, él me sigue. Lenzen se queda solo en el comedor. Por el rabillo del ojo veo que juguetea con el móvil. No quería perderlo de vista ni un instante, pero no tengo elección. La cosa no ha empezado como yo quería.

Entramos en la cocina y nos encontramos con Charlotte, que acaba de preparar café. El borboteo de la cafetera, el aroma familiar y tranquilizador.

—Solo vamos a hacer un par de fotos —digo.

—Enseguida salgo —responde Charlotte.

—Puede quedarse a mirar si lo desea —aclaro para evitar que vaya al comedor, pero en ese mismo momento me doy cuenta de que suena raro, ya que ¿por qué iba a querer yo que viera como me fotografían?

—Iré a ver qué hace Bukowski —propone ella—. ¿Dónde está?

—En mi cuarto. Tenga cuidado de que no se escape, necesitamos tranquilidad aquí abajo —digo ignorando la mirada de desaprobación de Charlotte.

Nos deja a solas. El fotógrafo me coloca sentada a la mesa de la cocina, despliega el periódico delante de mí, tazas de café, apunta y dispara.

Me cuesta concentrarme en él, mi cabeza está con Lenzen en el comedor. ¿Qué estará haciendo? ¿Qué estará pensando? ¿Con qué estrategia en mente habrá venido?

Me pregunto qué sabrá de mí. Ha leído el libro, eso está claro. Habrá reconocido el asesinato que cometió. En cuanto a lo que habrá sentido al leerlo, solo puedo especular. ¿Y en las horas, los días y las semanas posteriores? ¿Rabia? ¿Miedo a que lo descubran? ¿Inseguridad? Tenía dos opciones: rechazar la entrevista y evitarme o venir y enfrentarse a mí. Se ha decidido por esto último. No se achanta. Ha mordido el anzuelo. Ahora querrá saber cuál es mi plan, qué tengo preparado contra él. Seguro que ya ha pensado alguna vez en la testigo de su crimen. En ese momento hace más de una década en la que nos miramos a los ojos brevemente, un instante horrible, en un apartamento tocado por la muerte. ¿Lo habrá perseguido el crimen? ¿Habrá temido que se conociera su identidad? ¿Habrá intentado averiguar quién era la testigo? ¿Lo habrá averiguado? ¿Habrá pensado en deshacerse de ella? ¿De... de mí?

—La imaginaba diferente —dice el fotógrafo sacándome de mis pensamientos.

Concéntrate, Linda.

—¿Ah, sí? ¿Y cómo?

—Bueno, más mayor, más loca. No tan guapa.

El comentario es bastante torpe, pero me doy cuenta de que es sincero y le dedico una sonrisa.

—¿Creía que era una vieja? —exclamo con fingido asombro, esforzándome por reaccionar como lo haría en mi opinión una autora de *best sellers* que vive retirada pero en absoluto está loca, y después añado con coquetería—: ¿No me ha confesado que era mi admirador?

—Claro, creo que sus libros son geniales —comenta mientras enfoca la cámara—. Pero no sé por qué me había imaginado a la autora de esos libros más mayor.

—Entiendo.

Lo entiendo de verdad. Norbert me dijo una vez que tenía el alma de un hombre de ochenta y cinco años, y entiendo a qué se refería. Mi vida interior es muy rica. No tengo nada en común con las mujeres de mi edad. Mi realidad es diametralmente distinta de la de una mujer normal de treinta y ocho años. Llevo la vida de una anciana, los hijos ya fuera del hogar, la pareja muerta hace tiempo, la mayoría de los amigos, también; frágil, atrapada entre sus cuatro paredes. Incorpórea. Asexual. Espiritual al fin y al cabo. Así vivo, así soy, así me siento, y parece que así sueno también cuando escribo.

—Y además —prosigue el fotógrafo—, al pensar en una mujer que nunca sale de casa, uno se imagina enseguida a una vieja excéntrica que vive con veinte gatos. O en excéntricos chiflados, al estilo de Michael Jackson.

—Lamento no responder a sus expectativas.

He sonado más brusca de lo que quería, y él calla. Vuelve a concentrarse en la cámara. Apunta de nuevo y dispara. Lo observo. Irradia salud. Es moreno y atlético. A pesar de que es invierno, lleva una camiseta. Tiene un pequeño rasguño en la mano izquierda, probablemente suele patinar o algo parecido.

Coge una taza, sirve café humeante en ella y me la tiende.

—Eso quedará genial, el humo del café delante de la cara. A ver si consigo captarlo.

Cojo la taza, bebo, el fotógrafo dispara. Lo miro e intento calcular su edad. Parece muy joven. Estará en la veintena; nos separan más de diez años, pero tengo la sensación de ser al menos cien años mayor que él.

Ha terminado. Me da las gracias. Recoge su equipo. Me adelanto de vuelta al salón.

Se me encoge el estómago. Charlotte está sentada frente a Lenzen. Hay algo extraño en su rostro, parece... diferente. Raro. Algo trastoca sus ojos, su boca, sus manos, todo su cuerpo; toda su postura es en cierto modo... rara. Cuando entro en la habitación alza la mirada, se levanta de inmediato; he interrumpido una conversación, maldita sea, estaban hablando, quién sabe cuánto tiempo llevaban charlando, la sesión de fotos ha durado un buen rato. ¡Cuántas cosas podían haber pasado entretanto! Recuerdo mi pesadilla, las manos ensangrentadas de Lenzen; recuerdo a Charlotte con el cuello rajado, recuerdo a su hijito, el diablillo, sentado en un charco de sangre; recuerdo a Lenzen mirándose las manos y sonriendo; pienso en todo lo que Charlotte sabe sobre mí, me pregunto si le habrá dicho algo que pueda traerme problemas, pero no sabe nada, gracias a Dios no sabe nada de los micrófonos de la casa ni de las cámaras ni de nada, gracias a Dios; pero está enfrente del asesino de mi hermana, le lanza otra mirada, se coloca un mechón de pelo detrás de la oreja, se roza el cuello, y Lenzen lo percibe, las arrugas de expresión causadas por sonreír se le acentúan, tiene arrugas de sonrisa, odio sus arrugas de sonrisa, no se merece esas arrugas; y lo veo un momento a través de los ojos de Charlotte, un hombre interesante de mediana edad, culto y viajado, y por fin sé qué es lo que trastoca a Charlotte, por qué me resulta tan rara. Está tonteando. Me doy cuenta de que tengo una imagen parcial de Charlotte, de que nunca la había visto interactuar con otras personas, me doy cuenta de lo ajena al mundo que soy, de lo poco que sé sobre la gente y las relaciones, de que todo lo que sé sobre la gente y las relaciones se alimenta de recuerdos lejanos y de libros. ¡Charlotte tontea abiertamente con Lenzen! Cuando él percibe mi presencia, se vuelve hacia mí y sonríe con amabilidad.

—¿Los dejo solos? —pregunto intentando sonar jocosa y trivial, pero yo misma soy consciente de mi torpeza.

—Perdón —dice Charlotte; se siente culpable—. No quería molestar.

—No pasa nada, tranquila —respondo—. Pero creo que hoy ya no la necesito más, Charlotte. ¿Y si se toma el resto del día libre?

Si ha notado que pretendo librarme de ella, no se da por enterada.

—¿No quiere que eche un vistazo a Bukowski?

—¿Quién es Bukowski? —interviene Lenzen.

Se me encoge el corazón.

—El perro de la señora Conrads. —Charlotte se ha ido de la lengua antes de que yo pudiera replicar—. Es una monada, no se imagina.

Él arquea las cejas con interés. Tengo ganas de llorar. Lenzen no debería estar en la misma habitación que Charlotte, y no debería saber nada de Bukowski. En ese horrible momento me doy cuenta de que no es cierto que no tenga nada que perder. Sigue habiendo algo que aprecio y quiero. Tengo mucho que proteger y, por tanto, que perder. Y ahora el monstruo lo sabe.

Lenzen sonríe. La amenaza que encierra su sonrisa está únicamente dirigida a mí.

De pronto me siento muy mareada, tengo que concentrarme en regresar a mi silla sin tropezar, sin caerme. Por suerte él no está prestándome atención.

—¿Has terminado? —pregunta al fotógrafo, que ha aparecido detrás de mí en el vano de la puerta y junto a quien Charlotte pasa como bien puede con una sonrisa tímida.

—Casi. Me gustaría sacar también un par de fotos durante la conversación. Si a usted le parece bien, señora Conrads.

—Ningún problema.

Me sujeto al borde de la mesa. Tengo que calmarme. Quizá debería comer algo. Me suelto de la mesa, compruebo que mis piernas vuelven a sostenerme y me tambaleo hacia el carrito donde está el catering. Cojo uno de los rollitos y le doy un mordisco.

—Coman ustedes algo también, por favor —invito a Lenzen y al fotógrafo—. Si no, sobrará.

—No me lo diga dos veces —contesta el fotógrafo, y coge un vasito con ensalada de lentejas.

Y para mi alivio infinito, Lenzen se levanta a su vez y se acerca al carrito. Contengo el aliento al ver que coge un rollito de pollo y empieza a comérselo de pie. Hago lo que puedo para no mirarlo fijamente, pero veo que se le queda un poco de salsa de curry en el labio superior, que se lo limpia con la lengua, que engulle el resto del rollito. Observo nerviosa que se limpia los dedos con la servilleta y que se la pasa por la boca mientras regresa relajado a la mesa.

No puedo creerlo. ¿De verdad es así de fácil? Tomo asiento. Lenzen me mira. Estamos sentados frente a frente, como los finalistas de un torneo de ajedrez. Su sonrisa ha desaparecido.

14

JONAS

Sophie estaba sentada tan tranquila, y un observador
menos experimentado apenas habría notado su tensión.
Pero Jonas veía que los músculos de su mandíbula se
contraían cada vez que Antonia Bug le hacía una pregunta. Veía que Sophie luchaba, que apretaba los dientes. Apartó la mirada. Le daba pena. Siempre intentaba ver los acontecimientos a través de los ojos de los
testigos que lo informaban. Y lo que veía a menudo se
le quedaba grabado más tiempo del que habría querido.
Sophie había declarado por enésima vez, con precisión
y en detalle, y sin derramar una sola lágrima, cómo
había encontrado a su hermana asesinada en su apartamento. Ya solo el color blanco que adquirían sus nudillos al cerrar los puños le revelaba lo tensa que
estaba en realidad. Luchaba por verla únicamente como
una testigo a la que estaban interrogando una vez más.
La testigo de un asesinato, no la mujer de los escalones de su casa que había hecho desaparecer la sensación de extrañeza que lo acompañaba desde hacía tanto
tiempo con un par de frases, un par de miradas, una sonrisa ladeada y medio cigarrillo. Una testigo, se decía,
nada más.

Antonia Bug estaba a punto de hacerle otra pregunta,
pero Sophie se le adelantó:

—Una cosa más —dijo—. Aunque no sé si es importante.

—Todo es importante —aseveró Jonas.

—Ayer estuve en casa de Friederike Kamps, la mejor amiga de mi hermana. Me contó que Britta se proponía marcharse de Múnich.

—¿Y? —preguntó Bug.

—No sé —respondió Sophie—. Me resulta raro. A Britta le encantaba Múnich. No quería irse de aquí. Hace un año, después de terminar la carrera, le ofrecieron un trabajo genial en París y lo rechazó porque no deseaba mudarse a otra ciudad.

Sophie titubeó.

—Como ya he dicho, no sé si es importante. Pero puede que haya una relación. Puede que Britta se sintiera amenazada y por eso planeara irse de Múnich.

—¿Su hermana le mencionó en alguna ocasión que se sintiera amenazada? —preguntó Jonas.

—¡No! ¡Nunca! Ya se lo he dicho miles de veces —saltó Sophie.

—Y de todas formas cree que... —comenzó a argumentar Bug, pero Sophie la interrumpió.

—¡Oiga! Me estoy agarrando a un clavo ardiendo. Por lo que sé, a Britta todo le iba bien.

—¿Y sostiene que su relación era muy estrecha? —inquirió Bug.

Sophie contuvo un suspiro. Jonas se dio cuenta de que su paciencia estaba a punto de agotarse.

—Sí —respondió simplemente.

—Por cierto, ¿a qué había ido a esa hora a casa de su hermana? —preguntó Bug.

—A nada en especial. Había tenido una estúpida pelea con mi prometido y quería hablar con Britta.

—¿Por qué se habían peleado? —indagó la agente.

Jonas vio que Sophie cambiaba ligeramente de postura, una fase previa del inquieto vaivén en la silla que tan a menudo observaba cuando hacía preguntas incómodas durante el tiempo suficiente. Lanzó una mirada a su compañera. Cuando se trataba de interrogatorios, Bug era como un pitbull.

—No sé qué tiene eso que ver con el asesinato de mi hermana —contestó Sophie, visiblemente molesta.

—Responda, por favor —pidió Antonia Bug con tranquilidad.

—Escuche, le he dado la descripción de un hombre que huyó del apartamento de mi hermana. ¿No deberían interesarse más por eso que por mis problemas de pareja?

—Por supuesto —se limitó a decir Bug—. Un par de cuestiones más. ¿A qué hora llegó a casa de su hermana?

—Ya he contestado a todo eso. —Sophie se puso en pie—. Me voy a casa de mis padres. Tengo mucho que hacer. Vaciar el apartamento de Britta y...

Dejó la frase en el aire.

—No hemos terminado —replicó Bug, pero Sophie la ignoró y cogió el manojo de llaves que había dejado en la silla que tenía al lado.

—Avísenme si se enteran de algo —dijo dirigiéndose a Jonas—. Por favor.

Lo miró una última vez a los ojos, después salió por la puerta.

Antonia Bug miró con expresión atónita a Jonas.

—¿Si se enteran de algo? —repitió—. ¿A qué ha venido eso? ¿Desde cuándo prestamos nuestros servicios a los testigos?

Él se encogió de hombros. Su joven compañera no sabía que esa testigo había estado hacía poco en la puerta de su casa, o mejor dicho, que se había sentado en los escalones de su casa. Y era mejor así. Si alguien abrigaba la sospecha de que hablaba con una testigo de la investigación en curso tendría graves problemas.

—¿La cree? —preguntó Bug.

—Claro que la creo —respondió Jonas—. Y usted también la cree. Aunque no le guste.

La agente resopló.

—Tiene razón —dijo—. No me gusta.

Jonas observó a su compañera con una sonrisa. A veces le ponía de los nervios, pero de todas formas, por alguna razón, le gustaba su actitud directa. Bug había entrado a formar parte del equipo hacía solo dos meses, pero gracias a su chispa y su energía se había hecho imprescindible en poquísimo tiempo.

—¿No va siendo hora de que nos tuteemos? —preguntó él.

A Antonia Bug se le iluminó la cara.

—Toni —dijo.

—Jonas.

Le dio la mano en un gesto pensado para zanjar el asunto.

—En fin… —Bug echó un vistazo al reloj—. Tenemos que ir aquí al lado. Reunión de equipo.

—En efecto —dijo Jonas—. Adelántate, yo voy enseguida. Quiero fumar un cigarrillo primero.

—Vale.

Él siguió con la mirada a su compañera, que desapareció en dirección a la sala de reuniones con su coleta balanceándose. Sus pensamientos vagaron hacia Sophie Peters. Había aguantado todo el interrogatorio como una campeona. Sin arrebatos, sin lágrimas. De camino afuera, sumido en sus pensamientos, Jonas se puso un cigarrillo en los labios, rebuscó el mechero y casi había dado con él cuando la vio. Estaba sentada en el pequeño pretil que bordeaba el césped delante del edificio.

Hundida. La cara oculta entre las manos. El movimiento de sus hombros revelaba la intensidad con la que lloraba. Jonas se quedó inmóvil. Sophie no lo había visto. Reflexionó un instante si debía acercarse a ella, decidió no hacerlo.

De vuelta en la sala de reuniones seguía sin poder quitarse a Sophie de la cabeza mientras llegaban los últimos colegas. De repente sintió asco hacia esa sala en la que había pasado tantas horas con la luz de neón, el olor a PVC y un café delante. Entonces se hizo el silencio, Jonas se dio cuenta de que todos lo miraban expectantes y se obligó a concentrarse.

—¿Y bien? —dijo, sin dirigirse a nadie en especial—. ¿Quién quiere empezar?

Antonia Bug se apresuró a intervenir.

—Por un lado tenemos al exnovio, pero lo más probable es que en el momento del crimen ni siquiera estuviera en el país. Lo comprobaremos —comenzó a decir con su *staccato* habitual, y Jonas de pronto se hizo una idea clarísima de cómo había sido Bug de niña. Sabihonda, solícita, empollona. Apreciada de todos modos. Coleta rubia, gafas, patitos en sus cuadernos de caligrafía ordenada.

Su mente empezó a divagar, él lo permitió. Hacía tiempo que había leído toda la información que su equipo había reunido sobre la víctima y su entorno. Britta Peters, veinticuatro años, diseñadora gráfica en una start-up de internet, soltera, sana. Asesinada de siete puñaladas. No era un crimen sexual. El arma homicida, probablemente un cuchillo de cocina, había desaparecido. Todo parecía indicar que se había peleado con alguien a quien conocía, un ataque de ira repentino, un acto irreflexivo, cólera súbitamente desbordada que quizá se hubiera aplacado con la misma rapidez. La pareja. Cuando pasaba algo así siempre era la pareja. El completo desconocido solo existía en las películas. Y sin embargo la hermana aseguraba haberlo visto. Además, no solo ella sino también las demás personas del entorno de la víctima juraban que Britta Peters estaba soltera. Que no tenía ningún interés en los hombres después de una separación muy dolorosa; solo trabajo, trabajo, trabajo.

La voz de Volker Zimmer, un compañero de la edad de

Jonas famoso por su pedantería, lo trajo de vuelta a la realidad. Al parecer Bug había dado por terminado su monólogo.

—He estado preguntando por el edificio y el vecindario de la víctima —dijo Zimmer—. Al principio no ha sido demasiado productivo. Pero después he hablado con la vecina que vive justo encima de donde residía la víctima y tiene más o menos su edad.

Jonas esperó pacientemente a que Zimmer fuera al grano. Conocía su costumbre de complicar sus explicaciones, pero también sabía que solo hablaba cuando tenía algo que decir.

—Asegura que Britta Peters estaba enfadadísima porque su casero había entrado varias veces en el apartamento en su ausencia. Le resultaba muy desagradable. Incluso se había planteado mudarse por ese motivo.

—No me extraña —intervino Bug.

—¿El casero vive en el mismo edificio? —preguntó Jonas.

—Sí —respondió Zimmer—. En el gran ático, arriba del todo.

—¿Has hablado con él? —preguntó Jonas.

—No estaba. Pero volveré a pasarme más tarde.

Jonas asintió pensativo y se perdió de nuevo en sus pensamientos mientras Michael Dzierzewski, un compañero mayor que siempre estaba de buen humor y con el que Jonas iba al fútbol de vez en cuando, comenzaba a exponer detalles sobre el entorno laboral de la víctima.

Cuando la reunión terminó, el equipo se dispersó para investigar a exnovios, caseros y compañeros de trabajo masculinos. Jonas siguió con la mirada a sus colegas, que se entregaron a sus tareas con empeño profesional. Pensó en Sophie, en la promesa que le había hecho, y se preguntó si podría mantenerla.

De vuelta en su despacho, se sentó al escritorio. Su

mirada recayó sobre la foto enmarcada de Mia y él en tiempos más felices que había en la mesa. Se perdió en ella unos segundos, hasta que cayó en la cuenta de que no era el momento de cavilar sobre su matrimonio agonizante y se puso manos a la obra.

15

Victor Lenzen tiene unos ojos asombrosos. Muy claros, muy fríos. Contrastan enormemente con la infinidad de arrugas de su rostro curtido. Victor Lenzen parece un lobo hermoso y envejecido. Me observa, y aún no me he acostumbrado a la forma en que lo hace. En mi ausencia se ha quitado la americana y la ha colgado del respaldo de la silla. Se ha remangado un poco la camisa blanca.

Mi mirada se queda atrapada en sus antebrazos, en la composición de su piel, distingo cada célula, acaricio mentalmente las venas que se le marcan, siento la calidez que irradia, y un sentimiento que ahora mismo no me conviene en absoluto me cierra un nudo en la garganta. Hace mucho tiempo que estoy sola. Un apretón de manos o un abrazo fugaz son el mayor contacto físico que me he permitido en los últimos años. ¿Por qué pienso en ello precisamente ahora?

—¿Empezamos? —pregunta Lenzen.

Ha llegado el momento. Tengo que concentrarme. La sesión de fotos ha acabado. Comienza… la entrevista.

—Estoy lista —afirmo.

Me siento erguida, tomo conciencia de la tensión de mi cuerpo.

Lenzen asiente. Tiene sus documentos frente a él, pero no los mira.

—Señora Conrads, le doy las gracias otra vez por invitarnos a su preciosa casa —dice.

—Un placer.

—Allá vamos: ¿cómo se encuentra?

—¿Cómo dice?

La pregunta me coge por sorpresa, y el suave clic que oigo a mi izquierda me indica que el fotógrafo ha capturado el instante. Aún estoy luchando contra el mareo y las náuseas, pero disimulo.

—Bueno, vive muy retirada, todo el mundo lo sabe. Así que sus numerosos lectores desean saber cómo se encuentra.

—Me encuentro bien —respondo.

Él asiente de forma casi imperceptible. Ignora sus notas, me mira a los ojos y no me pierde de vista. ¿Intenta adivinar mis intenciones?

—Tiene mucho éxito con sus novelas. ¿Por qué ha cambiado de género para escribir un *thriller*?

Otra vez la pregunta inicial, a la que antes no pude contestar porque Charlotte apareció. Bien. Naturalmente estoy preparada para esta pregunta, no para el extraño inicio de Lenzen. Era obvia, así que recito mi estudiada respuesta.

—Como ya ha comentado, mis circunstancias son de todo menos normales. No salgo de casa, no voy a trabajar, no voy a la panadería ni al supermercado, no viajo, no quedo con amigos en cafeterías o bares. Vivo muy retirada y, por lo tanto, también de manera muy sencilla. En esta situación no es fácil huir del aburrimiento. Escribir es mi forma de concederme pequeñas escapadas. Simplemente quería probar algo nuevo. Por supuesto entiendo que algunos de aquellos a quienes les gustan mis anteriores libros reaccionen con sorpresa a este cambio de rumbo en mi obra. Pero necesitaba nuevos aires literarios, por así decirlo.

Mientras hablo Lenzen ha bebido un trago de agua, muy bien. Cuantas más huellas deje, mejor.

—Y de todos los géneros a disposición de un escritor, ¿por qué precisamente un *thriller*? —insiste.

—Quizá porque es lo que más contrasta con mis creaciones hasta la fecha —digo.

Suena creíble. Es importante que la entrevista siga un curso normal, quiero dejar que se plantee qué me propongo. Atacaré cuando menos se lo espere.

Mientras Lenzen consulta, ahora sí, sus documentos un momento, mi mirada recae sobre el cenicero. Hago otro intento.

—Disculpe, ¿no tendrá un cigarrillo? —pregunto.

—Pues claro —dice.

Mi corazón da un pequeño brinco cuando Lenzen saca de su bolsa un paquete azul de Gauloises y me lo ofrece. Saco uno. En estas circunstancias cualquier fumador que se precie cogería uno en un acto reflejo.

—¿Tiene fuego? —pregunta Lenzen.

Niego con la cabeza. Espero no sufrir un ataque de tos después de tantos años sin fumar. De verdad espero que todo esto no sea en balde, que él también fume uno. Rebusca un mechero en el bolsillo del pecho de la americana, lo encuentra. Me da fuego por encima de la mesa, me levanto, me inclino hacia él, su cara se acerca cada vez más, se me acelera un poco el pulso, veo que tiene pecas, qué sorpresa, algunas pecas entre las arrugas. Nuestras miradas se cruzan, bajo la vista, mi cigarrillo se enciende, un clic me indica que el fotógrafo ha apretado el disparador.

Contengo un acceso de tos, me arden los pulmones. Lenzen hace girar la cajetilla en las manos, una vez, dos veces, después vuelve a guardarla.

—Fumo demasiado —me explica, y vuelve a concentrarse en sus papeles.

¡Qué pena!

Sigo fumando el cigarrillo con valor a caladas lentas. Tiene un sabor asqueroso. Me mareo, mi cuerpo se rebela contra la nicotina, a la que ya no está acostumbrado, me siento débil.

—Dónde estábamos... —dice él—. Ah, sí. El cambio de género. ¿Usted suele leer *thrillers*?

—Leo de todo —contesto.

Esperaba acostumbrarme a sus ojos de lobo con el tiempo; no es así. Llevo varios minutos intentando no pasarme la mano por el pelo porque sé que es un gesto que denota inseguridad, pero ya no puedo contenerme. El fotógrafo vuelve a disparar.

—¿Qué *thriller* la ha impresionado últimamente? —pregunta Lenzen.

Le nombro un puñado de autores a los que aprecio de verdad, un par de americanos, algunos escandinavos, un par de alemanes.

—Viviendo tan apartada de todo, ¿dónde encuentra la inspiración?

—Las buenas historias están ahí fuera —digo apagando el cigarrillo.

—Pero usted no sale ahí afuera —replica con aire de suficiencia.

Lo ignoro.

—Me interesa mucho lo que sucede en el mundo —matizo—. Leo el periódico, miro los programas de noticias, paso muchas horas en internet recopilando información. El mundo está lleno de historias. Solo hay que mantener los ojos abiertos. Y por descontado estoy eternamente agradecida a los sistemas de comunicación modernos y a los medios por hacer posible que el mundo entre en mi casa.

—¿Y cómo se documenta? ¿También por internet?

Estoy a punto de contestar cuando lo oigo. Mi respiración y mis latidos se ralentizan de pronto.

No puede ser. Son imaginaciones tuyas.

Se me contrae la mandíbula.

—Suelo documentarme buscando... —digo tratando de concentrarme—. Para este libro he... he...

No son imaginaciones mías, es real. Oigo música. Me mareo, todo gira a mi alrededor.

—He leído mucho acerca de la mente de... He...

All you need is love. La música aumenta de volumen, parpadeo, la respiración se me acelera, estoy a punto de hiperventilar; Lenzen, justo enfrente, con sus ojos fríos y claros clavados en mí, cruel y paciente; jadeo. Lo disimulo carraspeando. Me interrumpo. Por un momento lo veo todo negro. ¡Respira, tranquila! Busco a tientas un ancla, encuentro mi vaso de agua, lo noto en la mano, liso y frío. ¡Sal a la superficie, sal! Esta sensación lisa y fría en la mano es la realidad, no la música, no la música; pero sigue sonando. Oigo claramente la melodía, esa horrible melodía. *All you need is love, la-da-da-da-da...*

Tengo la garganta seca, levanto el vaso y trato de acercármelos a los labios, derramo un poco, tiemblo, bebo a duras penas, de pronto recuerdo que no quería beber de él, vuelvo a dejarlo.

—Perdón —grazno haciendo un esfuerzo.

Lenzen dice algo, lo oigo como a través de un algodón. El fotógrafo entra en mi borroso campo de visión, intento concentrarme en él, lo enfoco, alcanzo el borde del pozo, salgo a la superficie. A pesar de que la música sigue sonando, salgo a la superficie. Miro al fotógrafo. Miro a Lenzen. No reaccionan. Oigo la música, pero ellos no. No me atrevo a indagar. No quiero, no puedo dar la impresión de estar loca.

—Disculpe, ¿cuál era la pregunta? —digo, y carraspeo, intento librarme de la ronquera.

—¿Cómo se documentó para este libro? —repite.

Me recompongo, recito mi respuesta preparada, el fotógrafo nos rodea y dispara, recupero el rumbo, hablo como con el piloto automático, pero por dentro estoy conmocionada. Los nervios me están jugando una mala pasada, oigo sonidos que no existen, sonidos terribles. Y precisamente ahora que mi mente se ve superada por la situación.

Maldita sea, Linda. Maldita sea.

Lenzen formula otra pregunta intrascendente y la respondo. La música enmudece. El mundo vuelve a girar. El fotógrafo observa la pantalla de su cámara.

Lenzen lo mira con expectación.

—¿Has terminado?

—Sí —contesta el fotógrafo, cuyo exótico nombre he olvidado, sin volver el rostro hacia Lenzen—. Gracias, señora Conrads —agrega—. Ha sido un placer conocerla.

—Lo mismo digo —respondo, y me levanto; las rodillas me tiemblan como a un ternero recién nacido—. Lo acompaño a la puerta.

Me sienta bien levantarme y caminar un par de metros. Reactivar la circulación. He estado a punto de desmayarme. Ha estado cerca. Muy cerca. No puede volver a sucederme, no con este hombre en mi casa.

El fotógrafo recoge sus cosas, se echa al hombro la mochila con el equipo. Le hace un gesto con la cabeza a Lenzen y me sigue hacia la puerta. El mareo disminuye poco a poco, pero sigue teniendo picos.

—Hasta pronto —dice el fotógrafo recogiendo su parka del perchero. Me tiende una mano cálida y me mira un momento a los ojos—. Cuídese —añade y, acto seguido, se marcha.

16

Lo sigo con la mirada un par de segundos, después me enderezo y regreso al comedor con paso firme. Me detengo bruscamente al ver el abrigo de Lenzen. Lo mejor será que lo registre, nunca se sabe. Lanzo una mirada a la puerta del comedor, aguzo el oído, pero no oigo nada. Examino a toda prisa los bolsillos, pero están vacíos. Me da un vuelco el corazón al oír un ruido detrás de mí. Me doy la vuelta. Tengo a Victor Lenzen enfrente. El corazón se me detiene.

Me dirige una mirada escrutadora.

——¿Va todo bien? —pregunta.

Esa mirada es impenetrable.

—De maravilla. Solo estoy buscando un pañuelo —explico, señalando mi chaqueta de punto, que cuelga del perchero junto a su abrigo.

Permanecemos cara a cara un instante, nadie dice nada.

El momento se alarga. Entonces el rostro de Lenzen se ilumina y me sonríe. Menudo actor está hecho.

—La espero en el comedor.

Se vuelve y desaparece.

Respiro hondo, cuento hasta cincuenta y regreso yo también al comedor. Cuando entro, está sentado a la mesa y me mira con simpatía. Estoy a punto de decirle que podemos continuar cuando vuelve a sonar el teléfono. Suspiro con fuerza. ¿Quién puede ser?

—Quizá debería cogerlo —opina—. Parece importante.

—Sí... Quizá debería. Discúlpeme.

Voy al salón y me acerco al aparato, que suena sin parar. Frunzo el ceño desconcertada al ver ese número de Múnich. Lo conozco, lo he marcado hace poco. Descuelgo con dedos temblorosos, consciente de que Lenzen puede oír desde la habitación contigua cada palabra que yo pronuncie.

—Linda Conrads.

—Señora Conrads —dice el profesor Kerner—. Qué bien que doy con usted.

Suena raro.

—¿Qué sucede? —pregunto inmediatamente alarmada.

—Me temo que debo comunicarle una noticia desagradable —contesta.

Contengo la respiración.

—Preguntó usted por las muestras de ADN de la escena del crimen de su hermana —prosigue—. Pues resulta que me entró la curiosidad y eché un vistazo al caso.

Titubea. Un mal presentimiento se apodera de mí. Si va a decir lo que sospecho, no quiero oírlo. No en este preciso momento.

—Por desgracia las muestras de ADN del caso son completamente inservibles —dice Kerner.

Lo veo todo negro. Me siento en el suelo desnudo, jadeo.

Oigo la voz amortiguada de Kerner decir que, por desgracia, de vez en cuando las muestras se contaminan o se pierden. Que lo siente mucho. Que estas eran de antes de que él llegara a Múnich, que si no, no habría pasado. Que ha dado muchas vueltas a la cuestión de si debía comunicármelo o no, que al final se ha dicho que todo el mundo tiene derecho a la verdad, aunque no sea agradable.

Intento recuperar el aliento. El monstruo está sentado en la habitación de al lado y me espera. Aparte de Charlotte, que juega arriba con Bukowski, estamos él y yo solos en esta enorme casa, y mi plan se ha ido al garete, todas las muestras de ADN de este mundo no servirían de nada. Ya no hay red. Ya no hay doble fondo. Solo Lenzen y yo.

—Lo siento, señora Conrads —se lamenta Kerner—. Pero pensé que debía saberlo.

—Gracias —digo con voz apagada—. Adiós.

Me quedo sentada. Mi mirada atraviesa la ventana. La mañana fría y soleada que he admirado al levantarme temprano se ha convertido en un día gris con nubes bajas. No sé cómo, pero de algún modo encuentro las fuerzas para levantarme y regresar al comedor. Cuando entro en la habitación Lenzen vuelve la cabeza hacia mí. Es increíble la calma con la que este hombre tan peligroso está sentado a mi mesa del comedor. Observa todos mis movimientos, como una serpiente al acecho, y yo pienso:

Necesito una confesión.

17

SOPHIE

Nubes orondas, lozanas, flotaban a baja altura sobre las casas de enfrente con pesadez y dramatismo. Sophie miraba por la ventana y contemplaba el cielo, por el que revoloteaban dos vencejos. Ahí fuera, en algún lugar bajo ese cielo vivía y respiraba el asesino de Britta. La idea tenía un sabor metálico y frío, Sophie se estremeció.

Se preguntó cómo sería no volver a salir de casa. No tener que salir a ese mundo espantoso. Desechó la idea y miró su reloj de pulsera. Tendría que darse prisa si quería llegar con aceptable puntualidad a la fiesta. Antes le encantaban las fiestas, ella misma había dado algunas. En cambio, desde la muerte de Britta se alegraba de no tener que reír ni charlar. Y eso era exactamente lo que se esperaba de ella ese día. Su nuevo galerista, Alfred, con el que llevaba poco tiempo trabajando, celebraba su cincuenta cumpleaños con una fiesta a lo grande en el jardín. La ventaja era que sobre todo habría allí gente de la escena artística de la ciudad; pintores excéntricos, amantes del arte ricos, en resumen: personas con las que Sophie no tenía nada en común excepto el amor a la pintura y a las que apenas conocía. Eso era positivo porque nadie, ni siquiera el anfitrión, sabía que su hermana había muerto hacía poco y nadie la enredaría en una de aquellas embarazosas conversaciones de condolencia. Al menos de eso estaba segura. Sin embargo, podía prescindir de todo aquello y su intención había sido rechazar la invitación. Había sido Paul quien había insistido en que habría sido de muy mala educación, añadiendo que, de todos modos, le haría bien distraerse.

Y ahora Sophie estaba delante del armario y se enfrentaba a la difícil tarea de escoger prendas de ropa siguiendo las instrucciones del anfitrión, que exigía un blanco veraniego. En las últimas semanas había utilizado exclusivamente el negro, y ahora, imaginándose tan inmaculada de la cabeza a los pies tenía la impresión de disfrazarse. Suspiró y cogió unos pantalones blancos de lino y una camiseta blanca de tirantes.

Era una noche sofocante de finales de verano. Las nubes se habían desvanecido sin cumplir su promesa de lluvia y descenso de temperatura. Cuando Sophie y Paul llegaron a la villa de Alfred, la fiesta ya estaba en pleno apogeo. El jardín era grande y estaba rodeado de árboles y arbustos, de manera que casi parecía un claro natural en algún lugar del bosque. En las ramas, altas y bajas, brillaban incontables luces que conferían un aire irreal tanto al entorno como a las personas que allí se apiñaban. No había sitios donde sentarse aparte de un pequeño columpio en un rincón apartado en el que dos hombres se besaban absortos. Bajo un gran castaño, del que colgaban un gran número de faroles como frutos maduros, se había improvisado una pista de baile junto a la que se había construido un reducido escenario para la banda, a la que sin embargo no se veía por ningún lado. De los altavoces surgía música a bajo volumen ahogada por las voces de los invitados, que flotaban sobre la escena como el suave zumbido de un enjambre de abejorros. La multitud se apartaba una y otra vez para abrir paso a los camareros, que traían de la villa bandejas con bebidas y aperitivos y se los ofrecían a los asistentes del jardín. También iban vestidos de blanco, de acuerdo con el tema de la fiesta, y apenas se habrían diferenciado de los invitados de no ser por los pequeños cuernos que llevaban en la cabeza.

Sophie decidió ceder a las súplicas de Paul y desconectar lo mejor que pudiera. Bebió un cóctel, después otro, y otro más. Comió un par de aperitivos. Felicitó a su galerista. Cogió otra copa.

Finalmente Alfred subió al pequeño escenario, dio un breve discurso con el que mostró su gratitud a los presentes, inauguró oficialmente la pista de baile, invitó a la banda al escenario y anunció que dedicaba la primera canción de la noche a su mujer. Sophie no pudo evitar sonreír al ver que el galerista y su esposa —la única que iba de rojo llamativo en lugar de blanco— se lanzaban besos el uno al otro. Sin embargo se le desvaneció la sonrisa cuando la banda, de cuatro miembros, comenzó a tocar atacando los primeros acordes de *All you need is love* de los Beatles. El mundo desapareció, se abrió un abismo que la engulló, la engulló de los pies a la cabeza.

17

La melodía aún resuena en mi mente cuando regreso al comedor. Me siento, decidida a no volver a permitir que nada me saque de quicio.

Lenzen aún conserva su gesto amable.

—Está pálida —constata—. Si necesita un pequeño descanso no hay ningún problema, de verdad. Tengo tiempo y puedo adaptarme a usted.

Si no supiera que es el lobo, no dudaría de la preocupación que denota su voz.

—No hace falta —digo con frialdad—. Puede seguir tranquilamente.

Pero mi mente no se serena. Intento recordar todo lo que me enseñó el doctor Christensen. Aun así, la conmoción es tan profunda que me ha dejado en blanco.

—De acuerdo —acepta Lenzen—. ¿Y qué hay de escribir? ¿Le gusta escribir?

Lo miro a los ojos.

—Mucho —respondo mecánicamente.

Mi hermana se llamaba Anna.

—¿Así que no es de esos autores que sudan cada frase?

De niña yo tenía envidia de que el nombre de Anna pudiera leerse al derecho y al revés, ella estaba muy orgullosa de eso.

—En absoluto. Para mí escribir es como ducharme o lavarme los dientes. Sí, casi podría decirse que forma parte de mi higiene diaria. Si no escribo, me siento como si se me obstruyeran todos los poros.

A Anna le daba asco la sangre.

—¿Cuándo escribe?

Cuando de niña me raspaba las rodillas lo ignoraba, y cuando me cortaba el dedo, simplemente me lo metía en la boca un rato y me sorprendía que supiera a hierro, y después me sorprendía conocer el sabor del hierro. Cuando Anna se raspaba las rodillas o se cortaba, gritaba y lloriqueaba, y yo le decía: «¡No seas cría!».

—Me gusta empezar muy pronto por la mañana. Cuando aún tengo las ideas frescas, cuando aún no me he empapado de las noticias y de las llamadas y de todo aquello que veo, leo y oigo a lo largo del día.

—¿Cómo es su proceso de escritura?

A mi hermana Anna la asesinaron de siete puñaladas.

—Disciplinado. Me siento ante mi escritorio, despliego mis notas, abro mi portátil y escribo.

—Suena muy sencillo.

—A veces lo es.

—¿Y cuándo no lo es?

El cuerpo humano contiene de 4,5 a 6 litros de sangre.

Me encojo de hombros.

—¿Escribe a diario?

El cuerpo de una mujer del tamaño de mi hermana contiene unos cinco litros de sangre. A partir de una pérdida del treinta por ciento de la sangre el cuerpo entra en estado de shock. La circulación se ralentiza. El objetivo es disminuir la velocidad a la que la sangre mana de la herida y reducir la demanda de energía y oxígeno del cuerpo.

—Casi a diario, sí. Por supuesto, justo después de haber terminado un libro, hay una fase en la que busco nuevas ideas, me documento y me preparo para el siguiente proyecto.

—¿En base a qué decide cual será su siguiente proyecto?

Lo último que vio Anna fue a su asesino.

—Instinto.

—¿Su editorial le da carta blanca?

Antes de sacarme el carnet de conducir, hice un curso de primeros auxilios.

—Ahora ya sí.

—¿Cuánto de usted hay en sus personajes?

De todos modos me dediqué principalmente a tontear con el monitor.

—Eso nunca es una decisión consciente. No me siento a reflexionar: este personaje sentirá un treinta por ciento como siento yo y este otro tendrá los mismos recuerdos de la infancia que yo. Pero en todos ellos hay sin duda un poco de Linda.

—¿Cuánto tiempo ha dedicado a su novela?

Tanto los sanitarios como la policía me dijeron que Anna ya estaba muerta cuando entré en la casa.

—Medio año.

—No es mucho tiempo.

—Tiene razón, no es mucho tiempo.

Yo no estoy tan segura.

—¿Qué le empujó a escribir este libro?

Puede que lo último que Anna viera fuera a su hermana rematadamente inútil.

No contesto. Cojo otro botellín de agua, lo abro, me tiemblan las manos, doy un trago. Los ojos de Lenzen siguen mis movimientos.

—¿Qué enfermedad era la que sufría? —pregunta como de pasada y se sirve agua en el vaso.

Lobo listo. Lo dice como si todo el mundo lo supiera y solo se le hubiera olvidado por un momento. Y sin embargo no ignora que nunca he mencionado en público mi enfermedad.

—No quiero hablar de eso —digo.

—¿Cuándo salió de casa por última vez? —insiste.

—Hace unos once años.

Lenzen asiente.

—¿Qué fue lo que pasó? —pregunta.

No tengo respuesta para ello.

—No quiero hablar de eso.

Lo acepta, pero arquea brevemente las cejas.

—¿Qué tal lleva tener que quedarse en casa?

Respiro hondo.

—¿Qué puedo decir? —contesto—. No sé cómo describírselo a alguien que no ha pasado por ello. De pronto el mundo es muy pequeño. Y llega un momento en que tienes la sensación de que tu propia cabeza es tu mundo y de que no hay nada fuera de ella. Todo lo que se ve a través de la ventana, todo lo que se oye, la lluvia, los corzos en la linde del bosque, las tormentas de verano sobre el lago, todo parece estar muy lejos.

—¿Es doloroso? —pregunta Lenzen.

—Al principio era muy doloroso, sí —digo—. Pero es asombrosa la rapidez con la que una situación que parece insoportable se convierte en algo normal. Yo creo que podemos adaptarnos a todo. Quizá no acostumbrarnos, pero sí adaptarnos. Al dolor. A la desesperación. A la esclavitud…

Me esfuerzo por que mis respuestas sean extensas. Por hacer fluir la conversación. Una entrevista de lo más normal. Por mí, que siga en guardia. Que dude, que se inquiete.

—¿Qué es lo que más echa de menos?

Reflexiono un momento. Hay tantas cosas que no existen en mi mundo: salones intensamente iluminados. Desconocidos a los que observar cuando te los cruzas de noche. Turistas que piden indicaciones. Ropa empapada por la lluvia, bicicletas robadas.

Bolas de helado que caen sobre el asfalto y se derriten. Árboles de mayo.

Peleas por plazas de aparcamiento. Prados floridos. Dibujos de niños con tiza en el asfalto. Campanas de iglesia.

—Todo —digo al cabo—. No son necesariamente las grandes cosas como un safari en Kenia, saltar en paracaídas sobre Nueva Zelanda o ir a un bodorrio, aunque también estaría bien, claro. Son más bien las pequeñas cosas del día a día.

—¿Por ejemplo?

—Ir por la calle y encontrarte con alguien que te gusta, sonreírle y ver que te devuelve la sonrisa. El momento en que ves que en el local que ha estado vacío tanto tiempo han abierto un restaurante prometedor.

Lenzen sonríe.

—La manera en que los niños a veces miran fijamente.

Asiente para indicarme que sabe muy bien a qué me refiero.

—O el olor de una floristería... Ese tipo de cosas. Tener las mismas experiencias vitales que los demás y, cómo decirlo, sentirme unida a los demás en la vida y en la muerte y en el trabajo y en el placer y en la juventud y en la vejez y en la risa y en el enfado y en todo.

Me detengo unos segundos y me doy cuenta de que, aunque esto en realidad no sea una entrevista, me estoy esforzando por responder con sinceridad a las preguntas, no sé muy bien por qué. Me sienta bien hablar. Quizá es porque pocas veces tengo con quién. Porque pocas veces me preguntan.

Maldita sea, Linda.

—Y por supuesto echo de menos la naturaleza —digo—. Mucho.

Contengo un suspiro porque la nostalgia me sube por la garganta como la acidez, justo ahora, en esta situación, maldita sea.

Quizá todo esto sería más fácil si Lenzen fuera repugnante.

Él permanece en silencio, como si quisiera que las palabras siguieran resonando un instante; parece reflexionar brevemente sobre ello.

Pero no es repugnante.

—¿Se siente sola?

—La verdad es que yo no diría que estoy sola. Tengo una intensa vida social, e incluso aunque no reciba visitas a menudo, hoy en día tenemos a nuestra disposición herramientas de sobra para estar en contacto sin tener que vernos físicamente.

Es difícil no dejarse influir por la presencia de Lenzen. Es un oyente excepcional. Me mira, y sin quererlo trato de imaginar qué ve. Su mirada se detiene en mis ojos, baja a mis labios, a mi cuello. El corazón se me acelera, por miedo y por un no sé qué.

—¿Quiénes son las personas más importantes de su vida? —pregunta entonces, y se me disparan todas las alarmas.

Ni se me ocurriría desvelar mis puntos débiles a un asesino. Podría mentir, pero creo que es más inteligente mantenerme en este papel de famosa reservada.

—Oiga —digo—, esto empieza a resultarme demasiado personal. Preferiría que nos concentráramos en mi libro, tal como acordamos.

Mi mente no para. Tengo que conseguir de algún modo que Lenzen no solo haga preguntas, sino que también las conteste.

—Perdone —dice Lenzen—. No quería ofenderla.

—Bien —respondo.

—¿Tiene usted pareja?

No puedo evitar fruncir el ceño.

Cambia de tema al instante y formula otra pregunta.

—¿A qué se debe que vuelva a conceder una entrevista después de tanto tiempo?

Como si no supiera por qué está aquí.

—Esto ha sido a petición de mi editorial —miento sin inmutarme.

En los labios de Lenzen se adivina una sonrisa.

—Volviendo a mi última pregunta —contraataca—. ¿Tiene usted pareja?

—¿No acaba de decir que no quería ofenderme? —exclamo.

—Oh, perdone, no sabía que la información sobre su pareja fuera demasiado privada.

Pone cara de arrepentimiento, pero sus ojos sonríen.

—Está bien, volvamos al libro. —Recula—. Su protagonista, Sophie, es un personaje destrozado por la muerte de su hermana. Me gustan mucho los fragmentos en los que nos sumergimos en el mundo interior de Sophie. ¿Cómo ha logrado meterse en la piel de un alma tan rota, hacia el final incluso autodestructiva?

Es un golpe bajo repentino e inesperado. Después de todo, Sophie, esa mujer rota, soy yo. Trago saliva con dificultad. Me digo que esto que comienza ahora es la conversación que tengo que dirigir. Comparezco como acusación, jurado y juez. Proceso, argumentación y sentencia.

Allá vamos.

—Considero que uno de mis puntos fuertes es mi gran capacidad para identificarme con todos mis personajes —respondo sin precisar más—. Sin embargo, en mi opinión Sophie no está destrozada en absoluto. La muerte de su hermana casi la hunde, eso es cierto. Pero se recupera para probar la culpabilidad del asesino… y lo consigue.

Y yo también lo conseguiré; es lo que subyace tras lo que acabo de decir, y Victor Lenzen lo sabe. Permanece impasible.

—El comisario también me resulta un personaje interesante. ¿Está inspirado en una persona real?

—No —miento—. Lamento decepcionarlo.

—¿Para este libro no pidió consejo a policías de carne y hueso?

—No. Admiro a mis compañeros que hacen el esfuerzo y se documentan minuciosamente. Pero para mí era más importante la dinámica entre los personajes. Me interesa más la psicología que los detalles técnicos.

—Al leer tuve la sensación de que la protagonista y el comisario casado fraternizaban, que eran los inicios de una historia de amor —dice Lenzen.

—¿Ah, sí?

—¡Sí! Me pareció leer entre líneas que allí habría podido pasar algo.

—Entonces sabe más que la autora —digo—. Ambos me caen bien, eso era importante para la historia. Comparten algunos momentos. Nada más.

—¿Evitó de manera consciente introducir una historia de amor? —pregunta Lenzen.

No sé adónde quiere llegar.

—Si le soy sincera, no pensé en ello ni un segundo.

—¿Cree que escribiría libros diferentes si llevara una vida completamente normal?

—Creo que todo lo que hacemos y vivimos influye en el arte que producimos, sí.

—Si usted tuviera pareja, ¿su protagonista y el comisario habrían acabado juntos?

Contengo un resoplido. ¿Acaso me toma por tonta? Pero está bien que retome los temas privados porque se me ha ocurrido una idea.

—No entiendo muy bien cómo llega a esa conclusión —contesto—. Y ya le he dicho que no quiero hablar de temas personales.

Espero que esta vez no se dé por satisfecho con la respuesta. Es muy probable que así sea, ya que la redacción ha debido de encargarle que me sonsaque tanta información privada como le sea posible. Puede que mi nuevo libro sea interesante. Pero seguro que una incursión en la mente de la famosa y misteriosa Linda Conrads resulta más fascinante.

—Es difícil separar al artista de la obra —arguye.

Asiento, haciendo ver que estoy de acuerdo.

—Pero por su parte debe entender que me resulta desagradable hablar de temas privados con un desconocido —respondo.

—Está bien —acepta vacilante, y parece estar preguntándose cómo seguir.

—¿Sabe qué? —digo, y hago una pausa.

Finjo que la idea se me acaba de ocurrir en ese preciso momento.

—Responderé a sus preguntas si por cada una de ellas puedo hacerle una yo a usted.

Me mira perplejo, pero se recobra enseguida y como por arte de magia hace una mueca aparentemente divertida.

—¿Quiere hacerme preguntas a mí?

Asiento. A Lenzen le brillan los ojos. Percibe que se han acabado los preámbulos. Espera que por fin dé comienzo a la partida.

—Suena justo —dice.

—Adelante, pregunte.

—¿Quiénes son las personas más importante de su vida? —suelta a bocajarro.

Mis pensamientos recaen en Charlotte, que sigue deambulando por la casa sin saber que se ha sentado frente a un asesino, puede que un psicópata. En Norbert, que debe de estar furioso en este momento, a saber dónde. En mis padres. En mi hermana. Que lleva mucho tiempo muerta y desde su muerte se ha convertido realmente en la persona más importante de mi vida. Como una canción pegadiza de la que es imposible librarse.

All you need is love, la-da-da-da-da.

—Hoy en día son sobre todo personas de mi entorno laboral

—digo—. Mi editor, mi agente, el resto de la gente de la editorial, un puñado de amigos.

Es una respuesta vaga. Suficiente. Ahora me toca a mí. Empezaré con preguntas inofensivas para averiguar sus reacciones a fin de notar cuándo se relaja, y entonces empezaré con las preguntas provocadoras. Como con un detector de mentiras.

—¿Cuántos años tiene?

—¿Cuántos cree que tengo?

—Soy yo quien hace las preguntas.

Lenzen esboza una sonrisilla.

—Tengo cincuenta y tres —contesta.

Entrecierra los ojos.

—¿Tiene pareja? —pregunta de nuevo.

—No.

—Vaya —exclama.

Me molesta.

—¿Vaya?

—Bueno... —dice—. Es usted joven. Preciosa. Tiene un éxito increíble. Y a pesar de todo está sola. ¿Cómo consigue describir relaciones si usted misma no las tiene?

Hago todo lo posible por olvidar lo que acabo de oír. Por no plantearme si es cierto. Lo de que me considera preciosa, por ejemplo.

—Me toca —me limito a decir.

Lenzen se encoge de hombros.

—¿Dónde creció? —pregunto.

—En Múnich.

Se ha recostado en la silla, parece ligeramente a la defensiva. Puede que mi interrogatorio inofensivo le resulte más incómodo de lo que está dispuesto a reconocer. Y eso que acabamos de empezar. Pero es su turno.

—¿Cómo consigue describir relaciones si usted misma no las tiene?

—Soy escritora —contesto—. Simplemente sé hacerlo. Además, no siempre he vivido como ahora.

Mi turno.

—¿Tiene hermanos?

Un pequeño golpe bajo. La referencia a mi propia hermana muerta es evidente. Debe de haberse percatado de que me acerco al verdadero tema de la conversación. Pero ni se inmuta.

—Sí. Un hermano mayor. ¿Tiene usted hermanos? —Me devuelve la pregunta.

A sangre fría. Contengo cualquier movimiento del cuerpo.

—Sí —digo simplemente.

—¿Hermano o hermana?

—No le toca, señor Lenzen.

—Es usted muy estricta, señora Conrads —replica con una sonrisita.

—Una hermana —respondo dirigiéndole una mirada firme.

Me sostiene la mirada.

—¿Tiene usted una buena relación con sus padres? —pregunto.

—Sí —contesta Lenzen—. Bueno, mi madre ya no vive. Pero con mi padre sí. Y con mi madre también cuando aún vivía.

Lenzen se lleva la mano a la sien, lo observo con atención. Pero no es un *tell*, como llaman en póquer a los gestos que indicarían que miente. Porque hasta ahora no ha mentido. Sé mucho de Victor Lenzen. Espero que no me devuelva esta pregunta, no quiero pensar en mis padres en este momento.

—¿Echa en falta una relación, señora Conrads?

—A veces —digo, y contraataco de inmediato—. ¿Tiene hijos?

—Una hija.

Bebe un sorbo de agua.

—¿Le habría gustado tener una familia? —pregunta entonces—. ¿Un marido, hijos?

—No.

—¿No? —Se muestra incrédulo.

—No —repito—. ¿Está casado?

—Divorciado.

—¿Por qué fracasó su matrimonio?

—Me toca a mí —dice—. ¿Echa en falta el sexo?

Vuelve a inclinarse hacia delante apoyando los antebrazos.

—¿Perdón?

—¿Echa en falta el sexo? —insiste.

Tengo miedo. No lo muestro.

—No mucho —digo. Seguimos—. ¿Por qué fracasó su matrimonio?

—Porque trabajo mucho, supongo, pero tendrá que preguntárselo a mi exmujer.

Vuelve a llevarse la mano a la sien, la pregunta le resulta incómoda, el tema de su familia le resulta incómodo en general, tengo que recordarlo. Pero necesito que me mienta, quiero saber qué aspecto tiene cuando miente. No obstante, ahora es su turno.

—¿Tiene usted una buena relación con sus padres?

—Sí.

Esta ya es mi tercera mentira.

—¿Ha sido infiel alguna vez?

—No —contesta. Dispara inmediatamente después—. ¿Cómo era de niña?

—Traviesa —describo—. Más bien como todos solemos imaginar a un niño.

Asiente como si pudiera imaginarlo vivamente.

—¿Ha estado alguna vez con alguna prostituta, señor Lenzen?

—No.

Es imposible saber si miente.

—¿Tiene usted una buena relación con su hermana? —pregunta.

Alarma.

—¿Por qué le interesa?

—Porque me fascina la relación entre las hermanas del libro, porque antes me ha dicho que tiene una hermana y porque me pregunto si es por eso que ha descrito el amor entre ellas con tanta empatía. ¿Y bien?

—Sí —digo—. Una relación muy buena.

Trago saliva. No sientas nada, no hay dolor. Seguimos.

—¿Se considera un buen padre?

Se lleva la mano a la sien, es un patrón claro.

—Sí. Claro que sí —responde.

Punto débil. Bien. Ojalá se plantee adónde quiero llegar con tanta preguntita, ojalá eso le ponga nervioso. El nerviosismo es bueno. No tiene por qué saber que no quiero llegar a ninguna parte y que no tengo otro objetivo que irritarlo.

—¿Se inspira en acontecimientos reales? —pregunta.

—Sí, en parte —reconozco.

—¿Y en su último libro?

Como si no lo supiera.

—Sí.

Ha llegado el momento de lanzar un golpe bajo.

—¿Ha violado alguna vez a una mujer? —pregunto.

Lenzen frunce el ceño, me mira escandalizado.

—¿A qué viene esto? —exclama—. No sé si me gustan sus juegos psicológicos, señora Conrads.

Parece sinceramente indignado. Estoy a punto de aplaudir.

—No tiene más que decir que no...

—No —dice.

La arruga de enfado de su frente no desaparece. Se produce un silencio.

—¿Cómo se llamaba su perro?

—¿Esa es su pregunta? —Me asombra.

—No, es solo que no lo recuerdo —se excusa.

¿Es una amenaza? ¿Menciona a mi perro porque se imagina cuánto lo quiero y lo insoportable que me resultaría que le pasara algo?

—Bukowski —respondo, y estoy a punto de formular mi siguiente pregunta cuando Charlotte aparece de pronto en el umbral.

Me estremezco porque me había olvidado por completo de ella.

—Siento volver a molestarles —empieza—, pero si ya no puedo hacer nada más por aquí, ahora sí que me iré a casa.

—Ningún problema, Charlotte. Váyase —digo.

—Por cierto, han anunciado tormentas para esta noche, acuérdese de cerrar todas las ventanas antes de acostarse.

—Así lo haré. Gracias.

La idea de quedarme a solas con Lenzen no me gusta. Pero la mirada peligrosa que dedica a Charlotte me gusta mucho menos.

Ella se acerca a él y le tiende la mano. Lenzen se levanta educadamente y se la estrecha.

—Ha sido un verdadero placer conocerlo —dice Charlotte colocándose un mechón inexistente detrás de la oreja. Se sonroja.

Lenzen sonríe reservado y se sienta. Se vuelve hacia mí otra vez. De nuevo lo veo a través de los ojos de Charlotte. Su tranquilidad, su carisma. Las personas como él tienen el don de salirse casi siempre con la suya.

—Puede que volvamos a vernos —dice ella con coquetería.

Lenzen no añade nada, solamente sonríe con educación. De pronto soy consciente de que no es él quien tontea con ella, sino al contrario. Él apenas le presta atención, está concentrado en mí. Charlotte se queda plantada en el comedor un instante, mientras que la mirada de Lenzen hace tiempo que es para mí. Ella me hace un último gesto escueto de asentimiento y desaparece. Respiro aliviada.

—Su asistente y yo hemos estado hablando un poco antes y nos hemos dado cuenta por casualidad de que vivimos a solo un par de calles de distancia —explica Lenzen como de pasada—. Es extraño que no nos hayamos visto nunca por Múnich. Pero ya sabe cómo son estas cosas: una vez que te conoces, empiezas a encontrarte por todas partes.

Me sonríe, se levanta, coge un rollito del carro de comida del catering, le da un mordisco y mastica. Lleva ventaja.

He captado su amenaza. Ha entendido que estoy unida a Charlotte. Y ha querido hacerme saber que no tengo la más remota posibilidad de mantenerla alejada de él.

19

JONAS

Sentía que estaba perdiendo el control. Que estaba empezando a actuar de forma irracional. Pero no podía hacer nada para evitarlo. En realidad no se le había perdido nada allí. ¿A qué iba a casa de la testigo?

Por la noche la atmósfera que envolvía la ciudad se había alterado. La luz había cambiado. Las hojas de los árboles no habían empezado a oscurecerse, pero lo había sentido al caminar por las calles. El verano tardío estaba agonizando, llegaba el otoño.

Jonas aparcó, bajó del coche y presionó el timbre del interfono. Se oyó el zumbido. Entró en el vestíbulo, empezó a subir a la cuarta planta. Sophie lo esperaba en la puerta.

—¡Es usted! —exclamó al reconocerlo—. Por favor, ¡dígame que lo han detenido!

Jonas tragó saliva. No había tenido en cuenta que lo lógico era que Sophie, al verlo, supusiera que se habían producido avances en la investigación.

—No —dijo—. Lo siento, pero no estoy aquí por eso.

—¿Y por qué entonces? ¿Más preguntas?

—No exactamente —contestó—. ¿Puedo entrar?

Sophie se pasó la mano por el pelo, titubeó un instante.

—Claro —respondió—. Pase. Acabo de hacer café.

Él la siguió a través de un pasillo repleto de cajas de cartón.

—¿Se muda?

—No. —Fue tajante—. Es mi prometido quien se muda.

Entonces resopló irritada y se corrigió.

—Mi exprometido.

Jonas no sabía qué decir, así que no dijo nada.

—¿Quiere sentarse?

Sophie señaló una de las sillas de la cocina.

—Prefiero estar de pie. Gracias.

El comisario recorrió con la mirada la gran estancia luminosa de techos altos. Paredes pintadas de blanco, un par de láminas enmarcadas, Egon Schiele, supuso, pero no estaba seguro. En el alféizar de la ventana había una orquídea solitaria, junto a ella una taza de café vacía. El lavavajillas estaba en marcha, su murmullo suave tenía algo de tranquilizador.

—¿Leche y azúcar? —preguntó Sophie.

—Solo leche, por favor.

Ella abrió el cartón de leche y puso cara de asco.

—Mierda —soltó—. Está mala.

Vació furiosa el cartón en el fregadero.

—¡Joder! —Dio la espalda a Jonas, se llevó las manos a las caderas como si buscara apoyo, hizo una mueca, luchó por contener las lágrimas.

—También me gusta solo —dijo él—. Lo único que quiero es cafeína.

Sophie se recompuso, forzó una sonrisa, le sirvió una taza y se la tendió.

—Gracias.

Jonas dio un sorbo y se aproximó a la gran ventana, tras la que llamaba la atención un cielo azul radiante.

—Tiene una vista magnífica.

—Sí.

Sophie se acercó a él. Permanecieron un rato en silencio.

—A veces pienso en quedarme aquí dentro para siempre —confesó ella de pronto—. Simplemente no volver a salir. Almacenar comida para un par de años y no volver a cruzar la puerta.

—Suena tentador —respondió él con una sonrisa.

—Sí, ¿verdad? —Sophie dejó escapar una breve risa nasal y después recuperó el semblante serio.

Miró hacia el cielo.

—¿Sabe qué son esos? —preguntó al ver dos pájaros pasar como flechas frente a la ventana, girar y evitar los tejados de las casas de enfrente con una maniobra arriesgada.

—Son vencejos —dijo Jonas—. Pasan toda su vida en el aire. Viven, aman e incluso duermen en el aire.

—Mmm...

Jonas observó a Sophie, que contemplaba los vencejos con una sonrisa. Se había separado de su prometido. ¿Qué significaba eso? Dio otro sorbo a su café.

—¿Va a contarme por qué está aquí? —preguntó ella finalmente volviéndose hacia él.

—Sí —dijo él—. Por supuesto.

Carraspeó.

—Quiero aclarar una cosa: comprendo muy bien por lo que está pasando. De verdad. Pero debe dejar de investigar por su cuenta de inmediato.

Sophie lo miró como si acabara de darle una bofetada. Un destello de agresividad iluminó sus ojos.

—¿De dónde ha sacado que estoy investigando por mi cuenta? —preguntó.

Jonas contuvo un suspiro.

—Hemos recibido quejas —dijo.

Ella frunció el ceño y apoyó de nuevo las manos en las caderas.

—¿Ah, sí? —se extrañó—. ¿Y de quién?

—Sophie, mis intenciones son buenas. Déjelo. No solo

entorpece la investigación, sino que, en el peor de los casos, se pondrá en peligro.

Por un instante solo se oyó en la cocina el runrún del lavaplatos.

—Me resulta imposible quedarme sentada sin hacer nada —dijo entonces Sophie—. Y no he hecho nada malo. No puede prohibirme hablar con la gente.

Se apartó de él y, furiosa, miró por la ventana.

—Han puesto una denuncia contra usted —explicó Jonas.

—¿Qué?

Sophie se volvió y lo miró con los ojos muy abiertos.

—Yo no me ocupo de esos casos, me he enterado por casualidad —aclaró el comisario—. Pero mis compañeros seguramente se pondrán en contacto con usted enseguida. Un hombre asegura que lo siguió y después lo agredió. ¿Es eso cierto?

—«Agredió.» Suena exagerado —dijo ella—. Lo agarré del brazo, nada más. El tipo me sacaba cabeza y media... ¿De verdad me considera capaz de atacarlo?

—¿Por qué agarró a ese hombre? —preguntó Jonas a pesar de que ya conocía la respuesta.

Sophie no dijo nada, solo miró en silencio por la ventana.

—Creyó que ese hombre era el tipo a quien vio aquella noche —respondió Jonas en su lugar.

Ella asintió en silencio.

El comisario pensó en lo que Antonia Bug había dicho: «Esa mujer no es normal. Quién sabe si habrá visto a alguien realmente».

Trató de apartar esa idea.

—Vi a aquel hombre —dijo Sophie de pronto como si pudiera leerle el pensamiento—. Tan claramente como lo veo a usted ahora.

Jonas tragó saliva.

—¿No me cree?

Se volvió hacia él nerviosa y al hacerlo empujó la

taza vacía del alféizar. La porcelana se hizo añicos en el suelo de la cocina.

—¡Mierda! —maldijo Sophie.

Los dos se agacharon al mismo tiempo y se golpearon la cabeza. No pudieron evitar reír y se frotaron la frente abochornados. Recogieron juntos los fragmentos. Se levantaron. Quedaron cara a cara. Se miraron.

Jonas tuvo la impresión de que en la habitación hacía mucho más calor que antes. Sophie era una de esas pocas personas que podía mirar en silencio a alguien sin que a este le resultara incómodo. ¿Cómo lo hacía?

El instante se desvaneció cuando alguien llamó a la puerta.

Ella se pasó la mano por el pelo.

—Será mi amiga Karen, pensábamos salir a correr.

—De todas formas tengo que irme.

Sophie asintió. Jonas se volvió para marcharse, pero se detuvo en la puerta.

—La creo —dijo.

Después salió de la casa con el corazón desbocado.

18

La idea de que Lenzen pudiera hacerle algo a Charlotte me provoca una náusea que me recorre todo el cuerpo. Esta amenaza silenciosa probablemente no tendrá consecuencias, pero no puedo quitármela de la cabeza. Veo que Victor Lenzen apenas puede contener la sonrisa de suficiencia que pugna por dibujarse en su rostro. Ahí está por fin. El monstruo de mis sueños.

Fuera la lluvia cae con más fuerza, veo por el ventanal que incontables proyectiles de agua diminutos atraviesan la superficie del lago. La gente del mundo real se quejará. Los más precavidos irán de aquí allá bajo paraguas doblados por el viento como enormes setas que han cobrado vida. Los demás correrán de lugar cubierto en lugar cubierto como animales atemorizados mientras se les empapa el pelo.

—¿Le gustan los animales? —pregunto a Lenzen justo antes de que vuelva a sentarse. Seguimos. Mantenemos el asunto en marcha.

—¿Cómo dice?

Se ha sentado.

—Me toca. Antes de que nos interrumpieran, me ha preguntado cómo se llama mi perro, yo he respondido «Bukowski» y ahora le pregunto si le gustan los animales.

—Ah, ¿continuamos con el jueguecito?

No contesto.

—Es usted una mujer excéntrica, señora Conrads.

No contesto.

—Está bien —acepta—. No especialmente. Nunca he tenido una mascota ni nada parecido, si es eso a lo que se refiere.

Echa un vistazo a sus notas, después vuelve a mirarme a los ojos.

—No me agrada el tono que ha adquirido parte de nuestra conversación. Si la he provocado, lo siento.

No sé qué decir, así que me limito a asentir.

—Regresemos a su obra. ¿Qué es lo que más le gusta de su trabajo?

—Crear mis propias realidades. Y por supuesto ofrecer a mis lectores algo que les satisfaga. —Soy sincera—. ¿Y a usted? ¿Qué es lo que más le gusta de su trabajo?

—Las entrevistas —responde Lenzen con una sonrisilla.

Baja la vista hacia sus papeles.

—A pesar de que no aparece en público, o precisamente por eso, en la prensa y en internet se escribe mucho sobre usted —dice.

—¿Ah, sí?

—¿Lee artículos sobre usted misma?

—A veces. Cuando me aburro. Casi todos son pura ficción.

—¿Le afecta leer cosas sobre usted que no son ciertas?

—No. Me entretiene. Cuanto más descabelladas, mejor.

Eso también es verdad.

—Me toca —digo—. Dos veces.

Reflexiono un momento.

—¿Cree usted que es una buena persona, señor Lenzen?

Estoy dando palos de ciego. Se ha mostrado impermeable a mis primeras preguntas. No sé qué estoy buscando. Quería actuar de forma estructurada. Averiguar qué aspecto tiene cuando dice la verdad y qué aspecto tiene cuando miente. Y después apretarle las tuercas. Pero Lenzen es escurridizo. Quizá debería tratar de provocarlo de nuevo.

—¿Una buena persona? —repite—. Dios mío, vaya preguntas que se le ocurren. No. Probablemente no. Pero me esfuerzo todos los días.

Una respuesta interesante. Permanece unos segundos en silencio, como si cuestionara un instante sus palabras para enseguida darlas por buenas. Vuelvo a disparar.

—¿Qué es aquello de lo que más se arrepiente en su vida?

—No lo sé.

—Pues reflexione.

Lenzen hace como si pensara.

—Supongo que las cosas que condujeron al fracaso de mi matrimonio. ¿Y usted? ¿De qué se arrepiente usted?

—De no haber podido salvar a mi hermana —digo.

Es cierto.

—¿Su hermana está muerta? —pregunta.

Cabrón.

—Dejemos eso.

Frunce el ceño, por un momento parece molesto, pero se recompone rápidamente.

—¿Por dónde iba? Ah, sí. Me contaba que no le molestan las historias sobre usted que circulan por internet. ¿Le molesta la crítica?

—Solo cuando está justificada —digo. Y de inmediato pregunto—: ¿Qué es lo que más lamenta no haber hecho?

Vuelve a estar concentrado, no tarda en responder.

—Tendría que haber pasado más tiempo con mi hija cuando era pequeña —dice, y cambia de tercio—. Un crítico escribió en una ocasión que sus personajes son fuertes, pero que a sus arcos argumentales les falta intensidad.

—¿Cuál es la pregunta? —digo.

—Todavía estoy formulándola. Más que el arco argumental, a mí me supusieron un problema algunos personajes de su libro. Hay dos a los que no tuve tan presentes como a los demás, y curiosamente se trata de la víctima y el asesino. La víctima, y perdone que exagere, es la adorable inocencia en persona, en cambio el asesino es un sociópata desalmado al que le gusta matar a mujeres jóvenes. ¿Por qué ha dibujado dos figuras tan arquetípicas, cuando es usted famosa por lo detallado de sus caracterizaciones?

Se me erizan los pelos de la nuca.

—Es fácil —respondo—. Yo no considero que esos personajes sean arquetípicos.

—¿Ah, no? —exclama Lenzen—. Tomemos por ejemplo a la víctima. Britta, como se llama en el libro.

El cuero cabelludo se me tensa dolorosamente. «Como se llama en el libro», ha dicho. Me hace suponer que admite que existió de verdad y que en realidad se llamaba de otra manera.

—¿Acaso el personaje de Britta le parece realista? —pregunta.

—Desde luego.

Es obvio: Britta es Anna, Anna es Britta, existe, existió, yo la conocí tan bien como a mí misma.

—¿No es Britta la imagen idealizada de una joven? Un sueño inmaculado. Dulce, lista, amable y extremadamente moral. Vamos, ese momento con el sintecho, una niña pequeña que quiere rescatar a mendigos de la calle...

Profiere una pequeña exclamación de desprecio. Me cuesta no abalanzarme sobre él por encima de la mesa para darle una bofetada. Pero contengo el impulso. Decido dejar que me pregunte, no interrumpirlo. Aprendo más de sus preguntas que de sus respuestas.

—Tengo la impresión de que Britta es toda una sabihonda —prosigue—. Ese flashback en el que trata de convencer a su hermana de que no lleve cosas de cuero por amor a los animales me pareció casi una parodia. Britta reprende a los demás constantemente o les dice qué hacer. Y sé que en su novela lo presenta como algo positivo, pero en la vida real las personas así suelen sacarnos de quicio y no se las venera como usted describe. Si es que existe gente tan perfecta... ¿Qué opina usted?

Me cuesta respirar. Hago verdaderos esfuerzos por no dejarme provocar. Cabrón.

—Yo creo que las personas como Britta existen —suelto—. Creo que existen personas muy buenas y muy malas y todas las de en medio. Posiblemente estamos tan obsesionados con los matices, con lo de en medio, que suprimimos a quienes se encuentran en los extremos de la escala. Las consideramos clichés o figuras no realistas. Pero esas personas existen. Aunque reconozco que no abundan.

—¿Personas como su hermana? —pregunta Lenzen.

De repente la temperatura de la sala sube un par de grados. Comienzo a sudar.

—¿Qué?

—Tengo la sensación de que estamos hablando de su propia hermana.

—¿Ah, sí?

El blanco de la pared de enfrente titila ante mis ojos.

—Sí, es solo una idea. Corríjame si me equivoco. Pero describe usted una versión idealizada en extremo de la relación entre dos hermanas. Usted también tiene una hermana que dice no haber podido salvar. Puede que esté muerta. O puede que se refiera a salvarla metafóricamente, al fin y al cabo es usted escritora. Quizá no pudiera salvarla de las drogas o de un hombre violento.

—¿De dónde ha sacado eso?

Se me acumula saliva salada en la boca.

—No lo sé. Es evidente que siente mucho cariño por ese personaje, por Britta. Y eso a pesar de que en el fondo es horrible —dice.

—¿Horrible?

De pronto tengo un espantoso dolor de cabeza. La pared de enfrente parece curvarse hacia mí, como si hubiera algo atrapado en ella que quiere salir.

—¡Sí! —insiste Lenzen—. Tan buena, tan guapa, tan pura. Una auténtica princesa Disney. ¡En la vida real una mujer así sería insoportable!

—¿Ah, sí?

—En fin, en cualquier caso me resulta asombroso que la hermana mayor… ¿cómo se llamaba? Disculpe…

La cabeza me va a estallar.

—Sophie —farfullo.

—Que Sophie se entienda tan bien con ese personaje. Que Britta diga a su hermana que su prometido no es bueno para ella. Que le restriegue su nuevo y fantástico trabajo. Que critique a todas horas su peso y su aspecto. Típico de Britta. La princesa Disney a lomos de su corcel. ¿En serio? Si yo fuera mujer, si yo fuera Sophie, Britta me sacaría aún más de quicio. Quizá incluso la detestaría.

Así era, pienso.

He sentido un mazazo al ser consciente de lo que acabo de pensar. ¿De dónde procede esa idea? No es nueva, lo percibo. Ya la he tenido más veces, pero no tan claramente. Oculta. Detrás del dolor.

¿Qué clase de persona eres, Linda?

No debo pensar así, pero vuelvo a hacerlo. Sí, la detestaba. Sí, era autocomplaciente; sí, era arrogante; sí, cabalgaba a lomos de su corcel; santa Anna. Anna, la que podía vestirse de blanco sin mancharse. Anna, a la que los hombres escribían poemas. Anna, la mujer por la que Marc me habría dejado si ella hubiera querido, algo que nunca dejó de recordarme. Anna, cuyo pelo seguía oliendo a champú después de estar de acampada. Anna, cuyo nombre podía leerse al derecho y al revés; Anna, Anna, Anna.

¿Qué está pasando?

Me doy un impulso desde el fondo, salgo a la superficie, vuelvo a pensar con claridad. Sé a qué me estoy enfrentando. Es mi sentimiento de culpa. Nada más que mi sentimiento de culpa, insidioso y cruel. Mi sentimiento de culpa por no haber podido salvar a Anna. Me devora, y para que no me devore por completo mi cerebro busca una salida, aunque sea tan ruin y miserable como la idea de que mi hermana no era tan buena.

Qué miserable, qué ruin lo que acaba de intentar Lenzen. Y qué miserable, qué ruin es que yo haya caído. Estoy demasiado exaltada, demasiado agotada, demasiado permeable. Me laten las sienes por la jaqueca. Debo controlarme. Lenzen se ha comido una de mis torres, pero el rey y la reina siguen sobre el tablero. Me concentro. Y mientras me recompongo caigo en la cuenta de lo que acabo de oír en realidad. Lo que ha dicho. Cómo habla. Casi como si le guardara rencor... A Britta. A Anna. Y lo veo claro. Dios mío.

Ni se me había ocurrido. Siempre había dado por sentado que si hubiera existido una conexión con Anna, si no hubiera sido una víctima casual, la policía habría atrapado al culpable. Pensaba que Anna había muerto porque alguien había aprovechado el hecho de que una mujer joven y guapa vivía sola en el bajo de un edificio y a veces dejaba abierta la puerta de la terraza. Pero puede que no fuera así. Puede que no fuera una horrible casualidad. ¿Es eso posible? ¿Resulta que Anna sí conocía al monstruo?

—Da igual —prosigue Lenzen, ajeno a mi lucha interior—. Me pareció muy emocionante la narración del asesinato, en concreto el capítulo en el que Sophie encuentra a su hermana. Es doloroso de leer, te toca muy de cerca. ¿Cómo fue para usted escribirlo?

Se me contrae el párpado inferior derecho, no puedo evitarlo.

—Duro —digo simplemente.

—Señora Conrads, espero no estar dando la impresión de que su libro no me gusta, ya que no es así. Por ejemplo la protagonista, Sophie, es un personaje al que yo, como lector, comprendía a la perfección gran parte del tiempo. Sin embargo en mi opinión hay un par de cosas que fallan. Y, como es natural, me parece muy interesante aprovechar la oportunidad única de preguntar a la autora por qué las presentó así y no de otra manera.

—¿Ah, sí? —Necesito un momento para controlar las náuseas, tengo que ganar tiempo—. ¿Qué más falla en su opinión, aparte de la víctima?

—Bueno, el asesino por ejemplo.

—¿Sí?

Esto se pone interesante.

—Sí. El asesino se presenta como un monstruo desalmado, el típico psicópata. Y también está ese truco efectista de que necesariamente tenga que dejar algo en la escena del crimen. De una escritora de la talla de Linda Conrads habría esperado un personaje de líneas más detalladas.

—Los sociópatas existen —digo.

Estoy sentada frente a uno de ellos. Eso no lo digo.

—Claro, claro. Pero escasean y, a pesar de ello, da la impresión de que el noventa por ciento de las novelas negras y los *thrillers* giran en torno a ese tipo de asesino. ¿Por qué escogió una figura tan lineal?

—Creo que, al igual que el bien, el mal existe de verdad. Quería plasmarlo.

—¿El mal? ¿En serio? ¿No lo llevamos dentro cada uno de nosotros?

—Puede... Más o menos.

—¿Qué le fascina de los asesinos como el de su libro? —pregunta Lenzen.

—Nada —respondo.

Casi escupo las palabras.

—Nada —repito—. De un alma fría y enferma como la del asesino de mi libro no me fascina nada en absoluto. Excepto la oportunidad de conseguir que acabe entre rejas para siempre.

—Al menos en la literatura puede lograrlo —responde Lenzen con suficiencia.

No digo nada.

Ya verás lo que es bueno, pienso.

¿Lo verá?, piensa otra parte de mí. ¿Cómo?

—¿No habría sido más interesante trabajar con un móvil más complejo psicológicamente? —prosigue.

Soy consciente desde hace un buen rato de que no está hablando de mi libro, sino de sí mismo, y de que puede que incluso esté tratando de justificarse. Yo lo sé, él lo sabe, y los dos sabemos que el otro lo sabe. Quizá debería decirlo de una vez. Barrer de la mesa todas las metáforas y las formulaciones rebuscadas.

—¿Cuál, por ejemplo? —pregunto en lugar de eso.

La mirada de Lenzen se transforma; descubre mi torpe truco. Los dos sabemos que le estoy preguntando por su móvil.

Pero solo se encoge de hombros. Escurridizo.

—Escribir novelas no es lo mío —se excusa con elegancia—. Pero dígame, ¿por qué al final no mata a su protagonista? Habría sido más realista. Y al mismo tiempo más dramático.

Me mira fijamente.

Le devuelvo la mirada.

Hace otra pregunta.

No la oigo.

All you need is love, la-da-da-da-da.

Oh, no.

No, por favor.

No, por favor, no puedo más.

Gimo. Me aferro al borde de la mesa. Recorro la habitación con la mirada, presa del pánico, buscando el origen de la música, nada. Solo hallo una araña muy grande que corretea por el parquet, oigo el ruido que hacen sus patas, plic-plic-plic-plic.

De pronto el rostro de Lenzen está muy cerca del mío, veo las venitas que atraviesan el blanco blanquísimo de sus ojos. El monstruo de mis sueños justo enfrente de mí. Noto su aliento en la cara.

—¿Tiene miedo a la muerte? —pregunta Victor Lenzen.

Mi miedo es como un pozo profundo en el que he caído. Me pongo vertical en el agua, intento tocar el fondo con las puntas de los pies, pero no hay nada, solo oscuridad.

Me sacudo, trato de permanecer en la superficie, consciente.

—¿Qué acaba de decir? —pregunto.

Me mira con el ceño fruncido.

—No he dicho nada. ¿Se encuentra usted bien?

Me cuesta respirar. Consigo concentrarme, ignoro cómo.

—¿Sabe qué? —prosigue impasible—. Lo que más me ha sorprendido es el desenlace. Estaba convencido de que el asesino no existía en realidad y que al final la hermana, aparentemente destrozada, resultaría ser la asesina.

Pierdo pie. Lo único que tengo debajo es oscuridad. La fosa de las Marianas, once mil metros de negrura. El rostro de Anna, sonriente, burlón, el cuchillo en mis manos, la cólera glacial, asesto la puñalada.

¿Asesto la puñalada? ¿Yo? No, no. Eso... no. Solo dura unos breves y terribles segundos. No. ¡No fue así! ¡Es la música! ¡La presencia del monstruo! ¡Son mis nervios en tensión! ¡Puede que incluso me haya envenenado con algo! ¡Por un momento he dejado de ser yo misma! Por un breve y terrible momento me he preguntado si mi devastador sentimiento de culpa no nace del hecho de no haber salvado a Anna, sino de que yo... Bueno. Puede que el hombre que huyó no existiera. Que solo Anna y yo estuviéramos allí. Puede que el hombre que huyó no fuera más que un rostro, uno de esos rostros que solo habitan en el cerebro de los escritores.

La historia no es mala. El hombre que huyó, tan irreal como el corzo del claro. Linda y sus historias.

Vuelvo en mí. No. Esto no es como lo del corzo. No soy una mentirosa, y no estoy loca. No soy una asesina. Aparto esos pensamientos oscuros. Y vuelvo a dirigir mi atención hacia Lenzen. Casi me he dejado manipular por él. Lo miro. Irradia... serenidad. Me estremezco. Esa sonrisa fría casi imperceptible en sus ojos claros. No sé en qué está pensando exactamente, pero ya no tengo ninguna duda de que ha venido a matarme. Me he equivocado; no es un lobo, no mata con efectividad y rapidez. Está disfrutando de esto, está disfrutando del juego.

Su voz resuena en mi cabeza: «¿Tiene miedo a la muerte?».

Victor Lenzen va a matarme. Su mano se desliza hacia su americana. El cuchillo. Dios mío.

No me queda otra opción.

Agarro el arma que había sujetado con celo bajo la mesa, tiro de ella. Apunto a Victor Lenzen y aprieto el gatillo.

22

SOPHIE

Los pensamientos de Sophie volvían una y otra vez al apartamento de Britta. Seguía torturándose con la pregunta de qué era exactamente lo que le había parecido tan extraño en el lugar del asesinato, la casa de Britta. Había algo. Lo había visto en el escenario del crimen y lo veía en sus pesadillas, pero no conseguía recordar qué era. Estaba segura de que ese detalle era la clave. Sin embargo, su mente estaba repleta y no podía pensar con claridad. Solo durante el día anterior ya habían pasado muchas cosas. Primero había recibido la visita del comisario, que le había echado un sermón. Después habían ingresado a su padre en el hospital por un posible infarto y, a pesar de que resultó ser una falsa alarma, su madre estuvo a punto de sufrir un ataque de nervios. De todos modos Sophie seguía muy alterada. Imposible dormir. Y la noche estaba completamente en calma. Paul ya no estaba a su lado llenando la habitación con su respiración tranquila y regular. En el fondo se alegraba de que se hubiera marchado. Estaba destrozada y no podía mantener una relación, era incapaz de pensar en casarse y tener niños, tal como quería Paul. Estaba demasiado furiosa consigo misma, con el mundo. No es más que un síntoma del proceso de duelo, afirmaba su terapeuta. Era normal. Pero Sophie no se sentía normal. Por el momento todo la molestaba. Excepto, quizá, ese joven comisario que tenía el inquietante don de decir siempre lo que necesitaba oír.

Sophie estaba inquieta. Sentía la necesidad de estar siempre en movimiento. Una vez había oído que después de una pérdida las personas o bien se derrumbaban o bien se anestesiaban y lo percibían todo como amortiguado. Durante las últimas semanas había sido testigo de ambas reacciones. La sensación de entumecimiento de su padre, de un lado, y el colapso de su madre, del otro, quien de todos modos en esos momentos tampoco estaría sintiendo gran cosa, sedada como estaba. Sophie, en cambio, lo sentía todo.

Comprendió que esa noche tampoco podría dormir, se levantó, salió del dormitorio y entró en su despacho. Se sentó frente al escritorio, lleno de noticias impresas y recortes de periódicos, y encendió el ordenador.

Había dedicado los últimos días y noches a cartografiar detalladamente la vida de su hermana, a hablar con sus afligidas amigas y con su conmocionado exnovio, pero las preguntas no le habían permitido avanzar. De todas maneras conocía a los amigos de su hermana y ninguno de ellos podía ayudarla, ninguno podía siquiera imaginar que alguien hubiera querido hacer daño a Britta. Puede que Britta hubiera sorprendido a un ladrón. O que un cerdo demente la acosara, o algo por el estilo. Un desconocido. Una horrible casualidad. La opinión unánime era que solo podía haberse tratado de eso. Pero Britta no se había quejado de ningún acosador ni nada parecido. No estaba preocupada. Ni lo más mínimo. Sus amigos estaban tan desconcertados como Sophie. Solo quedaba una opción.

Se conectó a internet y entró en la página de la agencia para la que su hermana trabajaba. Ese era el único ámbito personal de Britta que no tenía ninguna conexión con el suyo. Si Britta conocía a su asesino, solo podía tratarse de alguien de su entorno laboral.

Sophie conocía a todos los demás hombres que había en su vida. Y tan solo había visto la sombra en la puerta de la terraza un instante antes de que desapareciera, pero jamás olvidaría su cara. Por eso le resultaban tan ridículas e innecesarias las preguntas de esa joven comisaria acerca de su familia y acerca de su entorno personal. Sophie sabía lo que había visto. A un desconocido.

Encontró la dirección de la empresa para la que Britta trabajaba como diseñadora gráfica desde hacía un año escaso y echó un vistazo al reloj. Casi las dos. Recordaba que su hermana a veces se quedaba hasta bien entrada la noche en la oficina, e incluso dormía allí en ocasiones para terminar proyectos con plazos ajustados de entrega. Se preguntó si sus compañeros también tendrían horarios laborales tan desquiciados. Sophie cogió el teléfono, marcó el número que aparecía en internet y dejó que sonara un buen rato, pero nadie contestó. Una lástima. Los colegas de Britta eran su última opción, después no sabría qué más hacer. Tuvo una idea. En las páginas de las empresas a veces había fotos y breves biografías de los empleados, sobre todo en compañías pequeñas y jóvenes como aquella. Volvió a abrir la página. Efectivamente, había una pestaña con la palabra «Equipo». Sophie hizo clic sobre ella con dedos temblorosos.

La foto la golpeó como un puñetazo en la boca del estómago.

Britta la miraba con una amplia sonrisa. Pelo rubio, grandes ojos azules, pecas en la nariz. Britta, que siempre olía tan bien; Britta, que siempre atrapaba en viejos tarros de mermelada las arañas, a las que tanto miedo tenía Sophie, las llevaba cuidadosamente afuera y las soltaba en la hierba; Britta la golosa, que siempre tenía un chicle en la boca.

Le costó, pero apartó la mirada de la foto de su hermana y se centró en las de los otros empleados. Tres de las imágenes eran de mujeres y quedaban inmediatamente descartadas. Las otras seis eran de hombres. Los dos gerentes, el director artístico y tres informáticos. Sophie se percató enseguida de que ninguno de ellos era el hombre al que había visto en casa de Britta.

Siguió bajando por la pantalla y se detuvo, sorprendida. Había dos huecos en los que se indicaba el nombre y el cargo sin que se hubiera agregado una foto. A Sophie se le aceleró el corazón, y apuntó a toda prisa los nombres: Simon Platzek, redes sociales. André Bialkowski, programador.

Volvió a mirar el reloj. ¿Qué probabilidades había de que hubiera alguien en la oficina en plena noche? No muchas. Pero ¿cuál era la alternativa? ¿Meterse otra vez en la cama y seguir mirando el techo? Ni hablar. Se vistió, cogió las llaves del coche y cerró la puerta tras ella.

Sophie se sentía extrañamente ligera al salir del aparcamiento que estaba justo al lado del complejo de edificios en el centro de la ciudad en el que Britta trabajaba. Setenta y dos horas sin dormir. Miró a su alrededor. De los cuatro bloques de oficinas que tenía a la vista solo estaba iluminado uno; por lo demás, la zona, donde en pocas horas reinaría una actividad frenética, estaba desierta: asfalto negro, un par de farolas solitarias, un par de taxis que pasaron con prisa por la calle de enfrente. Sophie se dirigió al edificio que tenía luz, pero se detuvo, decepcionada. Era el número 6-10, y Britta trabajaba en el 2-4, en el bloque de cristal oscuro y desierto que había justo al lado. Desilusionada, emprendió el regreso hacia su coche. Cogió el ascensor, entró en el garaje subterráneo; el aire parecía tóxico allí abajo, apestaba a humo. Rebuscó la llave en el bolso, y casi había llegado a su automóvil cuando lo notó. Algo no encajaba. No estaba sola. Se detuvo instintivamente. Lo vio claro. Ella no había reconocido al asesino. Y por eso había dado por hecho que él tampoco la conocía a ella.

¿Y si no era así?

Entonces estaría siguiéndola. Tratando de matarla, a ella, la testigo ocular. La idea la golpeó con fuerza. Allí había alguien, justo detrás de ella. Se volvió con el corazón bombeándole con violencia. No había nadie. Sus pasos y su respiración jadeante resonaban en el garaje desierto mientras caminaba a toda prisa hacia su coche; casi lo había alcanzado, solo un par de pasos más… y de nuevo se quedó inmóvil. Había algo allí, una sombra agachada en el asiento trasero. ¿No? No. Alucinaciones. ¿O no?

La sombra se movió. El corazón le dio un vuelco, después siguió latiendo a trompicones, presa del pánico. Me va a matar a mí también, pensó Sophie, paralizada. No lo conseguiría. Ni siquiera era capaz de gritar, solo podía seguir mirando. Entonces se rompió el conjuro. Largo de aquí, pensó, tengo que salir. Y: demasiado cerca, estoy demasiado cerca. Tres pasos y me alcanza. Tres pasos y me mata. Y su cerebro por fin hizo lo que tenía que hacer: se libró de todos los demás pensamientos y envió a su cuerpo una sensación de terror absoluto. Solo un par de pasos. El miedo a morir fue como una ducha de agua helada, la caló hasta los huesos, le empapó la ropa, el pelo, la dejó sin respiración un instante. En ese momento la parálisis remitió, su cuerpo se puso en modo de supervivencia, se dio la vuelta y echó a correr; la sombra agachada también salió del coche a toda prisa, ella lo oía, era rápido, se acercaba, ¿a qué velocidad eres capaz de correr, Sophie, a qué velocidad? Se apresuró hacia la salida, sentía los latidos del corazón en las sienes, le fal-

taba oxígeno, el hombre y el cuchillo justo detrás de
ella. Corrió, chocó contra la puerta del ascensor,
pulsó el botón con pánico, pasos rápidos a su espalda,
no se volvió, pensó en Orfeo y el Inframundo, si te
vuelves estás muerta, si te vuelves estás muerta, el
ascensor no llegaba, no llegaba, no llegaba, no llegaba, no llegaba, no llegaba, Sophie corrió hacia la
escalera, abrió de un empujón la puerta de acero chi-
rriante, se precipitó a través de ella, escalones,
escalones, oyó que la puerta se cerraba tras ella con
un portazo, ¿habría cogido el ascensor el hombre del
cuchillo?, ¿y si el hombre del cuchillo había cogido
el ascensor?, ¿y si…?, ¿y si el hombre del cuchillo ya
estaba esperándola arriba cuando…? La puerta de la
escalera se abrió allá abajo con un chirrido y su
perseguidor comenzó a subir a toda velocidad. Sophie
siguió corriendo, con un sabor metálico en la boca,
tropezó, se levantó como pudo, siguió, el hombre del
cuchillo a la espalda, cada vez más cerca, cada vez
más cerca, no te des la vuelta, no te vuelvas, si te
vuelves estás muerta, ¿y si lanza el cuchillo, y si lo
lanza?, ¿a tu espalda? Llegó a la salida del garaje,
se abalanzó contra la puerta, chocó contra ella, cerrada, cerrada, ¿cómo es posible?, cerrada, cerrada,
por favor por favor por favor, si te atrapa estás
muerta, ábrete por favor, cerrada, cerrada, justo detrás de ella, ¡el hombre del cuchillo justo detrás de
ella!, los pasos se aproximaban, sprint final, rapi-
dísimo, cada vez más cerca, volvió a abalanzarse contra la puerta, se abrió de golpe, no estaba cerrada, ni
siquiera atascada, simplemente no había apretado con
fuerza la manilla, demasiado estúpida para abrir una
puerta, corre, joder, Sophie, no pienses, ¡corre! Se
precipitó afuera y corrió. A lo largo de la fachada
del edificio desierto, a lo largo de la calle desierta contigua, los pasos y el cuchillo a su espalda,

corrió, sangre negra, los ojos abiertos de Britta, la expresión de sorpresa en el rostro de Britta y la silueta en la sombra, la silueta en la sombra; Sophie corrió, corrió, corrió hasta que no supo dónde estaba. Hasta que ya no oyó nada excepto sus propios pasos y su propia respiración. Entonces se detuvo.

19

No, no aprieto el gatillo. Saco el arma, apunto a Lenzen, me tiembla la mano, pero no aprieto el gatillo. Me he jurado no apretar el gatillo. Utilizar el arma solo como medida de presión. Soy una mujer de palabras, no de armas. Me costó mucho decidirme a comprar una, pero finalmente comprendí que era necesario.

Ha resultado ser cierto.

No aprieto el gatillo, pero la reacción de Lenzen con solo ver la pistola es la misma que si ya hubiera disparado. Está petrificado, como un muerto. Me dirige una mirada vacía. Agarro el arma con más fuerza, es pesada. Miro fijamente a Lenzen. Él me mira a mí. Parpadea. Entiende. La mesa a la que estamos sentados ha dado un giro de ciento ochenta grados.

—Dios mío —dice. Le tiembla la voz—. ¿Es...? —Traga saliva—. ¿Es de verdad?

No contesto. Ya no contesto a más preguntas. Ha llegado el momento de las medidas drásticas. Se acabaron las soluciones limpias y elegantes con muestras de ADN o confesiones voluntarias. No utilizo la expresión «medidas drásticas» a la ligera. Estoy dispuesta a ensuciarme las manos. Se acabaron los preámbulos. Se acabaron los juegos.

Lenzen está sentado frente a mí con las manos levantadas.

—¡Por el amor de Dios! —exclama. Tiene la voz ronca y afectada—. No entiendo qué... —Se atasca, calla, lucha por mantener la calma.

Gotitas de sudor perlan su frente, su pecho hinchándose y

deshinchándose me revela la fuerza con la que respira. Parece conmocionado. ¿Realmente no se le ha ocurrido ni por un segundo que podría estar armada? ¡Ha tenido que pensar en esa posibilidad al entrar en casa de la mujer a cuya hermana asesinó! Ese rostro horrorizado me desconcierta. ¿Y si...?

Aparto cualquier asomo de duda. Lenzen solo saldrá de aquí después de haber confesado el asesinato, no hay otra salida.

Recuerdo lo que he aprendido del doctor Christensen. La táctica de interrogatorio de Reid. Provocar estrés. Desmoralizar con una batería infinita de preguntas. Castigar cualquier desvío. Alternar las preguntas banales y relajadas con otras provocadoras y agobiantes. Presentar pruebas falsas, extorsionar, actuar con violencia; todo está permitido.

Estresar. Desmoralizar. Estresar. Desmoralizar. Ofrecer en algún momento la salida de la confesión. Estresar. Desmoralizar. Y finalmente destrozar.

Pero primero debo averiguar si él también está armado.

—¡Levántese! —ordeno—. ¡Ya!

Obedece.

—Quítese la americana y déjela sobre la mesa. Despacio.

Lo hace. Cojo la prenda sin perderlo de vista. La palpo con la mano izquierda mientras con la derecha sostengo el arma. Pero no hay nada en los bolsillos. La dejo caer al suelo.

—Vacíese los bolsillos del pantalón, pero despacio.

Lo hace y deja el mechero sobre la mesa. Me mira confuso.

—¡Dese la vuelta!

Obedece. No soy capaz de registrarlo, pero veo que no lleva ningún arma en el pantalón ni en el cinturón.

—Páseme su bolsa —digo—. Despacio.

La coge y la empuja hacia mí. La levanto con cuidado, la abro y rebusco con la mano; nada, solo cachivaches inofensivos. Lenzen no va armado, pero eso no cambia nada. Por lo que sé, podría matarme con sus propias manos. Sujeto el arma con más fuerza.

—Siéntese.

Se sienta.

—Tengo algunas preguntas que hacerle y espero que me responda con sinceridad —digo.

No abre la boca.

—¿Me ha entendido?

Asiente.

—¡Conteste! —grito.

Traga saliva.

—Sí —responde con voz ronca.

Lo observo con atención, el tamaño de las pupilas, la piel del rostro, el latido del pulso en la carótida. Está asustado, pero no conmocionado. Eso es bueno.

—¿Cuántos años tiene? —pregunto.

—Cincuenta y tres.

—¿Dónde creció?

—En Múnich.

—¿Qué edad tiene su padre?

Me mira consternado.

—Podemos abreviar —digo—. ¿Sabe por qué está aquí?

—Por la entrevista —contesta con voz temblorosa.

En efecto, actúa como si no supiera de qué va esto.

—¿Así que no tiene ni idea de por qué lo he hecho venir? —le pregunto—. ¿Precisamente a usted?

Me mira como si le estuviera hablando en un idioma que no entiende.

—¡Conteste! —bufo.

Titubea un poco, temiendo que le dispare si dice lo que no debe.

—Antes ha afirmado que me eligió a mí porque admira mi trabajo —responde, y trata de sonar calmado—. Pero empiezo a pensar que ese no es el verdadero motivo.

No puedo creer que siga haciéndose el tonto. Me pone tan furiosa que necesito un momento para concentrarme. De acuerdo, pienso, como él quiera.

—Está bien —digo—. Empecemos de nuevo. ¿Cuántos años tiene?

No responde inmediatamente, así que levanto un poco el arma.

—Cincuenta y tres —dice.

—¿Dónde creció?

—En Múnich.

Intenta mirarme a mí en lugar del cañón del arma.

—¿Tiene hermanos?

No lo consigue.

—Tengo un hermano mayor.

—¿Mantiene una buena relación con sus padres?

—Sí.

—¿Tiene hijos?

Se lleva la mano un instante a la sien.

—Oiga, ¡todo esto ya me lo ha preguntado! —dice esforzándose por sonar tranquilo—. ¿A qué viene esto? ¿Es una broma?

—No es una broma —aseguro elevando el arma de forma imperceptible.

Lenzen abre un poco más los ojos.

—¿Tiene hijos? —repito.

—Una hija.

—¿Cómo se llama su hija?

Titubea. Solo durante un instante, pero percibo su resistencia.

—Sara —dice.

—¿De qué equipo de fútbol es?

Noto que respira aliviado por dentro al ver que dejo el tema de su hija. Bien.

—1860 München.

Es el momento de un golpe bajo.

—¿Le gusta hacer daño a otras personas?

Profiere un sonido de desprecio.

—No.

—¿Ha torturado alguna vez a un animal?

—No.

—¿Cuál era el apellido de soltera de su madre?

—Nitsche.

—¿Qué edad tiene su padre?

—Setenta y ocho.

—¿Cree usted que es una buena persona?

—Hago lo que puedo.

—¿Prefiere los perros o los gatos?

—Los gatos.

Casi puedo ver a su cerebro trabajando a toda máquina para intentar averiguar adónde quiero llegar y, sobre todo, cómo desarmarme. Sostengo el arma con la mano derecha y al mismo tiempo me apoyo sobre la mesa, la sostengo correctamente y no me permito ningún descuido. He practicado. La mesa a la que estamos sentados es ancha. Lenzen no tiene ninguna posibilidad de alcanzarme a mí o el arma. Para hacerlo tendría que rodear la mesa. Imposible. Yo lo sé, él lo sabe. Subo el ritmo.

—¿Cuál es su película favorita?

—*Casablanca.*

—¿Qué edad tiene su hija?

—Doce.

—¿De qué color es el pelo de su hija?

Aprieta la mandíbula.

—Rubio.

Las preguntas sobre su hija le afectan y le cuesta ocultarlo.

—¿De qué color tiene los ojos su hija?

—Castaños.

—¿Qué edad tiene su padre?

—Setenta y siete.

—Antes ha dicho setenta y ocho.

Castigar cualquier fallo.

—Setenta y ocho. Tiene setenta y ocho.

—¿Cree que esto es un juego?

No contesta. Le brillan los ojos.

—¿Cree que esto es un juego? —repito.

—No. Simplemente me he equivocado.

—Debería concentrarse —le aviso.

Estresar, desmoralizar.

—¿Cuál era el apellido de soltera de su madre?

—Nitsche.

—¿Qué edad tiene su padre?

Contiene un lamento.

—Setenta y ocho.

—¿Cuál es su grupo favorito?

—U2. No, los Beatles.

Interesante.

—¿Cuál es su canción favorita de los Beatles?

—*All you need is love.*

Touché. Intento que no se me note, pero no lo consigo. Lenzen me dirige una mirada impenetrable. Al acecho.

Es el momento de apretarle las tuercas.

—Me ha mentido, señor Lenzen. Pero no importa. De todas formas ya sé que su hija no se llama Sara, sino Marie.

Dejo que la información surta su efecto.

—¿Sabe qué? —le digo—. Sé mucho sobre usted. Más de lo que cree. Hace mucho que lo vigilo. Cada paso que da.

Es mentira. Me da completamente igual.

—Está loca.

Lo ignoro.

—Para ser exactos, conozco la respuesta a cada una de las preguntas que le he hecho y a cada una de las preguntas que le haré.

Resopla.

—Entonces ¿por qué pregunta?

Ahora sí que está siendo previsible.

—Porque quiero oír las respuestas de su boca.

—¿Las respuestas a qué? ¿Por qué? ¡No entiendo nada!

Al menos parte de su desesperación parece auténtica. Ahora no puedo concederle ningún descanso.

—¿Ha participado alguna vez en una pelea?

—No.

—¿Ha pegado alguna vez a alguien en la cara?

—No.

—¿Ha pegado alguna vez a una mujer?

—Pensaba que «alguien» incluía a las mujeres.

Vuelve a actuar con superioridad. Maldita sea. La violencia no lo achanta. Cabrón insensible.

—¿Ha violado alguna vez a una mujer?

Su semblante ya no se inmuta.

—No.

El único punto débil que he descubierto hasta ahora es su hija. Decido intercalar las preguntas que puedan resultar problemáticas y provocadoras con otras sobre su hija.

—¿Qué edad tiene su hija?

—Doce.

Los músculos de su mandíbula se tensan.

—¿A qué curso va su hija?

—A séptimo.

—¿Cuál es la asignatura favorita de su hija?

Descubro una vena en su sien que antes no había visto. Le late.

—Matemáticas.

—¿Cómo se llama el caballo de su hija?

Sigue latiéndole.

—Lucy.

—¿Se considera un buen padre?

Aprieta la mandíbula.

—Sí.

—¿Ha violado alguna vez a una mujer?

—No.

—¿Cómo se llama la mejor amiga de su hija?

—No lo sé.

—Annika —digo yo—. Annika Mehler.

Lenzen traga saliva. No siento nada.

—¿Cuál es el color preferido de su hija?

—El naranja.

Se lleva la mano a la sien, está harto de preguntas sobre su hija. Bien.

—¿Cuál es la película favorita de su hija?

—*La sirenita*.

—¿Ha matado alguna vez a alguien?

—No.

La respuesta es rápida, como las demás. Y eso que sabe perfectamente que nos acercamos al fondo del asunto. ¿Aún conserva la esperanza? ¿Cómo pretende salir de esta?

—¿Tiene miedo a la muerte?

—No.

—¿Qué es lo más traumático que le ha pasado en la vida?

Carraspea.

—Esto.

—¿Hay algo por lo que estaría dispuesto a matar?

—No.

—¿Estaría dispuesto a matar por su hija?

—Sí.

—Pero acaba de decir que...

Pierde los nervios.

—¡Ya sé lo que acabo de decir! —grita—. ¡Por el amor de Dios! ¡Pues claro que haría cualquier cosa para proteger a mi hija!

Trata de calmarse, pero no lo consigue.

—¡Explíqueme de una vez a qué viene todo esto!

Está vociferando.

—¿Qué cojones es todo esto? ¿Es un juego? ¿Está escribiendo otra novela negra? ¿Soy su conejillo de Indias? ¿Es eso? ¡Joder!

Golpea la mesa con el puño. Su rabia es como una fuerza de la naturaleza, me da miedo a pesar del arma que tengo en la mano, pero no dejo que se me note. Fuera vuelve a brillar el sol, noto el calor de sus rayos en la mejilla.

—Tranquilícese, señor Lenzen. —Levanto la mano en actitud de amenaza—. Esto no es un juguete.

—¡Eso ya lo veo! —gruñe furioso—. ¿A quién cree que tiene enfrente? Reconozco una maldita arma cuando la veo. Casi me secuestran dos veces en Argelia. En Afganistán escribí un reportaje sobre los putos señores de la guerra, así que soy perfectamente capaz de distinguir un arma auténtica de una pistola de agua, créame.

Se ha puesto muy rojo. Está perdiendo el control. Todavía no sé si eso es bueno o malo.

—Esta situación no le gusta —afirmo.

—¡Pues claro que no, joder! Aclárame al menos... —empieza a decir.

—Pero puede acabar con esta situación cuando quiera —lo interrumpo.

Intento sonar lo más tranquila posible. En ningún momento he sido tan consciente de los micrófonos que hay en la casa como ahora.

—¿De qué manera? —pregunta alterado.

—Dándome lo que quiero.

—¿Y qué es lo que quiere, por el amor de Dios?

—La verdad —digo—. Quiero que confiese.

Lenzen me mira a los ojos. Mi arma y yo le devolvemos la mirada. Entonces parpadea.

—Quiere una confesión —repite incrédulo.

Me vibra todo el cuerpo. Sí.

—Eso es exactamente lo que quiero.

Profiere un gruñido grave y resonante.

Tardo un instante en comprender que se está riendo. Una risa histérica y sin gracia.

—¡Entonces dígame, por favor, qué diablos tengo que confesar! ¿Qué le he hecho? ¡No fui yo quien pidió esta entrevista!

—¿No sabe de qué estoy hablando?

—No tengo ni la menor idea.

—Me cuesta creer...

No termino la frase. Un movimiento ágil. Se abalanza sobre mí por encima de la mesa, la cruza en una fracción de segundo, está encima de mí, me barre de la silla, me doy un golpe fuerte en la cabeza, tengo a Lenzen encima de mí. Se dispara un tiro, el cerebro me explota, no veo más que salpicaduras rojas, un pitido en los oídos, pataleo, intento sacármelo de encima pero pesa demasiado, solo quiero escapar de él, escapar, le golpeo la cabeza con la pistola, de manera más instintiva que controlada. Grita, afloja la presión, lo aparto de mí, me pongo de pie, retrocedo un par de pasos, tropiezo y casi caigo sobre mi silla. Consigo mantenerme en pie y trato de recuperar el aliento. Le apunto con el arma. De pronto estoy completamente tranquila, ya no siento rabia, solo un odio indiferente. Tengo ganas de apretar el gatillo. Lenzen está agachado delante de mí, inmóvil, y mira el cañón del arma. Veo sus ojos como platos, el brillo del sudor en su rostro, su pecho hinchándose y deshinchándose, todo a cámara lenta. La mano derecha, que sostiene el arma, me tiembla. El momento pasa. Recupero el control. Bajo un poco la pistola. Me doy cuenta de que he contenido el aliento, me obligo a seguir respirando. Lenzen jadea, los dos jadeamos. Está sangrando mucho por la herida de la cabeza. Se pone de rodillas, me mira con ojos fríos y metálicos; un animal herido.

—Levántese —le digo.

Se levanta. Se palpa la cabeza, mira horrorizado el rojo tan rojo. Contengo las náuseas.

—Vuélvase y camine en dirección a la puerta de la casa. Despacio.

Me clava una mirada de desconcierto.

—Camine —repito.

Obedece y yo lo sigo con el arma levantada, lo guío con las piernas temblorosas hacia el baño de invitados, que por suerte está justo al lado del comedor. Le dejo coger una toalla, humedecerla, presionarla sobre la hemorragia. Enseguida se demuestra que la herida es diminuta, ni siquiera le he dado bien. Ninguno de los dos dice nada, solo se oye nuestra fuerte respiración.

Después guío a Lenzen de vuelta a la mesa del comedor, dejo que se siente en su sitio y ocupo la silla de enfrente.

El salón está más oscuro, nubes gruesas ocultan el sol. Fuera ya está atardeciendo, nos encontramos en esa estrecha arista que separa el día y la noche. Se oyen truenos en la lejanía. La tormenta que Charlotte ha profetizado ya está aquí. Puede que aún esté lejos, pero en la habitación hay tanta electricidad en el ambiente que parece que ya llevara tiempo sobre nosotros.

—Por favor —dice Lenzen—, déjeme ir.

Lo miro fijamente. ¿Qué se ha creído?

—No sé a qué viene todo esto —se queja—. No sé qué quiere de mí. No sé a qué está jugando. Pero ha ganado.

Las lágrimas le brillan en los ojos. No está mal. Parece que el golpe en la cabeza ha servido para algo.

—¿No sabe a qué viene todo esto? —le pregunto.

—¡No!

Casi ha gritado.

—¿Por qué ha dicho antes que la hermana del libro le parecía la asesina? —pregunto—. ¿Quería provocarme?

—¿Por qué iba a provocarle eso? ¡No la entiendo! —exclama—. ¡Era usted quien quería hablar de su libro!

No está mal.

—¿Y lo de Charlotte?

Me mira como si le hablara en otro idioma.

—¿Charlotte?

—Mi asistente. ¿A qué venía lo de Charlotte?

Suspira atormentado. Se obliga a responder con tranquilidad.

—Escuche, su asistente ha tonteado conmigo con bastante descaro. No pude hacer nada para evitarlo. Solo quería ser amable, no utilice eso en mi contra, no...

—¿A qué venían las preguntas sobre mi perro?

—Esas preguntas no significaban nada, señora Conrads —asegura—. Intente recordar que estoy aquí por deseo suyo. Usted me ha invitado. Me pagan por hablar con usted. Siempre la he tratado con educación. No he hecho nada que justifique su comportamiento hacia mí.

—¿A qué venían las preguntas sobre mi perro? —repito.

—Estamos aquí para hacer una entrevista, ¿no? —dice.

Me mira como si yo fuera un animal peligroso que pudiera derribarlo de un salto en cualquier momento. Percibo el esfuerzo que le supone mantener la calma.

No contesto.

—Ha mencionado que tiene un perro —dice Lenzen—. Así que es normal que le pregunte por él.

Es posible que a estas alturas piense que estoy loca de verdad. Que soy impredecible. Eso es bueno. Con un poco de suerte enseguida lo tendré en mis manos.

—¿Por qué me ha preguntado si tengo miedo a la muerte?

—¿Qué?

—¿Por qué me ha preguntado si tengo miedo a la muerte? —repito.

Vuelvo a oír truenos, muy, muy lejos. Un rugido amenazador, como de un gigante.

—No lo he hecho —dice.

Se muestra tan perplejo... Otra vez estoy a punto de levantarme y aplaudirle.

—Por favor, déjeme ir —me suplica—. Estoy dispuesto a olvidar lo que ha pasado aquí. Solo...

—No puedo dejarle ir —lo interrumpo.

Me mira consternado.

Su pose hipócrita, sus lágrimas de cocodrilo, sus lamentos me repugnan. Me cuesta no vomitarle en los pies. Siete puñaladas. Y se viene abajo por una heridita. Respiro hondo.

—¿Tiene hijos? —le pregunto.

Lenzen gime y oculta la cara entre las manos.

—Por favor...

—¿Tiene hijos? —insisto.

—Por favor, deje a mi hija fuera de esto —gime.

Veo que está llorando.

—¿Cómo se llama su hija? —Vuelvo a la carga.

—¿Qué quiere de mi hija?

Casi en tono de súplica. Ahora lo entiendo. ¿De verdad piensa que quiero hacerle algo a su hija? ¿Que por eso le pregunto por ella? ¿Que es una especie de amenaza? Nunca se me habría ocurrido. Pero está bien. Decido no ceder a sus lloriqueos. Quizá ahora ya esté dispuesto a darme lo que quiero.

—Ya sabe lo que quiero —digo.

Dame lo que quiero y dejaré en paz a tu hija, digo entre líneas. Lenzen lo sabe y yo lo sé. No tengo tiempo para sentirme mal por ello.

—Una confesión —dice.

La adrenalina que ha inundado mi cuerpo cuando me ha atacado, y que en los últimos minutos ha cedido un poco, ha vuelto con fuerza. Ardiente.

—Una confesión —confirmo.

—Pero no sé...

¿Otra vez con esas? ¿Cuánto tiempo pretende seguir con este cuento?

—Entonces lo ayudaré —afirmo.

Me mira inseguro.

—¿Dónde vivía hace doce años? —le pregunto.

Reflexiona un momento.

—En Múnich —responde al cabo—. Fue mi último año en Múnich.

—¿Conoce a Anna Michaelis?

No percibo nada en su mirada, nada.

—No. ¿Quién se supone que es?

Mentiroso. Casi lo admiro. Sabiendo que hay un arma en la ecuación, está aguantando una barbaridad. Puede que sea verdad que no tiene miedo a la muerte.

—¿Por qué me miente?

—Vale, vale, vale —dice—. Déjeme pensar. El nombre sí que me suena de algo.

¿A qué estás jugando, Victor Lenzen?

—Al documentarme averigüé que su verdadero apellido es Michaelis. Conrads es solo un seudónimo. En honor a Joseph Conrad, uno de sus escritores preferidos, ¿verdad?

Me resulta difícil no ceder a mi enfado. Sigue jugando.

—¿Anna Michaelis y usted son parientes? —pregunta.

—¿Dónde estaba el 23 de agosto de 2002? —contraataco.

Me mira confuso. Ahí sentado podría incluso inspirar compasión. Sangrando, sorbiéndose.

—¿Dónde estaba el 23 de agosto de 2002? —repito.

Estresar. Desmoralizar. Quebrar.

—Joder, ¿cómo voy a acordarme de eso?

—Piense.

—¡No lo sé!

Vuelve a ocultar la cara entre las manos.

—¿Por qué mató a Anna Michaelis?

—¿Qué?

Lenzen se levanta de un salto y vuelca la silla. Ese movimiento repentino y el golpe me sobresaltan. Por un momento pienso que pretende atacarme por segunda vez, también me levanto de un salto y retrocedo un par de pasos. Pero lo único que hace es mirarme horrorizado.

—Quiero saber por qué asesinaste a mi hermana.

Él me mira. Yo lo miro. No siento nada. Toda yo soy fría e insensible, el arma es lo único que me arde en la mano.

—¿Qué? —exclama Lenzen—. Definitivamente está usted...

—¿Por qué lo hizo? —lo interrumpo—. ¿Por qué Anna?

—Oh, Dios —dice con voz apagada.

Se tambalea.

—Cree que maté a su hermana —murmura.

Parece ido, jadea. Ya no me mira, clava la vista en el suelo, tiene la mirada perdida.

—Lo sé —le corrijo.

Victor Lenzen levanta la cabeza y me mira con los ojos muy abiertos. Entonces se agarra al borde de la mesa, se da la vuelta y comienza a vomitar con arcadas breves e intensas. Lo miro atónita. Sangra, llora, vomita.

Recupera la compostura, tose entre jadeos y me mira. Tiene diminutas perlas de sudor en el labio superior. Una expresión extraña en el rostro, de niño apaleado. Por un momento veo una persona en lugar del monstruo que ha estado sentado frente a mí todo este tiempo, y la compasión me encoge el estómago. Siento su temor, el temor por sí mismo, pero sobre todo el temor por su hija, lo lleva escrito en el rostro.

Ese rostro... Vuelvo a ver que tiene algunas pecas. De pronto me imagino el aspecto que debía de tener en la infancia. Antes de la vida, de las arrugas. Arrugas interesantes. Me sorprendo pensando que me gustaría tocarle la cara, así, sin más. Experimentar la sensación de acariciar arrugas. Me acuerdo de mi preciosa y arrugada abuela, de su ceño adorable. El rostro de Lenzen debe de ser diferente al tacto. Más firme.

Me sacudo de encima esos pensamientos. ¿Qué estoy haciendo? ¿Qué ideas son esas? Soy como un niño que quiere acariciar al tigre del zoo a pesar de que ya tiene edad para saber que lo despedazará.

Contrólate, Linda.

No puedo dejarme llevar por la compasión.

Lenzen vuelve a tener arcadas.

—Es usted un asesino —le digo.

Aturdido, niega con la cabeza.

Estoy perpleja. O no tiene límite o... No me atrevo a completar la frase. ¿Y si hace tiempo que hemos alcanzado el punto en el que Victor Lenzen se viene abajo por la presión? ¿Y si la única razón por la que no ha confesado es porque no tiene nada que confesar?

¡No!

Caigo en la cuenta de lo peligroso que es ese razonamiento. Tengo que recuperar la concentración. Centrarme en lo que aprendí con el doctor Christensen, es decir, que ese tipo de pensamientos podrían hacer que me derrumbara. La situación no solo pone a prueba los nervios de Lenzen, también los míos. No puedo retroceder ni un milímetro, no puedo mostrar compasión ni mucho menos dudar. Ya he llegado demasiado lejos para ponerme a dudar ahora. Victor Lenzen es culpable. Y todo el mundo tiene un límite. Simplemente aún no hemos alcanzado el suyo. Ya se ha visto muchas veces en situaciones extremas. Él mismo lo ha dicho. Quizá vaya siendo hora de ofrecerle la famosa salida. Un aliciente concreto para confesar.

—Señor Lenzen... —comienzo—. Si me da lo que quiero le prometo que lo dejaré ir.

Tose y jadea, después me mira.

—Deme lo que quiero y esta pesadilla llegará a su fin —repito.

Le oigo tragar saliva.

—Pero ¡lo que usted quiere es una confesión! —exclama, aún algo apartado de mí y con la mano sobre el estómago.

—Correcto.

Me imagino lo que dirá ahora: «Pero si confieso, ¡me disparará! ¿Por qué tendría que creerla?». Y naturalmente yo solo podría responderle una cosa: «En este momento no tiene alternativa, señor Lenzen».

Permanece callado. Entonces me dirige una mirada firme.

—No tengo nada que confesar.

—Señor Lenzen, no está pensando con claridad. Tiene dos opciones. Opción número uno: me cuenta la verdad. Es todo lo que quiero. Quiero saber qué le paso a mi hermana pequeña esa noche hace doce años. Explíquemelo y lo dejaré ir. Esa es la opción número uno. La opción número dos es esta arma.

Lenzen mira fijamente la boca de la pistola.

—Y... —añado levantándola un poco— le aseguro que mi paciencia no es eterna.

—Por favor —dice Lenzen—. ¡Se ha equivocado de persona!

Contengo un lamento. ¿Cuánto tiempo seguirá negándolo? Decido cambiar de técnica.

—¿Necesita un pañuelo para limpiarse la boca? —le pregunto. Me aseguro de que mi tono de voz sea más suave y luminoso.

Niega con la cabeza.

—¿Un vaso de agua?

Niega con la cabeza.

—Señor Lenzen, entiendo por qué no lo reconoce —le digo—. Es probable que le cueste creer que lo dejaré ir si me cuenta lo que quiero saber. Es totalmente comprensible en su situación. Pero es la verdad. Si me dice lo que quiero saber lo dejaré ir.

De nuevo reina el silencio, solo se oye su respiración jadeante. Está inclinado en la silla. De repente parece mucho más pequeño.

—No quiero mentirle —digo—. Claro que avisaré a la policía. Pero saldrá ileso de esta casa.

Ahora he captado su atención. Me mira.

—No soy un asesino —afirma.

Las lágrimas le brillan en los ojos. No sé si es por las arcadas o si, en efecto, está a punto de echarse a llorar otra vez. En este momento, a pesar de todo, me da pena.

Lenzen se incorpora lentamente en la silla, se aparta la mano del estómago, se vuelve hacia mí de nuevo y me mira. Tiene los ojos enrojecidos, parece mayor que antes. Las arrugas de la risa han desaparecido. Veo que está reprimiendo las ganas de limpiarse la boca con la manga de su elegante camisa. Percibo el olor del charco que hay a sus pies. Huele a miedo.

Reprimo mi compasión, me digo que eso es bueno. Cuanto más a disgusto se sienta, mejor. La situación lo avergüenza. ¡Bien! Agarro el arma con tanta firmeza que se me ponen blancos los nudillos. Lenzen me mira fijamente sin más. Un pulso. No seré la primera en hablar. Quiero ver cómo sale de esta. La salida de esta situación está sobre la mesa. Debe confesar.

El silencio es absoluto. Ahí fuera el cielo centellea. Oigo mi respiración y oigo la respiración de Lenzen, jadeante, entrecortada. Varias respiraciones después se oye un trueno. Aparte de eso, el silencio es absoluto.

Lenzen cierra los ojos como si así pudiera librarse de la pesadilla a la que ha ido a parar. Inspira profundamente, después abre los ojos y empieza a hablar. Por fin.

—Señora Conrads, escúcheme, por favor...

Me limito a mirarlo.

—¡Aquí ha habido un error! Me llamo Victor Lenzen. Soy periodista. Y padre de familia. No especialmente bueno, pero...

Se está desviando del tema.

—Detesto la violencia. Soy pacifista. Soy activista, estoy a favor de los derechos humanos. No he hecho daño a nadie en toda mi vida.

No deja de mirarme. Vacilo.

—¡Tiene que creerme! —añade.

Pero no puedo dudar.

—Si vuelve a mentirme, dispararé.

Mi voz suena extraña. Ni siquiera yo sé si lo digo en serio o no.

—Si vuelve a mentirme, dispararé —repito como si así pudiera convencerme del todo.

Lenzen no dice nada. Solo me mira fijamente.

Espero mientras la tempestad se acerca. Mientras la tormenta se levanta. Espero mucho tiempo. Comprendo que ha decidido dejar de hablar.

Ahora yo decido.

23

JONAS

La corazonada de si un caso se resolvería con rapidez o más bien nunca casi siempre la tenía enseguida. El instinto de Jonas le había dicho que el caso de la mujer angelical que había aparecido apuñalada en su apartamento no se resolvería tan pronto como suponían sus compañeros. Los demás esperaban atrapar en breve al amante celoso o al excabreado, sobre todo porque había una testigo ocular. Pero Jonas tenía un mal presentimiento, tan negro y tan profundo que no le permitía ideas optimistas de ningún tipo. Por supuesto, todo olía a crimen pasional. Y además disponían de un retrato robot del culpable, si bien no concordaba con nadie del entorno de la víctima. ¿Cómo era posible, si se trataba de un crimen pasional? Quizá se tratara de una relación secreta, claro. Pero eso no encajaba con Britta Peters.

Respiró hondo y entró en la sala de reuniones. Percibió una peculiar mezcla de olores a suelo de PVC y café. Ya estaba reunido todo el equipo. Michael Dzierzewski, Volker Zimmer, Antonia Bug y Nilgün Arslan, una apreciada compañera que acababa de volver tras su baja maternal. Un murmullo dominaba en el ambiente, los colegas charlaban acerca del partido de fútbol del día anterior, de la película que habían visto en el cine o de la noche en el bar. Los inevitables fluorescentes estaba encendidos a pesar de que fuera era de día. Jonas los apagó y se situó delante de los presentes.

—Buenos días a todos —dijo—. A ver qué me contáis. ¡Volker!

Señaló al compañero de los vaqueros y el polo negro.

—He hablado con el casero de la víctima —explicó Zimmer—. Porque una de las vecinas había relatado que Britta Peters se quejaba de que el hombre había entrado en su apartamento. Sin preguntar.

—Nos acordamos perfectamente —dijo Jonas, impaciente.

—Bueno, pues el único crimen del que podría acusarse al casero, un tal Hans Feldmann, es el de aburrir mortalmente a su hijo y a su nuera durante tres horas con las fotos de su último viaje a Suecia.

—¿Tiene coartada? —preguntó Jonas.

—Sí. El hijo y la nuera durmieron en su casa.

—¿No pudo salir un momento? —inquirió Jonas.

—No habría que descartarlo —respondió Zimmer—. Pero si nos fiamos de la declaración de la testigo, no fue a Hans Feldmann a quien vio. Tiene más de setenta años.

—De acuerdo —dijo Jonas—. ¿Micha?

—El exnovio también está descartado —anunció Michael Dzierzewski.

—¿Su primer amor? —preguntó Bug.

—Exacto. Estuvieron mucho tiempo juntos y la separación no fue agradable. Pero fue él quien la dejó y no al revés —aclaró Dzierzewski.

—Vale, eso lo hace menos sospechoso —dijo Jonas—. Pero no significa que esté excluido.

—Por desgracia lo está. Al parecer se encontraba de viaje. Con su nuevo amorcito, una tal Vanessa Schneider. Vacaciones románticas en las Maldivas.

—Bien. Continuemos, ¿qué más?

—Solo otra pregunta sobre el exnovio —dijo Nilgün—. ¿Sabemos por qué la dejó?

—Él creía que lo engañaba —contestó Dzierzewski—.

Pero todas las amigas de Britta Peters, su ex novio, Leo, así como su hermana, juran que es absurdo y que solo buscaba una excusa porque, cito, «es un cobarde asqueroso».

—Bueno —respondió Jonas—. Cobarde asqueroso o no, está fuera. ¿Qué más?

—No mucho —dijo Antonia—. No hay más parejas, ni exnovios, ni problemas en el trabajo, ni deudas, ni enemigos ni peleas. Podría decirse que Britta Peters era una persona increíblemente aburrida.

—O increíblemente buena —apuntó Jonas.

Su equipo permaneció en silencio.

—Está bien —dijo—. No nos queda otra que seguir buscando al completo desconocido que la testigo vio en el lugar del crimen.

—Que dice haber visto —puntualizó Antonia Bug—. Creo que la hermana miente. Quiero decir, ¡venga ya! Incluso el retratista opina que sonaba como si estuviera inventándose la cara.

Jonas suspiró.

—Hay gente que no es buena con las caras —dijo—. En especial en situaciones de estrés como esta. ¿Y por qué iba a haber matado Sophie Peters a su hermana? Avisó a la policía justo después de encontrarla. No tenía sangre en la ropa. Incluso las heridas de la víctima indican que el culpable era bastante más corpulento que Sophie Peters, y muy probablemente un hombre. Además…

—Todo eso ya lo sé —lo interrumpió Antonia—, y no he dicho que piense que la hermana es la asesina. Pero ¿y si está encubriendo al asesino? No me dirás ahora que te crees esa historia del completo desconocido.

—¿En quién estás pensando?

—No lo sé. En el prometido, quizá. ¿Recuerdas cómo reaccionó Sophie Peters cuando le pregunté por el motivo de la discusión que había tenido con él?

Jonas pensó en las cajas de mudanza que había visto

en casa de Sophie. Su prometido se mudaba. ¿Cuál sería el motivo de la separación?

—Sophie Peters y su prometido se han separado —dijo Jonas.

Se oyó un murmullo en la sala. Antonia se dio una palmada en el muslo.

—¡Lo veis! —exclamó—. ¡Lo veis!

Jonas levantó las manos con talante apaciguador.

—¿Hay algún indicio de que el prometido de Sophie Peters tuviera una aventura con la víctima? —preguntó.

Volker Zimmer estaba a punto de decir algo, pero no llegó a hacerlo porque Bug se le adelantó.

—Una buena amiga de Britta Peters me contó que el tal Paul Albrecht estaba completamente loco por Britta y que Sophie Peters también debía de saberlo. Se lo había confesado la propia Britta.

—Lo siento, tíos —dijo Zimmer cuando por fin pudo hablar—, pero me temo que tengo que desilusionaros. Ayer volví a comprobar la información sobre el prometido. La noche del crimen realmente se peleó con Sophie Peters. Y después de que esta se largara furiosa para buscar consuelo en su hermana, él se emborrachó de tal manera en un bar con dos de sus compañeros del despacho de abogados que el camarero tuvo que echarlos y llamar a un taxi. No pudo ser él. Está definitivamente descartado.

—Maldita sea —rezongó Bug.

Un silencio incómodo se extendió por la sala.

—De acuerdo —dijo Jonas—. Antonia, Michael, hablad otra vez con los compañeros de trabajo de la víctima, por favor. Averiguad si es cierto que quería irse de la ciudad, si ya había presentado incluso su dimisión, es posible que os enteréis de algo. Volker y Nilgün, hablad otra vez con el exnovio de la víctima. Quizá nos dé más datos que confirmen que pudo haber otro hombre en la vida de Britta Peters. Preguntadle por qué cree que Britta Peters lo engañaba. Entretanto volveré a hablar con la policía científica.

Mientras el equipo se desperdigaba en todas direcciones, Jonas luchó contra la necesidad de salir por la puerta y encenderse un cigarrillo. Cada vez era más evidente. Si el asesino realmente no pertenecía al entorno de la víctima, la cosa se pondría muy, muy difícil. No podría cumplir la promesa que había hecho a Sophie.

20

Victor Lenzen me observa con la cabeza gacha y guarda silencio. Le sostengo la mirada. No pienso echarme atrás, pase lo que pase.

Estamos otra vez sentados, se lo he ordenado con el arma.

—¿Dónde vivía hace doce años? —le pregunto.

Deja escapar un gemido atormentado, pero no dice nada.

—¿Dónde vivía hace doce años?

Simplemente lo repito sin levantar la voz, sin gritar, me limito a preguntar tal como me han enseñado.

—¿Conoce a Anna Michaelis?

Me mira fijamente. Le sostengo la mirada.

Es irritante mirar a alguien a los ojos mucho tiempo. Los de Lenzen son muy claros, grises, casi blancos. Pero el gris tiene distintos matices, con algunas motas verdes y marrones, y está enmarcado en un círculo negro. Los ojos de Lenzen son como un eclipse.

—¿Conoce a Anna Michaelis?

Silencio.

—¿Dónde estaba el 23 de agosto de 2002?

Silencio.

—¿Dónde estaba el 23 de agosto de 2002?

Nada. Solo frunce el ceño. Como si aquella fecha le sonara de algo y acabara de acordarse.

—No lo sé —dice débilmente.

Habla. Bien.

—¿Por qué me miente, señor Lenzen?

Si esto fuera una película, le quitaría el seguro a la pistola para dar más énfasis a mis palabras.

—¿Dónde vivía hace doce años? —repito.

Guarda silencio.

—¡Conteste, joder!

—En Múnich —responde.

—¿Conoce a Anna Michaelis?

—No.

—¿Por qué miente, señor Lenzen? No le servirá de nada.

—No estoy mintiendo.

—¿Por qué mató a Anna Michaelis?

—No he matado a nadie.

—¿Ha matado a otras mujeres?

—No he matado a nadie.

—¿Qué es usted?

—¿Cómo?

—¿Qué es usted? ¿Un violador? ¿Un ladrón asesino? ¿Conocía a Anna?

—Anna —repite, y se me erizan los pelos de la nuca—. No.

Oír de su boca el nombre de Anna, que se lee igual al derecho y al revés y del que ella estaba tan orgullosa, me remueve algo por dentro. Tiemblo. Veo a Anna, a quien le da pánico la sangre pero yace en un charco de sangre. Y sé que no voy a dejar que Lenzen se vaya así como así. Victor Lenzen confesará o morirá.

No dice nada.

—¿Conoce a Anna Michaelis?

—No, no conozco a ninguna Anna Michaelis.

—¿Dónde estaba el 23 de agosto de 2002?

Otra vez silencio.

—¿Dónde estaba el 23 de agosto de 2002?

—No... —Duda—. No estoy seguro.

Eso me crispa. Sabe perfectamente dónde estaba el 23 de agosto de 2002. Sabe perfectamente adónde quiero llegar. Las cartas están boca arriba, ¿a qué viene esto?

—¿Cómo que no está seguro? —pregunto sin poder ocultar mi impaciencia.

—Señora Conrads, por favor, escúcheme. Por favor... Tenga la bondad.

Me tiene harta. Debería estar desmoronándose y en lugar de eso soy yo quien se ablanda. No soporto más su mirada, su voz, sus mentiras. He dejado de creer que vaya a confesar.

—De acuerdo —concedo.

—No sabía que había perdido a su hermana —afirma, y su hipocresía hace que me tiemble la mano con la que empuño el arma.

«Perdido», cómo lo dice. Como si nadie fuera culpable. Tengo ganas de pegarle de nuevo, más fuerte que antes y más de una vez.

Lo advierte en mis ojos y levanta las manos en un gesto apaciguador. Cómo se achica, cómo se achanta, como un niño al que le han dado una paliza; cómo intenta apelar a mi compasión. Lamentable.

—No lo sabía —repite—, y lo siento mucho.

Querría matarlo de un tiro. Ver qué se siente.

—Y usted cree que soy el asesino —continúa.

—Sé que usted es el asesino —corrijo—. Sí.

Permanece un momento en silencio.

—¿Cómo? —pregunta después.

Frunzo involuntariamente el ceño.

—¿Cómo puede saberlo?

¿Qué jueguecito es este, Victor Lenzen? Lo sabes. Lo sé. Y sabes que lo sé.

—¿Cómo puede saberlo? —vuelve a preguntar.

Algo estalla en mi interior, no puedo más.

—¡Porque te vi! —exclamo—. Porque te vi la cara como te la estoy viendo ahora. Así que ahórrate las mentiras y la pantomima porque sé quién eres. Sé quién eres.

El corazón me late muy deprisa, jadeo como después de un sprint. Lenzen me mira incrédulo. De nuevo levanta las manos en un gesto apaciguador.

Tiemblo. Me recuerdo a duras penas que si lo mato ahora nunca sabré por qué murió Anna.

—Eso es imposible, señora Conrads —afirma.

—Pero es así.

—No conocía a su hermana.

—Entonces ¿por qué la mataste?

—¡Yo no he matado a nadie! ¡Se equivoca!

—¡No me equivoco!

Me mira como se mira a un niño cabezota que se niega a entrar en razón.

—¿Qué fue lo que pasó? —pregunta.

Cierro un momento los ojos, solo un momento. Puntitos rojos danzan ante mis retinas.

—¿En qué circunstancias murió su hermana? ¿Y dónde? —quiere saber ahora—. Si supiera algo más quizá podría convencerla de que...

Dios mío, dame fuerzas para no pegarle un tiro ahora mismo.

—Te reconocí en cuanto te vi en la televisión.

Se lo escupo a la cara.

—Puede ser que viera a alguien...

—¡Pues claro que sí, joder! ¡Claro que vi a alguien!

—¡Pero no a mí!

¿Cómo puede afirmarlo? ¿Cómo puede decir eso? Los dos estuvimos allí, ¿cómo puede afirmarlo y creer en serio que le servirá para salvarse, si los dos estábamos allí, en aquella habitación aquel caluroso día de verano, con el olor a hierro flotando en el aire?

Me sobresalto cuando Lenzen se pone de pie con un ágil movimiento. Instintivamente lo imito y le apunto justo al pecho. No importa lo que haga, siempre estaré en disposición de detenerlo a tiempo. Levanta las manos.

—Piénselo, Linda —dice—. Si tuviera algo que confesar lo habría hecho hace tiempo.

El arma pesa.

—Piénselo, Linda. Hay una vida en juego y usted es el jurado, ahora lo entiendo. Cree que soy un asesino y usted es el jurado. ¿No es así?

Asiento.

—Entonces concédame al menos el derecho a defenderme.

Asiento de nuevo, de mala gana.

—¿Tiene otras pruebas contra mí, aparte del hecho de que cree haberme visto?

No contesto. La respuesta me atormenta. No.

—Piénselo, Linda. Han pasado doce años, ¿verdad? ¿Verdad?

Asiento.

—Han pasado doce años. ¿Y así, sin más, ve en la televisión al asesino de su hermana? ¿Qué probabilidades hay?

Quiero ignorar la pregunta. Me la he hecho mil veces en las largas noches que siguieron al seísmo. Me siento mal. Me estalla la cabeza. Todo da vueltas.

—Piénselo, Linda. ¿Qué probabilidades hay?

No contesto.

—¿Y está segura de que yo soy el culpable, Linda? No bastante segura, no segura al noventa y nueve por ciento, ¿está completamente segura, sin la más mínima duda? Entonces máteme ya, aquí y ahora.

Todo me da vueltas.

—Piénselo bien. Hay dos vidas en juego, la suya y la mía. ¿Está segura?

No contesto.

—¿Está completamente segura, Linda?

Me siento mal. Me estalla la cabeza, la habitación rota en lentas elipses y se me ocurre que la Tierra se mueve a velocidades increíbles por un espacio frío y desolado. Me mareo.

—¿El 23 de agosto de 2002 es el día que mataron a su hermana? —me pregunta.

—Sí —digo sin más.

Él inspira y espira profundamente. Parece reflexionar. Guarda silencio. Parece tomar una decisión.

—Creo que sé dónde estaba ese día —afirma al final.

Lo miro tensa. De pie ante mí, con las manos en alto. Un hombre bien parecido, inteligente, que de seguro me gustaría si no supiera lo que esconde tras su atractiva fachada. No debo dejarme engatusar.

—¿Dónde mataron a su hermana? —pregunta.

—Lo sabe usted muy bien.

No puedo evitarlo, mi autocontrol se resquebraja.

—Realmente no lo sé —contesta—. Al documentarme sobre usted no leí en ninguna parte que tuviera una hermana a la que habían asesinado.

—¿Quiere saber dónde la mataron? —pregunto—. En su casa. En Múnich.

Lenzen suspira aliviado.

—En aquel momento yo no estaba en Múnich —afirma.

Resoplo.

—En aquel momento yo no estaba en Múnich, y puedo probarlo.

Lo miro fijamente. Suelta una risa breve, aliviada, sin alegría, y dice otra vez, casi incrédulo:

—Y puedo probarlo.

Se sienta.

Me prohíbo creerme ese farol barato y yo también vuelvo a sentarme, con precaución. Lenzen suelta otra risotada. Histérica. Parece un hombre que ha pasado por los peores momentos, que ya se había despedido de la vida y que de repente vislumbra un rayo de esperanza.

¿Qué está pasando aquí?

—Si en ese momento no estaba en Múnich, ¿dónde estaba?

Lenzen me mira con los ojos enrojecidos. Se lo ve completamente agotado.

—En Afganistán —responde—. Estaba en Afganistán.

24

SOPHIE

Sophie recordaba los acontecimientos de la noche anterior como si fueran un sueño. La sombra encogida en el coche, los pasos a su espalda, el miedo puro, ancestral. El mismo miedo que debió de sentir Britta en sus últimos minutos.

Se preguntó si debía informar a la policía de que alguien la estaba siguiendo. Pero ¿qué iba a decirles? A ella misma le parecía todo irreal. ¿Cómo iba a explicárselo a aquella comisaria joven y arrogante a la que siempre la derivaban aunque ella pidiera expresamente hablar con el comisario Jonas Weber? Aquello la afectaba más de lo que quería reconocer. Era verdad que habían retirado la denuncia contra ella, pero seguro que no gozaba de la mejor fama en la policía. Aunque cabía la posibilidad que alguna cámara de seguridad hubiera grabado al hombre que la había seguido en el aparcamiento. Eso por fin probaría su existencia sin ningún género de duda.

El problema era que a la luz del día, en la seguridad de su hogar, todo le parecía irreal. ¿Qué pasaría si la policía examinaba las grabaciones… y no aparecía nadie? ¿No quedaría su credibilidad completamente minada?

Se las arreglaría, de un modo u otro. Incluso sin ayuda. Se sentó ante el escritorio. Estaba lleno de noticias y artículos de periódico relativos al caso. Un caos de informaciones contradictorias y de pistas falsas, una maraña impenetrable.

Sophie hundió la cara entre las manos. Sentía que su vida se desintegraba. En un primer momento no se había dado cuenta, tenía demasiadas cosas que hacer, había corrido, corrido para no tener que pensar. Pero ahora no quedaba nada por hacer y estaba obligada a detenerse.

No quedaba nada. Había hablado con todas las personas de la vida de Britta, había reconstruido con todo detalle sus últimos días. Había espiado a los dos trabajadores nuevos de la empresa de su hermana y ninguno se parecía ni remotamente al hombre que había sorprendido en su casa. Incluso había investigado a todos y cada uno de los invitados a la fiesta que Britta había organizado para una amiga poco antes de su muerte. Había rastreado sus perfiles en las redes sociales en busca de nuevas amistades a las que quizá ella no conociera… y nada. Siempre que creía avanzar un paso sus esperanzas se desvanecían. Y la policía seguía empeñada en su absurda teoría de que había sido una pelea con un amante violento. Hasta habían arrestado a Paul, lo que enseguida se demostró como una imbecilidad. Igual que el asunto del casero, quien quizá estaba un poco senil pero nada más. No había esperanza. La policía nunca encontraría al asesino.

Le sonó el móvil y reconoció el número de sus padres. No tenía la menor necesidad de coger la llamada. En su última conversación, su madre le había espetado que no era natural que no llorara por su hermana y que debería estar con sus padres en lugar de ir por ahí jugando a James Bond. Había dicho literalmente «jugando a James Bond». El móvil dejó de sonar. Sophie se quedó mirando al improvisado tablón de notas que casi ocupaba todo su estudio y en el que se desplegaban toda la información y las noticias sobre el asesinato que había ido recopilando. Había tantas cosas que no entendía… ¿Cómo era posible que nadie hubiera visto al asesino? ¿Por qué no la había atacado, ya que era una testigo ocular? ¿Qué más habría hecho si ella no hubiera aparecido? ¿Por qué no había huido en cuanto oyó que alguien entraba en la casa? ¿Era un ladrón? Si lo era, ¿por qué no se había llevado nada? ¿Y cuál era ese maldito detalle que no encajaba y que no conseguía recordar por mucho que se esforzara? De entre todas las preguntas torturadoras para las que seguramente nunca obtendría respuesta había una que era sin duda la peor: ¿por qué? ¿Por qué tuvo que morir su hermana? ¿Quién la odiaba tanto? Britta, la que escuchaba a todo el mundo; Britta, la que se preocupaba por todos; ¡Britta, en definitiva! Seguía convencida: tenía que haber sido un desconocido. Pero ¿cómo iba a encontrar a un desconocido?

De pronto la casa le resultó asfixiante. Se puso las deportivas, salió del edificio, pisó la calle y echó a correr. Era sábado y debía de haber algún partido de fútbol porque cuando llegó al metro estaba llenísimo. Sin saber adónde iba se dejó arrastrar por la multitud escalera mecánica abajo y aguardó en el andén del que salían los trenes hacia el centro. Olía a sudor y a bronca. Los aficionados estaban por todas partes, con su aliento a cerveza y sus cánticos agresivos. La marea de gente la arrastró a un vagón. Quedó aplastada entre dos gigantes, el tren arrancó con una sacudida, tenía la mochila de uno de ellos pegada a la cara, la cremallera se la arañó en una curva; los cristales estaban empañados, aquello ya no eran personas, era una masa que respiraba al unísono el mismo aire húmedo e insano. Sophie intentó abrirse hueco a codazos, pero la gente a su alrededor no se movió ni un milímetro, el aire ya no era aire sino algo caliente, pastoso y sólido, alguien encendió un radiocasete, sonó *Seven Nation Army*, la masa prorrumpió en un bramido. Sophie apretó los dientes. Se sentía como una bomba de metralla. En la parada de Hauptbahnhof fue expulsada del húmedo calor del vagón y la multitud la empujó hacia la salida. Logró abrirse paso entre la masa, se libró de ella y echó a correr. Cuando entró en el museo respiró profundamente. Eso era lo que necesitaba si no quería volverse loca: un par de horas con sus pintores preferidos, un tiempo entre Rafael y Rubens y Van Gogh, un poco de belleza, un poco de olvido. Compró una entrada, caminó acá y allá y se detuvo ante una versión de *Los girasoles* de Van Gogh. Admiró los colores brillantes y la atmósfera en apariencia alegre que los cuadros siempre le transmitían, y casi había olvidado por completo sus miedos y preocupaciones cuando de pronto recordó aquel detalle en casa de Britta que le había parecido tan terroríficamente fuera de lugar.

21

De nuevo ha cambiado el tiempo, de nuevo la relación de poder amenaza con darse la vuelta. Lenzen ya no se achica ante mí como un perro apaleado. Ha recuperado parte de su confianza.

—Tengo una coartada —afirma.

Estamos sentados en la penumbra, la tempestad se aproxima, oigo los truenos acercándose y tengo el mal presentimiento de que algo espantoso sucederá cuando la tormenta nos alcance. Aparto los pensamientos, me digo que es porque mi abuela me contagió su miedo a los truenos; pero son solo supersticiones, nada más.

Lenzen miente. Tiene que estar mintiendo. Lo vi con mis propios ojos.

—Tengo una coartada —repite.

—¿Y cómo va a probarlo? —le pregunto.

Se me empaña la voz. El miedo asciende en mi interior, frío y despiadado.

—Me acuerdo de aquel verano —dice—. 2002. El mundial de fútbol en Japón y Corea del Sur. La final de Brasil contra Alemania.

—¿Cómo va a probar que tiene una coartada? —insisto, impaciente.

—El 20 de agosto volé a Afganistán. Lo recuerdo perfectamente porque el cumpleaños de mi exmujer es el día 21 y se enfadó muchísimo porque me perdí su fiesta.

Mi mundo se tambalea.

Sujeto con más fuerza la pistola, buscando apoyo. No es más que otra artimaña.

—¿Cómo va a demostrarlo? —pregunto.

Me obligo a respirar con calma.

—Informaba desde allí a diario. Sobre el terreno. El despliegue de nuestro ejército en Afganistán era aún bastante reciente, a la gente todavía le interesaba lo que pasaba en las montañas del Hindu Kush. Acompañé a algunos soldados día y noche. Los reportajes deben de estar aún en internet. Todavía hoy.

Lo miro fijamente. Se me pone la carne de gallina. Toda, de arriba abajo. No quiero creerlo. Es un farol.

—Compruébelo.

Señala con la mirada mi móvil, que está ante mí sobre la mesa; y veo sus intenciones, gracias a Dios veo sus intenciones. El muy cabrón... Espera un instante de descuido para volver a atacarme y quitarme el arma cueste lo que cueste; somos él o yo, su última oportunidad.

Hago un gesto de negación y señalo con la barbilla su móvil a mi vez, sin aflojar la pistola. No me he olvidado de lo rápida y ágilmente que antes ha conseguido salvar la mesa que nos separa. No volveré a darle otra oportunidad.

Lenzen lo entiende y coge su teléfono. Empieza a teclear.

Me pongo nerviosa. ¿Qué pasa si ha previsto mi reacción y solo quería alcanzar su móvil para llamar a la policía?

—Si hace alguna tontería no saldrá vivo de esta casa.

En cuanto lo digo me estremezco. ¿Por qué iba a querer llamar a la policía si es el asesino de Anna?

Ya no piensas con claridad, Linda.

Él me mira un momento y luego sigue tecleando, con el ceño fruncido. Finalmente levanta la vista, con una expresión impenetrable en el semblante, deja el móvil en la mesa y me lo acerca con cuidado. Lo cojo sin apartar de él la mirada. Después bajo los ojos y leo.

Spiegel online. Leo, bajo por la página, leo otra vez, subo por la página, bajo de nuevo. Comparo los nombres, las fechas. *Spiegel online.* Archivo. Victor Lenzen. Afganistán. 21 de agosto de

2002. 22 de agosto de 2002. 23 de agosto de 2002. 24, 25, 26, 27, 28 de agosto de 2002.

Leo y leo, una y otra vez.

Mi mente busca una salida.

—¿Linda?

Subo y bajo por la página.

—¿Linda?

Su voz me llega amortiguada.

—¿Linda?

Levanto la mirada.

—¿Cómo mataron a su hermana?

Me tiemblan las manos como si fuera una anciana.

—¿Cómo mataron a su hermana? —repite.

—Siete puñaladas —contesto como en trance.

Tanta rabia. Y la sangre, sangre por todas partes.

No sé si eso lo digo en voz alta o solo lo pienso.

—Linda. Se ha equivocado de persona. Por favor, reflexione.

No lo entiendo.

Casi no puedo concentrarme en lo que dice. Ya no comprendo nada, todo va demasiado deprisa, doy tres pasos inestables hacia atrás intentando asimilar el hecho de que Lenzen acaba de ofrecerme una coartada. No puede ser, no puede ser.

—Dese cuenta de lo que eso significa —dice. Habla despacio y en voz baja, como suplicándole a una serpiente venenosa—. No hará justicia si me mata. Todo lo contrario. Da igual lo que me haga, el verdadero asesino seguirá ahí fuera.

Eso me alcanza como un tiro. Pero entonces, si no fue él, ¿quién fue?

No. No. No. Yo vi a Lenzen.

—¿Linda? —me llama, sacándome de mis pensamientos—. Por favor, baje el arma.

Lo miro.

Poco a poco lo comprendo.

Victor Lenzen estuvo desde el 21 hasta por lo menos el 28 de agosto de 2002 en Afganistán. No tuvo ocasión de matar a mi hermana.

Me duele la cabeza, estoy mareada y pienso en que hace tanto tiempo que es así... los dolores, el mareo, las alucinaciones, la canción, la maldita canción, la sombra en el rincón de mi dormitorio, el insomnio, los ataques. Entonces lo comprendo, y reconocerlo me resulta enormemente doloroso.

Estoy loca.

O camino de estarlo.

Esa es la verdad, esa es mi vida.

Entre las consecuencias de un aislamiento prolongado se encuentran los trastornos del sueño y de la alimentación, el deterioro cognitivo y hasta las visiones. Leo mucho, sé de esas cosas.

Los ataques de pánico, el trauma sufrido, mi obsesión literaria por todo, la mala conciencia por no haber podido salvar a Anna, la soledad de años...

Todo tiene sentido. Pero eso no mejora las cosas. Aparto el móvil y miro a Lenzen. Me resulta más difícil que nunca.

El hombre que tengo delante es inocente. Todo lo que ha dicho y que me habían parecido indicios del asesinato no eran más que comentarios sobre personajes de ficción y un poco de literatura.

¿Qué has hecho, Linda?

Me duele la garganta. Es la sensación que precede al llanto, la recuerdo aunque lleve una década sin llorar. Se me escapa un sollozo sin lágrimas. Todo me da vueltas. De repente el techo está lleno de insectos, es como una alfombra que bulle y se remueve. Pierdo el control. Por un momento no sé quién soy. No sé quién soy, cómo me llamo, qué está pasando. Estoy completamente aturdida. Pero hay una voz.

—Suelta el arma, Linda.

La voz de Lenzen. Solo entonces vuelvo a ser consciente del peso de la pistola. Me miro la mano, que aferra el arma tan fuerte que tengo los nudillos blancos. Él se levanta despacio y viene hacia mí con los brazos en alto.

—Suelta el arma.

Lo oigo como a través de algodón.

—Tranquila —dice—. Tranquila.

Se acabó. Me he quedado sin fuerzas. Me supera el horror por lo que acaba de pasar, lo que acabo de hacer. Se me cae el móvil de la mano y se estrella estrepitosamente contra el parquet, me tiembla todo el cuerpo. Mis músculos no responden, me resbalo de la silla, estoy a punto de caer pero él me agarra, me sujeta y bajamos juntos al suelo, acabamos sentados, jadeando, sudados, muertos de miedo; y Lenzen me sujeta y le dejo hacer, mis músculos están laxos, estoy sorda, casi paralizada, y no tengo otra opción, solo puedo dejarle hacer. Espero, aguanto. Soy un nudo. Un nudo con forma de mujer, tenso y apretado. Pero algo sucede, las placas tectónicas de mi cerebro se desplazan, el nudo se afloja, muy despacio, y noto que estoy llorando. Sollozo y tiemblo en los brazos de Victor Lenzen, me diluyo como sal en el mar, simplemente dejo que la increíble tensión de estos días se descargue en forma de temblores. La mente me va a mil por hora, no puede procesar el contacto físico, no está acostumbrada a él y sin embargo lleva una década deseándolo. El cuerpo de Lenzen es cálido y fuerte, es más alto que yo, mi cabeza reposa en el hueco entre su cuello y su pecho; gimo, no entiendo lo que pasa, no entiendo por qué hace lo que hace, me limito a aceptar que me sostenga, me siento conectada, viva, es una sensación casi dolorosa. Después se aparta y de nuevo pierdo pie. Se levanta. Me mira desde arriba. Me quedo a la deriva, intento ganar la orilla.

—¡Pero te vi! —exclamo sin fuerzas.

Él me observa muy tranquilo.

—No me cabe duda de que eso es lo que crees.

Nos miramos a los ojos y veo que es sincero. Veo su miedo, su alivio y una cosa más que no sé nombrar. Compasión, quizá.

Callamos de nuevo. Me alegra no tener que decir nada. Mi mente ha dejado de trabajar sin pausa y se queda callada, agotada. Está bien así, no quiero tener que pensar en nada, en denuncias, escándalos, la cárcel o psiquiatras. Solo quiero estar un poco en silencio, el mayor tiempo posible. Observo la cara del hombre que tengo delante. Estoy muy sola, no suelo tener ocasión de mirar con atención una cara. Así que ahora observo a Lenzen y, ante mis ojos, el monstruo se convierte en un hombre normal.

Estoy sentada en el suelo, escuchando caer mis lágrimas en el parquet. Entonces se acerca a la mesa y se dispone a coger el arma. Lo miro sin reaccionar y solo cuando la tiene en la mano me doy cuenta de que he cometido un error terrible.

—Sigue sin creerme —dice.

No es una pregunta, es una afirmación. Me mira un instante y añade:

—De verdad necesita ayuda profesional.

Se da la vuelta y se marcha.

Lo veo irse completamente conmocionada. Tardo un momento en conseguir romper mi inmovilidad. Oigo que abre la puerta de la calle, y la tempestad resuena como si alguien hubiese encendido un interruptor invisible. Oigo sus pasos alejándose por el camino de grava. Me levanto, mis temblorosas piernas apenas me sostienen, y lo sigo. La puerta está abierta, el corazón se me acelera. ¿Qué está haciendo? Con cuidado miro hacia fuera, no tengo ni idea de qué hora es, de cuánto rato hemos estado hablando y acorralándonos, pero ya hace tiempo que ha oscurecido. Lo veo a la luz de la luna con el arma en la mano y avanzando decididamente hacia el lago. Entre el lago y la linde del bosque se detiene, parece dudar un instante y después levanta el brazo, toma impulso y lanza mi pistola al agua. Casi me parece oír el ruido que hace al tocar la lisa superficie, pero eso es imposible. Estoy demasiado lejos. En el blanco y negro del claro de luna veo a Lenzen volverse hacia mí. No distingo su cara, no es más que una silueta, pero siento su mirada. Me pregunto qué aspecto debo de tener vista desde allí, pequeña y alterada en el umbral de mi inmensa y bien iluminada casa. Nos miramos en la distancia, y por un momento pienso que se dará la vuelta y se irá. Sin embargo, hace justo lo contrario. Se pone en marcha hacia mí. Vuelve voluntariamente.

Síndrome de Estocolmo es el nombre de un fenómeno psicológico por el que las víctimas de un secuestro desarrollan un vínculo emocional positivo hacia sus captores. Sé de esas cosas. En los últimos diez u once años he tenido mucho tiempo para leer.

Tiemblo, no solo por el frío que entra sino porque me doy cuenta de que en este escenario la criminal soy yo.

Dios mío, Linda…

He amenazado con un arma a un hombre inocente, le he pegado y lo he retenido en mi casa. Y además lo he grabado todo. Nunca encontraré al asesino de mi hermana. Lo mejor sería dispararme un tiro en la cabeza. Pero Lenzen acaba de arrojar mi pistola al lago.

Ahora lo tengo delante. Me mira.

—¿Se cree por fin que no quiero hacerle daño?

Asiento débilmente.

—¿Por qué no llama a la policía? —le pregunto.

—Porque primero quiero hablar con usted —responde—. ¿Dónde podemos sentarnos?

Con las piernas entumecidas lo guío hasta la cocina. Las tazas de café y los periódicos que el fotógrafo dispuso en otro tiempo, en otra vida, siguen exactamente donde antes. Como si no acabara de hundirse el mundo.

—¿Por qué ha tirado la pistola?

—No lo sé —contesta—. Como acto de transición.

Asiento. Sé a qué se refiere.

—No sé… —comienzo, y vuelvo a trabarme—. No sé qué decir. No sé cómo podría disculparme.

—Está temblando —dice—. Siéntese.

Lo hago y él se sienta delante de mí. De nuevo callamos durante un buen rato. Pero el silencio ya no es una muestra de poder; en realidad es que ahora no sé qué decir. Cuento las arrugas de su frente. Cuando casi he llegado a veinte me saca de mis pensamientos.

—¿Linda? Puedo llamarla Linda, ¿verdad?

—Cualquier persona a la que he amenazado con un arma tiene derecho a llamarme por mi nombre de pila, sí —contesto.

Me estremezco por mi patético intento de buscar el lado cómico a la situación.

Pero ¿qué haces, Linda?

Lenzen lo pasa por alto.

—¿Tiene alguien a quien llamar?

Lo miro sin comprender.

—¿Familia? ¿Amigos? —me ayuda.

Solo en ese momento reparo en lo bonita que es su voz. Suena como la del doblador de un actor de Hollywood ya mayor, pero no caigo. No caigo.

—¿Linda?

—¿Por qué me lo pregunta?

—Tengo la impresión de que no debería quedarse sola.

Lo miro fijamente. No lo comprendo… Lo he atacado. Está en todo su derecho de llamar a la policía. O de devolvérmela. Así de fácil: devolvérmela.

—A no ser que esconda algo y por eso prefiere dejar a la policía al margen.

Solo un segundo después de que esas palabras hayan salido de mi boca me doy cuenta de que no las he pensado.

Él también se da cuenta. Parece haber aceptado hace tiempo que estoy completamente loca. Lo estoy. Loca, desequilibrada, soy un peligro público.

Escritora de éxito dispara a un reportero durante una entrevista.

Lenzen tiene coartada. Lenzen es inocente. Necesito tiempo para adaptarme a la nueva situación.

—Quizá sus padres… —sugiere.

—¿Qué?

—Que quizá pueda llamar a sus padres. Para no quedarse sola.

—No, no, a mis padres no. Mis padres y yo…

No sé cómo acabar la frase.

—No hablamos mucho —completo finalmente, a pesar de que en realidad habría querido decir otra cosa.

—Qué extraño —comenta.

Tiene las manos, curtidas por el sol, en la mesa de mi cocina, y siento la insólita necesidad de cogérselas. Aparto de ellas la mirada. Sus ojos claros reposan sobre mí.

—¿Qué trata de decir? —le pregunto cuando su comentario consigue traspasar la membrana que me rodea.

—Bueno, me ha contado que su hermana fue asesinada. Y en

fin, no soy un experto pero normalmente esas tragedias suelen unir a las familias, más que separarlas.

Solo puedo encogerme de hombros. La palabra «normalmente» no significa nada en mi mundo.

—Pues nuestro caso es distinto —respondo.

No es de su incumbencia, pero me sienta bien aclararlo. A mis padres no les importo yo, no les importan mis libros, ni siquiera me dejan que les compre una casa más grande. Solo les importa su hija muerta.

Lenzen suspira.

—Tengo que confesarle algo, Linda.

Se me erizan los pelos de la nuca.

—No he sido del todo sincero con usted en cuanto a las condiciones de esta entrevista.

Trago con dificultad. Me es imposible hablar.

—Sabía lo de su hermana.

Me quedo sin aire.

—¿Qué? —grazno.

—No como usted cree —dice rápidamente, y levanta las manos en un gesto tranquilizador.

—Mientras me documentaba di con el caso de asesinato. En realidad me sorprende que nadie lo hubiera desenterrado antes, aunque en el pasado internet no era tan increíble como ahora, no quedaba todo registrado con tanto detalle... pero bueno.

No lo sigo.

—En resumen, sí conozco el caso de su hermana. Un acontecimiento terrible. La comprendo, Linda. No es fácil soportar algo así.

—Pero usted dijo que ni siquiera sabía que tenía una hermana.

—Soy periodista, Linda. Claro que no puse todas las cartas boca arriba, quería escuchar lo que usted tenía que contar al respecto. Póngase en mi lugar. La principal sospechosa de un asesinato cometido hace años publica un libro en el que lo describe con pelos y señales. ¡Es una auténtica bomba! Pero si hubiera sabido que usted estaba tan... —Se atasca—. Que estaba usted tan delicada, no...

Lo que acaba de decir se filtra lentamente en mi conciencia.

—¿La principal sospechosa? —repito con voz apagada.

Me mira con sorpresa.

—Yo nunca fui sospechosa —afirmo.

—Hummm —gruñe, como si no supiera cómo seguir—. Bueno, supongo que quien encuentra un cadáver se convierte de manera automática en el primer sospechoso, y que aquello no tendría que ver necesariamente con usted.

Trago saliva tan fuerte que se oye.

—¿Qué es lo que sabe? —le pregunto.

Lenzen se escaquea.

—No creo que deba…

—¿Qué es lo que sabe? ¿Con quién ha hablado? —grito—. ¡Tengo derecho a saberlo!

Se sobresalta.

—¡Por favor! —añado en voz algo más baja.

—De acuerdo. He hablado con los policías encargados de la investigación. Y sí, usted fue la principal sospechosa durante mucho tiempo. ¿Lo ignoraba?

—¿Con qué policías?

—No sé si puedo decirle eso —responde—. ¿Es tan importante?

En mi mente se dibuja una cara, con un ojo verde y el otro marrón. ¡No! ¡Imposible!

—No —contesto—. No es tan importante.

Tengo calor, el aire está cargado de electricidad. Me muero porque llueva, pero la lluvia no llega. La tormenta ha pasado de largo, descargará en otro sitio. Solo se oye el viento, que rodea silbando la casa.

—Pero está claro que usted es inocente —continúa—. No se consiguió probar nada en su contra. Y no tenía el más mínimo motivo.

Me asombra que estemos hablando sobre mi culpabilidad o inocencia.

—Y lo de no poder salir de casa tampoco es culpa suya —añade.

—¿Cómo?

Otra vez el miedo me recorre el cuerpo.

—¿A qué viene eso ahora?

—A nada, claro —se apresura a decir.

—¿Pero...?

—Lo he soltado sin pensar.

—Usted nunca suelta nada sin pensar —replico.

—Bueno, algunas de las personas que investigaron el caso de su hermana han interpretado su... reclusión como un... cómo decirlo... como un reconocimiento de culpa.

—¿Mi reclusión?

Tengo la voz ronca por la ira y la rabia, no puedo evitarlo.

—¡No estoy recluida! ¡Estoy enferma!

—No es mi opinión la que le estoy dando. Hay personas que no la conocen y que no se creen esa misteriosa enfermedad; lo consideran la reclusión de una asesina. Hay gente que opina que se ha autoimpuesto una especie de aislamiento.

Me mareo.

—No tenía que habérselo contado —afirma—. Supuse que ya lo sabría. Es una buena historia, solo eso.

—Sí.

Soy incapaz de decir más.

—Aunque lo malo es la duda. Siempre queda un rastro de duda —prosigue—. Y eso es lo peor. La duda es como una espina que no se puede sacar. Y es terrible que algo así destruya una familia.

Parpadeo.

—¿Quiere decir que mi familia, que mis padres están convencidos de que soy una asesina?

—¿Qué? ¡No! ¡Por Dios! Nunca lo...

No termina la frase.

Me pregunto cuándo fue la última vez que hablé con mis padres, más allá de la farsa habitual de «estoybienyvosotros». No lo recuerdo. Lenzen tiene razón. Mis padres se han distanciado.

Y hay personas ahí fuera que han contado a Victor Lenzen que me consideran la asesina de mi hermana.

Me acuerdo de lo nervioso que parecía cuando entró en casa y por fin lo comprendo. La inseguridad no provenía de que se sintiera culpable, sino de que se preguntaba cómo de loca estaba y hasta qué punto era peligrosa su entrevistada.

No ha venido para tener una charla con una autora de éxito mundial, sino para comprobar si esa autora, además de una excéntrica, es también una asesina.

Los dos perseguíamos una confesión.

Un doloroso ardor se expande por mi vientre, sube hacia la garganta y me sale a borbotones por la boca en una risa amarga. Me duele pero no puedo parar. Me río y me río. La risa da paso al llanto sin transición. El miedo a estar completamente loca me supera.

Ese miedo es como un pozo profundo en el que he caído. Floto vertical en el agua, intento tocar el fondo con las puntas de los pies, pero no hay nada, solo oscuridad.

Lenzen me observa. Espera hasta que la risa espasmódica se calma y se acalla. Solo me queda el dolor. Reprimo un gemido.

—¿Por qué no me odia? —pregunto cuando recobro el habla.

Suspira.

—He presenciado guerras, Linda. Combates. Y lo que sigue a los combates. He visto cómo son las cosas cuando nada puede ir peor. Prisioneros de guerra. Niños con miembros amputados. Sé cómo es la gente profundamente traumatizada. Está rota por dentro, Linda, se lo veo en los ojos. Usted y yo no somos tan distintos.

Calla un momento, parece reflexionar.

—Linda, ¿me promete que me dejará en paz?

La vergüenza casi me impide prometer nada.

—Por supuesto —consigo decir—. Por supuesto.

—Si me promete dejarnos en paz, a mí y a mi familia, y si me promete ponerse en tratamiento psiquiátrico, entonces... —Duda un momento, luego toma una decisión—. Si me promete esas dos cosas, nadie tiene por qué saberlo. Lo que ha pasado aquí.

Lo miro sin dar crédito.

—Pero... ¿qué va a contar en la redacción? —pregunto con voz ronca.

—Que usted no se sentía bien. Que tuvimos que interrumpir la entrevista. Y que no la retomaremos.

Mi cerebro no consigue procesarlo.

—¿Por qué? ¿Por qué hace esto? Merezco un castigo.

—Creo que ya ha recibido castigo suficiente.

Lo miro. Me mira.

—¿Puede prometerme esas dos cosas? —insiste.

Asiento.

—Lo prometo.

Es poco más que un sonido ronco.

—Espero que haga las paces con el pasado —dice él.

Después se da la vuelta y se va. Oigo que coge el abrigo del perchero del pasillo, y luego que va al comedor a por la chaqueta y la bolsa.

Sé que saldrá de mi radio de acción en cuanto traspase el umbral. Sé que no volveré a verlo y que no podré hacer nada más.

¿Y qué más quieres hacer?

Oigo sus pasos en el pasillo. Oigo que abre la puerta de la calle. Me quedo de pie en la cocina y sé que no lo detendré. La puerta se cierra tras él. El silencio avanza por mi casa como la marea. Se acabó.

22

Al final sí que ha llegado la lluvia. El viento estampa las gotas contra la ventana de la cocina una y otra vez, como si quisiera romperla. Pero pronto se cansa y al final amaina. La tormenta es solo un recuerdo, un resplandor mudo en la distancia.

Me quedo de pie con una mano apoyada en la mesa de la cocina para no caerme, e intento acordarme de cómo se respira. Necesito pensar en cada inspiración, mi cuerpo ha dejado de hacerlo automáticamente, y me concentro solo en eso. No me quedan fuerzas para nada más, no pienso en nada. Estoy un buen rato así, de pie.

Pero después recuerdo algo que me hace ponerme en marcha y, maravillada de que brazos y piernas y todo en general funcione como antes, atravieso habitaciones y subo escalones y abro puertas hasta que lo encuentro. Duerme, pero se despierta en cuanto me siento a su lado, primero la nariz, luego la cola, a continuación el resto de su cuerpo. Está cansado, pero se alegra.

Siento despertarte, amigo. No quiero estar sola esta noche.

Me acurruco a su lado medio en el suelo medio en su manta. Me aprieto contra él e intento recibir algo de su calor, pero se aparta, no le gusta nada, necesita espacio, no es un gato mimoso; libertad, espacio, sitio. Pronto Bukowski vuelve a dormirse y a sumirse en sus sueños perrunos. Me quedo un momento tumbada e intento seguir sin pensar en nada, pero algo animal se agita en mi pecho y sé muy bien qué es; intento no pensar en nada, pero pienso en el abrazo de Lenzen, en su firmeza, en su calor, y noto en el estómago la sensación de estar en caída libre y sigo intentando no pensar en nada, pero pienso en su abrazo y en el animal de mi pecho y en su terrible nombre: deseo. Y sé lo patética que soy, pero me da igual.

Y sé que no tiene que ver con él, que no es su abrazo el que deseo, que ese deseo no es por él; sé por quién es, pero no debo pensar en eso.

Lenzen ha sido solo el detonante, pero ahora me duele recordar cómo es vivir con otras personas: miradas, contactos, calor; no quiero pensar en eso y sin embargo me sumerjo en mis recuerdos. Y entonces de nuevo se enciende la parte racional de mi cerebro. La tregua ha terminado, pienso: la policía llegará en cualquier momento.

Sé que he cometido un delito y que yo misma lo he grabado íntegramente. Con todos los micrófonos y las cámaras que hay por la casa... He hecho cosas horribles y la policía vendrá y me detendrá, da igual lo que Lenzen haya dicho, en cuanto pueda pensar con claridad llamará a la policía. Aunque tampoco habrá mucha diferencia entre estar aquí con mi nudo de deseo en el estómago y estar igual pero en la cárcel.

Así que no hago nada, no recorro la casa para destruir las grabaciones o destrozar las cámaras que han documentado sin piedad mi locura. Me tumbo en la cama y espero, contenta de que nada de lo sucedido hace unas horas penetre en mi conciencia porque sé que muchas cosas podrían hacerme daño. Pero, nada más decirme eso, aparece un pensamiento envuelto en la voz de Lenzen, aunque es un pensamiento mío: «Lo malo es la duda. Siempre queda un rastro de duda. Y eso es lo peor. La duda es como una espina que no se puede sacar. Y es terrible que algo así destruya una familia».

Me acuerdo de mis padres. Cómo se quedaron tras aquella noche horrible, y en realidad desde entonces. Abatidos. Como si alguien les hubiera bajado el volumen. Se volvieron muy cuidadosos conmigo, como si fuera de cristal. Cuidadosos y... distantes. Corteses como si fuera una desconocida. Todo este tiempo me he dicho que es respeto, pero lo cierto es que siempre he sabido que se trata de otra cosa, no hacía falta ningún Victor Lenzen para que me diera cuenta de lo que es. Es la duda.

Linda quería a Anna. No, Linda no tenía ningún motivo. No, Linda no sería capaz de eso, y además por qué iba a hacerlo, imposible. No, jamás, radicalmente no, de ninguna manera. Pero ¿y si...?

Vivimos en un mundo en el que todo es posible, en el que los bebés nacen en probetas y los robots exploran Marte y pequeñas partículas se teletransportan de A a B; en un mundo en el que todo, absolutamente todo es posible. Así que, ¿por qué no esto? Siempre queda un rastro de duda.

No puedo soportarlo. Me siento en la cama y cojo el teléfono, marco el número de mis padres, el mismo desde hace treinta años, y espero. ¿Cuándo hablamos por última vez, cuántos años hace? ¿Cinco? ¿Ocho? Pienso en el cajón de la cocina en el que guardo sus tarjetas navideñas, porque así celebramos la Navidad: enviándonos tarjetas. Llevamos sin hablar desde la muerte de Anna. Se nos agotaron las palabras. Las conversaciones se convirtieron en frases, las frases en palabras, las palabras en sílabas y después callamos por completo. ¿Cómo hemos llegado a esto? ¿Seremos capaces de pasar de las postales, que son lo único que nos salva de una ruptura total, de nuevo a las conversaciones? ¿Y si mis padres de verdad creen que soy una asesina? Entonces ¿qué?

¿De verdad quieres saberlo, Linda?

Sí, quiero saberlo.

Solo cuando suena el primer tono se me ocurre pensar en la hora que es, que en el otro mundo, en el de mis padres, importa mucho más que en el mío. Suena el segundo tono y dirijo una mirada rápida al reloj, son las tres de la madrugada, maldita sea, tan tarde, he estado perdiendo el tiempo, ¿cuánto he estado petrificada en la cocina, cuánto he estado contemplando dormir a mi perro, cuánto he estado tumbada mientras los fríos ojos de las cámaras me observaban desde arriba como dioses indiferentes? Quiero colgar, es demasiado tarde, suena otro tono y entonces oigo la voz alarmada de mi madre.

—¿Dígame?

—Hola. Soy Linda.

Mi madre profiere un sonido que no sé calificar, un lamento doloroso y profundo, no sé lo que significa. Busco las palabras adecuadas para explicarle por qué la he sacado de la cama en mitad de la noche y para decirle que tengo que preguntarle algo que me resulta muy, muy difícil; pero entonces se oye un chasquido al otro lado de la línea y un pitido continuo anuncia que la comunicación se ha roto. Tardo bastante en comprender que ha colgado.

Aparto el teléfono y me quedo un momento mirando a la pared, después vuelvo a hundirme en la cama.

Me llamo Linda Conrads. Tengo treinta y ocho años. Soy escritora y soy una asesina. Hace doce años maté a mi hermana menor, Anna. Nadie se explica por qué. Parece que yo misma tampoco. Por lo visto estoy un poco loca. Soy una mentirosa y soy una asesina. Esta es mi vida. Esta es la verdad. Al menos para mis padres.

Un pensamiento oscuro que ha estado buceando por mi subconsciente se aparta de los demás y sale de pronto a la superficie, grande y pesado, creando un torbellino que arrastra otros pensamientos en pequeños remolinos. La voz de Lenzen.

«La princesa Disney a lomos de su corcel. Si yo fuera mujer, si yo fuera Sophie, habría detestado a Britta.»

Y pienso: así era.

Un intenso dolor acompaña a esa constatación. Los recuerdos. Sí, la detestaba, sí, estaba celosa, sí, me parecía mal que mis padres siempre la prefirieran a ella, la menor, la guapa, la manipuladora, la que parecía tan dulce y tan inocente con su pelo rubio y sus redondos ojos infantiles, con los que engatusaba a todo el mundo, a todos menos a mí, que sabía cómo era en realidad, sabía de su crueldad, de su falta de escrúpulos, de su dureza, de su inagotable maldad.

Mamá y papá me creerán a mí, ¿qué te apuestas?

¿Te gusta ese tío? Se viene a casa conmigo, ¿qué te apuestas?

No era de extrañar que en algún momento Theo no pudiera más, en todos los años que estuvo con ella había podido echar un vistazo entre bambalinas y la conocía tan bien como yo. Aunque eso no era del todo cierto: nadie la conocía como yo.

Pero no, Anna nunca haría eso, jamás diría algo así, tienes que haberlo entendido mal, es todavía muy pequeña. ¿Que Anna ha hecho eso? Seguro que ha sido una confusión, no es nada propio de ella, sinceramente, Linda, ¿por qué estás siempre inventándote mentiras? Anna, Anna, Anna, Anna, la que podía ir de blanco sin mancharse, Anna, a quien los chicos le grababan cintas con canciones, Anna, que heredó el anillo de nuestra abuela, Anna, cuyo nombre se lee igual al derecho y al revés, mientras que el mío al revés no es más que un chiste.

Tu nombre al revés es Adnil, suena como Adolf o como albañil; pero no te enfades otra vez, Adnil, solo era un chiste, Adnil, ja, ja, ja, ja, ja.

Santa Anna.

Sí, detestaba a mi hermana. Esa es la verdad. Esa es mi vida. Preferiría no pensar en ello. Preferiría no pensar en nada. Ni en la policía, que no viene aunque debería venir, ni en mis padres, ni en Victor Lenzen, ni en mis propios pensamientos oscuros.

Alargo la mano hacia la mesilla de noche, abro el cajón y saco la caja de pastillas, un formato grande de Estados Unidos, adoro internet; me pongo unas cuantas en la mano y me las trago con un vaso de agua ya casi estancada, sabe a plástico líquido, me da una arcada y en ese momento me doy cuenta de que tengo hambre, mi estómago se rebela lleno de pastillas, adopto la posición fetal y espero a que deje de contraerse espasmódicamente. Solo quiero dormir. Mañana será otro día. O —con algo de suerte— a lo mejor no. Noto el estómago cerrado como un puño, se me acumula en la boca una saliva salada, sin querer me acuerdo del charco de miedo, bilis y veneno que Victor Lenzen ha dejado en el suelo de mi comedor y que todavía no he limpiado, y entonces todo me da vueltas. Con la mano apretada contra la boca me deslizo hasta el suelo, trastabillo hacia la puerta, Bukowski me mira un momento, ve que no puede ayudarme y me deja hacer, voy tambaleándome al baño de la planta de arriba y consigo alcanzar el lavabo, en cuya porcelana vomito un alud de miedo y pastillas.

Dejo correr el agua, espero unos segundos y vuelvo a ser presa de las arcadas, a veces muerta de frío, a veces sudando.

Estoy ante el espejo y contemplo mi cara. La mujer que me mira es una extraña. Frunzo el ceño y observo la arruga que me parte en dos la frente como una grieta, y reparo en que no es mi cara lo que me mira sino una máscara. Levanto las cejas y aparecen más grietas, se ramifican, suben y suben sin parar; asustada, me sujeto la cabeza con las manos, intento evitar que los trozos caigan al suelo y se hagan añicos, pero es tarde, he desencadenado un proceso que no puedo detener aunque quiera. Me rindo. Mi cara cae al suelo entre tintineos y tras ella no hay nada, solo el vacío.

¿Estoy loca?

No, no estoy loca.

¿Y cómo se sabe que uno no está loco?

Se sabe y punto.

¿Y cómo se sabe que uno está loco?

Se sabe y punto.

Pero si uno está loco, ¿cómo puede saberlo? ¿Cómo puede saber algo con certeza?

Oigo pelearse a las dos voces y ya no sé cuál es la sensata. Estoy otra vez tumbada en la cama, muy quieta, mientras mis pensamientos corren a toda velocidad. Tengo miedo. Tengo frío.

Y un extraño sonido se abre paso en mi conciencia, una vibración, no, un zumbido, va en aumento, desaparece, empieza de nuevo, late, está vivo y es amenazante, es cada vez más fuerte, más fuerte, más fuerte, me tapo los oídos, jadeo, casi me desmayo, retiro las manos de mis orejas y me doy cuenta de que lo que oigo es el silencio. Es todo lo que queda de ese día, que podría haber sido decisivo. El silencio. Me siento, lo escucho durante un rato, después se difumina y desaparece. No queda nada. Solo el frío de la noche. Todo está como paralizado, el corazón me late despacio, con desgana, como si creyera que ese trabajo de Sísifo ya no merece la pena; mi respiración es plana, mi sangre fluye lenta y cansada y mis pensamientos están casi inmóviles. No pensar en nada salvo en un par de bonitos ojos de diferente color.

Entonces me incorporo de pronto y de pronto tengo el teléfono en la mano, sin ser consciente de haber tomado una decisión concreta, y marco un número.

El corazón me va a mil por hora, la respiración se me acelera, la sangre fluye de nuevo y los pensamientos se agolpan porque por fin hago esta llamada, la llamada que llevo once años posponiendo. Me sé el número de memoria, lo he marcado muchas veces y luego colgaba, decenas, cientos de veces. Apenas puedo soportar el primer tono, quiero colgar como acto reflejo, pero aguanto. Suena el segundo tono, el tercero, el cuarto y casi aliviada pienso que no está cuando por fin descuelga.

25

JONAS

A Jonas Weber le vibró el móvil por tercera vez en la última media hora. Lo sacó del bolsillo, miró la pantalla, reconoció el número de Sophie y se maldijo por haberle dado el suyo. Se debatió un momento y, al final, lo cogió.

—¿Dígame?

—Soy Sophie Peters —le llegó desde el otro lado—. Necesito hablar con usted urgentemente.

—Verá, Sophie, ahora no me viene bien —contestó, y sintió las miradas de Antonia Bug y de Volker Zimmer posarse sobre él cuando pronunció el nombre—. ¿Puedo llamarla luego?

—Seré breve, y es muy, muy importante —repuso ella.

Algo en su voz preocupó a Jonas. Sonaba rara. Sobreexcitada.

—De acuerdo. Espere.

Dirigió una mirada de disculpa a sus compañeros y abandonó la escena del crimen a la que acababan de llamarlos; en realidad, casi se alegraba de poder salir de allí.

—Bien, ya estoy fuera —dijo.

—¿Se encontraba en una reunión o algo así?

—Algo así.

—Lo siento. Solo quería contarle esto: salgo ahora del museo. He estado mirando *Los girasoles* de Van Gogh.

Y… seguro que se acuerda de lo que le dije, que tenía que haber sido un desconocido… Que nadie que conociera a Britta querría hacerle daño. Y usted contestó que hablaba de ella como si fuera un ángel. Pues lo era, ¿entiende? Una especie de ángel.

—Sophie —la interrumpió Jonas—, hable más despacio, ¡apenas la sigo!

Oyó su nerviosa respiración al otro lado.

—Enseguida supe que había algo en el apartamento de Britta que no encajaba. Se lo dije, ¿se acuerda? Que el culpable había dejado algo, como los asesinos en serie de las películas. Había algo que desentonaba en la imagen y no sabía qué era. ¡Pero ahora sí, ahora sí que lo sé!

Hablaba casi sin puntos ni comas, le faltaba el aire.

—Tranquilícese, Sophie —le pidió él con toda la paciencia de que fue capaz—. Respire profundamente. Bien. Y ahora continúe.

—Le dije que seguro que era un asesino en serie, un loco, y usted me contestó que los asesinos en serie no existen en la realidad, que son rarísimos, y que la mayoría de las veces es la pareja de la víctima quien comete el crimen, todas esas cosas…

—Sophie, me acuerdo perfectamente. ¿Adónde quiere llegar?

—Y usted añadió que no podía ser un asesino en serie simplemente porque no había tal serie, porque no había ningún caso similar. Pero ¿qué pasa si Britta era la primera? ¿La primera de la serie? ¿Qué pasa si la serie continúa?

Él permaneció en silencio.

—¿Sigue ahí? ¿Jonas?

—Sigo aquí.

Su relato era muy confuso, pero comprendió que tenía que dejarla hablar, que no ganaba nada interrumpiéndola.

—Bien. Pues… como acabo de contarle, he estado en el museo. Mirando *Los girasoles* de Van Gogh. ¿Se acuerda de que le dije que algo no encajaba en el apartamento de Britta? Pues ya sé qué es. No sé cómo no me he dado cuenta antes, tenía el cerebro bloqueado. Quizá porque era muy evidente y porque, por la razón que fuera, buscaba algo más disimulado, oculto. ¡Joder, lo sabía, lo sabía!

—Eran las flores —afirmó Jonas.

Sophie se quedó callada un momento, paralizada.

—¿Ya lo sabía? —exclamó por fin.

—No hasta ahora mismo —repuso, intentando permanecer tranquilo—. Pero perdóneme, Sophie, tengo que volver a entrar.

—¿Se da cuenta de lo que significa, Jonas? —preguntó ella, sin hacer caso de su observación—. ¡El asesino dejó flores en casa de Britta! ¿Qué asesino normal, que mate en un arrebato o por las bajas pasiones que sean, deja flores junto a su víctima?

—Sophie, hablaremos en otro momento con más calma —contestó él.

—Pero…

—La llamaré en cuanto termine la reunión, se lo prometo.

—Las puso allí el asesino, ¿lo entiende? ¡No eran de Britta! ¡No le gustaban las flores! ¡Todo el mundo lo sabía! ¡A lo mejor son como su firma! Si es así, ¡volverá a matar! Tiene que investigar en esa dirección. ¡Quizá pueda evitarlo!

—Sophie, hablaremos después, se lo prometo.

—Pero tengo que decirle otra co…

—Después.

Colgó, se guardó el móvil en el bolsillo y volvió a la asfixiante vivienda.

La escena del crimen, que los colegas estaban analizando minuciosamente, se parecía muchísimo a la que habían encontrado en el apartamento de Britta Peters. En el suelo del salón yacía una mujer rubia. Llevaba un vestido que había sido blanco y que ahora estaba empapado de sangre. En cuanto al parecido físico, habría podido ser hermana de Britta Peters. También vivía sola, también en un bajo. La puerta de la terraza aún estaba abierta cuando llegó la patrulla de la policía.

Jonas no había olvidado las palabras de Sophie: «A lo mejor son como su firma».

Se acercó a sus compañeros y dio un repaso visual a la vivienda. Había una diferencia con la otra escena del crimen. Aquí nadie había molestado al asesino, así que las flores no estaban esparcidas por el suelo como si la víctima las hubiera tenido en la mano y se le hubieran caído al ser atacada. No, aquí la imagen era muy diferente.

De nuevo oyó la voz de Sophie: «¡Volverá a matar! Pero quizá pueda evitarlo».

Examinó el cadáver de la mujer rubia. Tenía en las manos un pequeño y bien arreglado ramo de rosas blancas, que ofrecía un escalofriante contraste con el charco de sangre seca y oscura en el que yacía.

Era demasiado tarde.

23

Estoy junto a la ventana, mirando al lago. A veces descubro algún animal en la linde del bosque. Un zorro, un conejo. Un corzo, si tengo suerte. Pero ahora no hay nada. He contemplado la salida del sol.

No he dormido, ¿cómo iba a dormir la noche en que mi mundo se derrumbaba otra vez? ¿Después de aquella llamada?

Lo había oído incorporarse en la cama cuando pronuncié mi nombre. Primero fue un crujido en el auricular; después, su voz, tensa al escuchar quién era.

—¡Linda! ¡Dios mío!

Necesité tragar saliva.

—¡Son las seis de la mañana! —exclamó de pronto, alarmado—. ¿Ha pasado algo? ¿Necesita ayuda?

—No —contesté—. En realidad no. Siento molestar...

Se produjo un breve silencio.

—No pasa nada. Es solo que me sorprende mucho saber de usted.

Apenas podía creer que me tratara de usted. Y aquella profesionalidad, aquella frialdad entrenada que enseguida tomó el control y reprimió la sorpresa y el... y todo lo demás.

—¿En qué puedo ayudarla?

Acabo de escribir un libro en el que soy la protagonista. ¿Cómo estás tú?

Me contengo. Me obligo a tratarlo de usted, como él a mí. ¿De verdad me ha olvidado? Quizá sea lo mejor.

—No sé si todavía se acordará. Trabajó en el caso del asesinato de mi hermana —digo.

Calla un momento.

—Claro que me acuerdo de usted —contesta a continuación.

Lo dice con total neutralidad. Me trago la decepción.

¿Y qué esperabas, Linda?

Intento recordar mi verdadero objetivo.

Esto no tiene que ver con aquello, Linda.

—Necesito preguntarle algo.

—Adelante.

Neutralidad total. No hay… nada.

—Bueno, tiene que ver con el caso de mi hermana. No sé si lo recordará, pero fui yo quien la encontró y…

—Lo recuerdo —responde—. Le prometí que encontraría al asesino y no pude cumplir mi promesa.

También eso lo dice con total neutralidad. Pero se acuerda. Incluso de eso.

Hazlo, Linda. Pregúntale.

—Hay algo a lo que no dejo de dar vueltas.

—¿Sí?

¡Pregúntale!

—Bueno, antes que nada, siento mucho si lo he despertado, es una hora fatal para llamar, lo sé…

No responde.

Pregúntale.

—Es solo… Que entonces… —Trago saliva—. Durante mucho tiempo no fui consciente de ser la principal sospechosa.

Hago una pausa esperando que me contradiga, pero no lo hace.

—Y en fin… Necesito saber si usted…

Oigo su respiración.

—¿Usted creía que yo era culpable?

Nada.

—¿Cree que soy una asesina?

No dice nada.

¿Se lo está pensando?

¿Espera que siga hablando?

Silencio.

Piensa que por fin vas a confesar, Linda. Está esperando tu confesión.

—¿Julian? —lo llamo.

Echo de menos nuestras conversaciones, y me encantaría sentarme contigo y dejarme convencer de que la poesía puede ser maravillosa, y quiero saber cómo sigue todo con tu joven e insoportable compañera de trabajo, ¿y al final tu mujer se fue de casa?, ¿y aún tienes el remolino del pelo, en la nuca? Y, sobre todo, ¿cómo estás? Te he echado de menos, estaba convencida de que éramos del mismo planeta.

—Julian —insisto—, necesito saberlo.

—En aquel momento consideramos todas las opciones, como debe ser —contesta.

Esquivo.

—Pero por desgracia nunca pudimos descubrir al asesino o a la asesina.

Asesino o asesina. ¿Y por qué no la hermana?

Mierda.

—Por favor, disculpe, no me pilla muy bien. Creo que no es el mejor momento. ¿Por qué no hablamos con más calma en otra ocasión?

Cuando haya comentado con mi equipo cómo tratar el hecho de que la principal sospechosa se haya puesto en contacto conmigo. Cuando sepamos cómo conseguir tu confesión, Linda.

—Gracias —respondo débilmente, y cuelgo.

Julian —bueno, el comisario Julian Schumer— cree que soy culpable. Estoy sola. De pie ante el gran ventanal del salón, miro fijamente el lago. Todo está en calma, también dentro de mí. Y de pronto se enciende un interruptor. Y me acuerdo.

Es verano, hace calor, un calor de pleno estío que ni siquiera la caída de la noche consigue refrescar. El aire está estancado y enrarecido, los camisones se pegan a los muslos, por todas partes hay niños removiéndose bajo las sábanas hasta que al final se levantan, mamá, no puedo dormir. Puertas de terrazas abiertas, cortinas que ondean suavemente, mosquitos ahítos y satisfechos. Electricidad en el ambiente, bebés que lloran, parejas peleándose. También yo me he peleado, he gritado y alborotado, he lanzado cosas, ceniceros, libros, tazas, macetas, mi móvil, su móvil, cuanto he pillado, zapatos, las cosas más inverosímiles, de todo, cojines, manzanas, un spray para el pelo, mis gafas de sol. Y Marc riéndose sin poder controlarse, te estás volviendo loca, princesa, estás chalada, de verdad, deberías dejar de beber tanto; y yo aún más cabreada porque se ríe de mí, porque quiere ahuyentar mi cólera y mis celos con la risa, Dios mío, cómo puedes pensar eso, tu hermana y yo, es ridículo, completamente absurdo, princesa, me la encontré por casualidad, la ciudad es pequeña, Dios mío, nos tomamos un capuchino, ¡cómo iba a saber que está prohibido tomarse un café con la hermana de tu prometida!, ¡por favor, si es que ella tenía razón, me muero de risa, y yo que pensé que estaba siendo ridícula, pero tenía toda la razón, de verdad, me muero! A mí se me acaba la munición, tengo calor, la camiseta se me pega a la espalda y entre los pechos, y me quedo quieta, jadeo, lo miro y pregunto:

—¿Qué quieres decir?

Y Marc me mira, quieto también, ya no hay proyectiles que esquivar, ríe y resopla porque no solo yo soy patética, sino que mi puntería es patética, para morirse de risa, de verdad: para morirse de risa. Lamentable.

—¿Qué quiero decir con qué? —pregunta.

—¿Qué quieres decir con que ella tenía razón?

Niega con la cabeza, resopla otra vez, levanta crispado una ceja, solo un instante, molesto por mi estupidez.

—Pues ya que insistes: Anna me dijo que era mejor no contarte que nos habíamos encontrado porque te volverías loca.

Me estremezco de cólera. Intento no mirarlo, no puedo mirarlo ahora o explotaré, busco algo que observar, me fijo en el periódico que hay en la mesa, intento concentrarme en los titulares, despliegue de tropas alemanas en Afganistán, contemplo la foto del columnista, la escudriño, una cara curtida de ojos extraordi-

244

nariamente claros, intento calmarme, veo estrellitas, me concentro en la foto, no funciona. Marc bufa.

—Y yo, idiota de mí, voy y le digo: «Vamos, Anna, qué estupidez, cómo se te ocurre, Linda mola». Y ella: «Ya lo verás, Marc, ya lo verás».

Lo observo un momento y ya no sonríe, solo me devuelve la mirada como si me viera por primera vez, como si acabara de comprender que su prometida no mola nada; «molar», esa palabra que siempre usa para hablar de mí a sus colegas, Linda mola, a Linda le gustan el fútbol y la cerveza, no me agobia si no voy a casa a dormir. ¿Celosa? Qué va, para nada, ni siquiera cuando pasó aquello con mi compañera de marketing, lo entendió, era solo físico, se lo confesé y lo entendió porque ella mola, hablamos de todo, lo compartimos todo, el cine de acción, las latas de cerveza, las pelis porno, Linda tiene el mejor sentido del humor del mundo, Linda mola.

Marc me mira fijamente.

—No molas nada —suelta.

Y mi ira se cierra como un puño y agarro las llaves del coche y salgo por la puerta, fuera hace aún más calor, la noche de verano y su cálido latido, me subo en el coche y arranco a toda velocidad, piso el acelerador a fondo, la rabia me corta la respiración, encuentro el camino, no está lejos, las calles vacías con sus destellos oscuros, y de repente estoy ante su puerta, llamo al timbre sin parar, ella me abre con un vestidito corto azul, ni rastro de celulitis, sonrisa de perlas, un chicle en la boca, pero ¿qué pasa, Linda? Y me encuentro en el apartamento, ¿de qué vas, Anna? ¿De qué vas? ¿Intentas apartar de mí a Marc? ¿Es eso? ¿Estás intentando robarme a mi hombre, zorra manipuladora? Y suelta una de sus risitas porque sabe que en realidad nunca me enfado y porque los tacos resultan ridículos en mi boca, suenan falsos y forzados como si imitara a una actriz y encima lo hiciera mal. Hace una pompa con el chicle, pop, y dice: «En mi opinión los hombres no se dejan robar tan fácilmente, a menos que quieran que los roben», y otra vez suelta su risita y se va sin más a la cocina, me deja plantada, me deja ahí plantada, y solo en ese momento me doy cuenta de que suena música, los Beatles, en vinilo, el disco de los Beatles que la muy zorra me ha robado, total, nunca lo escuchas, Linda, y se va sin más a la cocina y sigue cortando tomates, no lo entiendo, se va y sigue con su maldita ensalada, y no me queda otra que trotar tras ella, siempre gritando, ¿de qué vas, Anna? ¿de qué vas?, tienes todo lo que quieres, Marc ni siquiera te interesa, y ella me ignora hasta que la agarro del brazo y se lo digo otra vez: Marc no te interesa, ni siquiera es tu tipo, así que ¿a qué viene esto, Anna?, ¿a qué?, ya no tienes quince años, ya no tiene gracia que me levantes el novio así por diversión, ya no somos adolescentes y, para ser sincera, tampoco entonces tenía gracia, pero ahora es distinto; y ella da un tirón y libera el brazo, estás loca, Linda, no sé qué quieres de mí, siempre con tus historias, siempre haciendo un drama de todo, deja de una vez el papel de víctima, yo no puedo quitarte nada que no te dejes quitar, no puedo robarte un hombre que no te dejes robar, no soporto tus quejas, nadie me entiende, nadie me quiere, estoy gorda y soy fea y nadie lee mis relatos y no tengo dinero y soy muy infeliz y bua, bua, bua, y de pronto casi me desmayo, me puede la cólera, intento reprimirla, ya no tengo quince años, acabo de decirlo, ya no soy una adolescente, ya no soy una quinceañera marginada, no tengo granos ni michelines ni unas gafas penosas; tengo dinero, escribo, tengo éxito, estoy prometida, soy una mujer adulta, no debo dejarme sacar de quicio por mi hermana, soy capaz de aplacar la rabia, de desactivar a Anna, de darme la vuelta e irme a casa, no debo seguirle el juego, no debo dejarme provocar, puedo simplemente irme a casa antes de que la cosa empeore, y estas cosas siempre empeoran y al final gana ella, al final siempre soy yo la mala, Linda a veces exagera un poco, Linda se pone un pelín melodramática, ya la conocéis, siempre ha sido así, Linda y sus historias. Inspiro, espiro, inspiro, espiro. Y lo consigo, funciona muy bien, me calmo, los colores vuelven a la normalidad, el tono rojizo que el mundo había adoptado desaparece, todo bien, todo bien, y entonces Anna dice: «Qué sabrás tú cuál es mi tipo». Y contesto: «¿Qué?». Mansa, tonta, como una ovejita, y ella lo repite muy despacio, como si yo fuera sorda o un poco boba: «Qué sa-brás tú cuál es mi ti-po». Y me quedo mirándola, ha terminado de cortar tomates y se limpia los dedos con un trapo de cocina y me mira a la cara, con sus ojos redondos y sus colmillos pequeños y afilados. «Marc es un hombre atractivo.» Y solo puedo seguir contemplándola durante un momento, y tengo la voz ronca cuando finalmente consigo decir: «Marc no te interesa nada».

—Puede ser.

Encoge sus delicados hombros y se echa a reír. Hace otra pompa de chicle. Pop.

—A lo mejor solo quiero ver si soy capaz.

De repente siento un dolor terrible en la cabeza, apenas puedo aguantarlo, es agudo y penetrante. Y de pronto pierdo el control, el cuchillo encuentra el camino hasta mi mano y no recuerdo con exactitud qué pasó después, de verdad que no me acuerdo, de verdad, juro que no me acuerdo, el resto es silencio y olor a hierro y huesos. Y estoy aturdida, realmente aturdida, no entiendo nada, mi cerebro se niega a entender, y limpio las huellas digitales y de pronto estamos en el salón, Anna se ha tambaleado hasta allí, está muy cerca, a solo unos metros, es un apartamento pequeño, y abro la puerta de la terraza, aire, necesito aire, el mundo es rojo, rojo brillante, no respiro aire, respiro algo rojo y pesado y que parece bilis, y una horrible melodía flota en el aire, *All you need is love, la-da-da-da-da*, burlona y dulce, y el mundo parece muy extraño, anguloso y duro, estoy en una fotografía y alguien ha subido la saturación al límite, estoy desorientada, ¿qué ha pasado, por qué está Anna en el suelo, por qué hay sangre? A Anna le da pánico la sangre, le da asco, ¿cómo puede ser que esté en un charco de sangre que se extiende, se extiende, se extiende, que casi me mancha los zapatos? Doy un paso atrás, contemplo a Anna en el suelo, muerta o muriéndose, ¿qué ha pasado? Dios mío, ¿qué ha pasado? ¿Quién ha sido, dónde está, tiene que haber entrado alguien, dónde está? Y una corriente de aire me acaricia la cara y levanto la vista y percibo un movimiento, me sobresalto, hay alguien, alguien huye por la puerta de la terraza, oh Dios mío, oh Dios mío, oh Dios mío, oh Dios mío, hay alguien, Dios mío, no te vuelvas, no te vuelvas, no te vuelvas, no te vuelvas, y se vuelve, y nuestras miradas se encuentran y sé que es el asesino, él ha matado a Anna, él ha matado a Anna, y el momento se estira y después el hombre desaparece y me quedo mirando ondear las cortinas de la terraza como sauces llorones al viento y bajo la vista y veo a Anna, a Anna en un charco de sangre y mi cerebro no entiende lo que pasa, ¿cómo puede ser? ¿Cómo puede ser? Abrí con mi llave porque Anna no contestaba y cuando entré me la encontré así, muerta, ensangrentada, y estaba aquel hombre en la puerta de la terraza, oh Dios mío, oh Dios mío, y creí que me mataría también, que moriría como Anna, oh Dios mío, por favor, por favor, Dios mío, tengo tanto miedo, huele a sangre, hay sangre por todas partes, y cojo el teléfono y llamo a la policía y tiemblo y gimo y pienso en el hombre de la terraza, en la oscuridad no era fácil distinguirlo, solo lo vi un instante, pero esos ojos, esos ojos fríos y claros, unos ojos que no olvidaré jamás, jamás, jamás, nunca hasta que me muera, y llega la policía y me quedo ahí sentada contemplando a Anna y los agentes me hacen preguntas y me abrigan con una manta y aparece ese comisario tan guapo con los ojos de dos colores, y al principio no puedo hablar, nada de nada, no sé qué está pasando, ¿qué está pasando?, pero lo intento, es un hombre tan agradable, quiero ayudarlo y me esfuerzo y le hablo de los ojos fríos y claros en la oscuridad, de la puerta de la terraza y de que es imposible que Anna esté en un charco de sangre porque tiene pánico a la sangre, y le pregunto por qué y él me promete que lo descubrirá, y en algún momento aparecen una camilla y un fotógrafo y más policías, y a continuación estoy en una comisaría y luego en mi cama y más tarde aparecen mis padres, oh Dios mío, oh Dios mío, no, y luego viene Marc y se sienta a mi lado y me acaricia mecánicamente el pelo, es todo tan horrible, mi pobre princesa, oh Dios mío. Y después declara lo que todos declaran, lo que mis padres declaran y todos nuestros amigos: la historia tejida por mi familia y que están dispuestos a defender con su vida. Un matrimonio feliz y dos hermanas que se querían, que se adoraban, inseparables. No, no se peleaban, nunca, ni siquiera de pequeñas y mucho menos de mayores. ¿Celos entre ellas? Por Dios, claro que no, ni los más mínimos, y qué pregunta, menuda estupidez, vaya un cliché. Se querían, se entendían, nada se interponía entre ellas, se adoraban, eran inseparables. Y yo repito la historia del hombre de ojos claros y me olvido de que es una historia, lo olvidé en el momento de inventarla, y la cuento, la cuento, contar es algo que se me da muy bien, la cuento por mi vida, Linda y sus historias. Habito mis historias, me convierto en un personaje, la hermana de la víctima, desesperada y destrozada, sola y recluida: «Nunca se ha recuperado, la pobre, se querían mucho, se adoraban, eran inseparables». Pero la verdad me corroe, lucha en mi interior, se revuelve como un animal enjaulado, quiere salir, simplemente salir, pero yo me creo mi historia, soy mi historia, es una buena historia, y entonces enfermo y no puedo salir de casa y mantengo al animal encerrado, sigo creyendo en los ojos fríos y en el hombre desconocido, pero el animal no se rinde y un día reúne todas sus fuerzas, toda su violenta energía, y hace un último intento y veo a un hombre que se parece vagamente al personaje de mi historia y eso me obliga a reflexionar, a regresar a aquella noche, y acorralo a ese hombre de ojos fríos y peleo por obtener una confesión; pero no quiero entender, no quiero reconocer, no quiero, no quiero, no quiero reconocer que la confesión por la que estoy peleando es la mía.

Que soy una asesina.

Y el resto solo es una buena historia.

Así podría haber pasado. Así, o de manera muy parecida.

Estoy junto al ventanal y, a través del cristal, contemplo la linde del bosque y el lago.

26

SOPHIE

Sophie miraba absorta el teléfono como si pudiera hacerlo sonar con la fuerza de su mente. Pero se mantenía en un silencio obstinado. Fue a la cocina, cogió una copa de la estantería, se sirvió vino hasta el borde y se sentó. Se sobresaltó al oír un crujido.

Solo eran las vigas. Pero ¿realmente la habían seguido o es que tenía los nervios a flor de piel? No, seguro que había alguien. En el aparcamiento subterráneo. Y quién sabía cuántas veces más habría ido tras ella sin que se diera cuenta.

Miró de nuevo el móvil. Seguía sin tener noticias de Jonas Weber. Cogió el aparato y acercó varias veces el dedo índice al botón de llamada, pero volvió a dejarlo a un lado. Daba igual. Jonas la sermonearía, le diría que debía permitir que la policía hiciera su trabajo y confiar un poco en ellos.

Si quería que las cosas avanzaran tenía que hacerlas ella misma, eso estaba claro. Se levantó y cogió la chaqueta, dudó, la dejó donde estaba, se sentó. Encendió la tele y la apagó.

Intentaba no pensar. Pensó. Si hubiera llegado tan solo unos minutos antes. Si hubiera abierto de inmediato, en lugar de llamar varias veces. Si le hubiera practicado primeros auxilios. Si, si, si… Sabía que el sentimiento de culpa era el motor de su búsqueda. Tenía que encontrar a ese hombre. Pero ¿cómo? De pronto se le ocurrió.

En realidad era muy fácil. Había visto al asesino. El asesino la había visto. Y ella no lo había reconocido, pero probablemente él a ella sí. Puesto que la seguía, parecía seguro que aquel hombre había descubierto quién era. Intentaba sorprenderla sola y hacer desaparecer a la testigo de su crimen. No iba a detenerse. Hasta ahora no se le había presentado la ocasión adecuada.

¿Y si Sophie se la servía en bandeja? ¿Y si la próxima vez que lo notara a su espalda se quedara parada en lugar de salir corriendo?

No, eso era una locura. Un suicidio.

Se arrellanó en el sofá y dio otro sorbo de vino. Pensó en el miedo que Britta debió de sentir en sus últimos minutos. Pensó que el miedo no es excusa para no hacer algo. Bebió otro poco, se tumbó en el sofá. Miró la pared, se dio la vuelta, se quedó contemplando el techo. Y mientras lo hacía, el blanco se hizo más blanco, brillaba y refulgía ante sus ojos… Pero había algo más, se fijó mejor y vio puntos oscuros, ínfimos, menores que minúsculos, microscópicos. O más bien no, no eran puntos, no eran manchas, ni siquiera colores, porque el negro crecía ante sus ojos, se abría camino entre el blanco, cada vez más denso, cada vez más negro, hasta que se dio cuenta de lo que pasaba. Crecía pelo del techo, grueso y negro como vello púbico. Caía hacia ella. El techo se hizo poroso, iba a caérsele encima si permanecía inmóvil.

Se puso en pie de un salto, vació la copa de un gran trago, fue al dormitorio, se cabreó con las cajas del pasillo que Paul aún no se había llevado, se puso furiosa consigo misma, con el mundo, le habría encantado coger uno de los malditos palos de golf que sobresalían de la caja en la que ponía «VARIOS» y haberla emprendido a

golpes con algo. Buscó en su bolsa de viaje el spray de
pimienta que se había procurado, lo echó en el bolso junto con el monedero, las llaves y el móvil, salió de casa
y echó a correr escalera abajo.

La oscuridad era aterciopelada y olía a otoño. Sophie
no se había percatado de que el abrasador verano había
dado paso a un otoño caprichoso. Caminó por las calles
nocturnas, alejándose cada vez más de los barrios ani-
mados, internándose cada vez más en las sombras. En realidad no se había detenido a meditar sobre su imprudente plan.

Una trampa para el asesino. Ella misma como cebo.

Un plan perfecto, si no se valoraba mucho la propia
vida.

Cayó en la cuenta de que en sus pensamientos emplea-
ba el vocabulario de las series policíacas. El asesino.
La víctima. La testigo inoportuna. El comisario amable.
Así resultaba más fácil. Considerar de ese modo la situación: no era una tragedia real, no formaba parte de
su vida, solo era un caso más.

Caminó. Y caminó. Cada vez se cruzaba con menos gente. Refrescó, casi hacía frío, el viento era cortante.
Se desabrochó la chaqueta, quería sentir frío, tiritar,
sentir por fin algo diferente a la pena y la rabia, aunque fuera frío. O dolor.

Algo en ella la alertó de lo destructivos que eran
esos pensamientos, de lo imprudente que era lo que estaba haciendo, espoleada por el sentimiento de culpa.
Sophie acalló aquella voz y entró en el parque que tenía delante. Se sentó en un banco y esperó. Contempló
las sombras, esperó, tenía frío. No había pasado mucho
tiempo cuando lo vio.

24

Bebo té a pequeños sorbos. He puesto música con la esperanza de que la voz que surge del aparato acalle las voces de mi cabeza, pero no funciona. Ella Fitzgerald me habla del verano y de una vida luminosa, pero el verano está muy lejos y en mi interior solo hay oscuridad, y las voces de mi cabeza siguen peleándose por la verdad. El lago refulge añil, violeta, rojo oscuro, naranja y después azul celeste con el sol de la mañana.

Vi a Victor Lenzen aquella noche horrible, caliente y escarlata; estoy segura.

Linda y sus historias.

Lo vi.

¿Igual que viste aquel corzo en el claro del bosque?

Entonces era una niña. Todos los niños mienten y se inventan cosas.

Tú continúas haciéndolo.

Sé lo que vi. No estoy loca.

¿Ah, no?

Esos ojos claros. La forma de las cejas. La expresión de la cara, esa mezcla de miedo y agresividad. Vi todo aquello y lo he reconocido. Al tenerlo delante. Ayer.

Tiene una coartada.

Lo vi.

Una coartada a prueba de bomba.

Y aun así fue él. Lo vi.

Y entonces ¿por qué no lo ha pillado la policía?

La policía tampoco me ha «pillado» a mí. Si estoy loca y maté a mi hermana y es lo que todo el mundo cree, ¿por qué no me han detenido?

Has tenido suerte.

Nunca he tenido suerte.

Mientes muy bien.

No miento. Lo vi. En la puerta de la terraza.

Has contado tantas veces esa historia que te la has creído.

Sé lo que vi. Recuerdo aquella noche. La recuerdo a la perfección.

Estás loca, Linda.

¡Tonterías!

Oyes una música que no existe.

Pero lo recuerdo.

Ves cosas que no existen, te dan mareos continuamente, la cabeza te estalla de dolor, y puede que ni siquiera sea tu culpa.

Lo recuerdo a la perfección. Él estuvo allí. Lo he visto en sus ojos. También él me ha reconocido. Y me ha odiado por recordarle aquella noche. Estuvo allí. Mató a Anna. Quizá he estado equivocada todo este tiempo. Quizá no fue una víctima casual. Puede que se conocieran. El que no supiera que tenía una aventura no significa que no la tuviera. ¡Quién sabe! ¿Y si fue un amante celoso? O un acosador. O un loco.

Tú eres la loca. A lo mejor tienes esquizofrenia. O un tumor en el cerebro. Es posible que esa sea la causa de los dolores y los mareos y la música.

La horrible música.

Miro hacia el exterior, el agua brilla y centellea y, a cierta distancia, en la orilla este del lago, se mueve algo. Algunas ramas se agitan y de entre los árboles surge majestuoso un ciervo enorme, muy erguido, orgulloso, fantástico. Contengo la respiración y lo contemplo como lo haría un pintor, me embebo de sus movimientos, su elegancia, su fuerza. Se queda unos instantes ahí quieto, en la neblina que asciende del lago, y luego desaparece entre los árboles. Permanezco sentada. He estado allí tantas veces esperando la aparición de un animal… y sin embargo casi nunca he visto ninguno. ¿Y un ciervo? Jamás. Me parece una señal.

No hay señales. Ves cosas que no existen.

Me quedo mucho tiempo junto al ventanal, en mi casa enorme y tranquila que es todo mi mundo, mirando hacia fuera y deseando que el ciervo vuelva, siendo plenamente consciente de que no lo hará; pero aun así, espero. Tampoco sé qué otra cosa podría hacer. Me quedo allí y la visión del lago, cuya superficie riza apenas el viento, calma mis pensamientos. El sol sube y sube, impasible ante el caos que ha invadido mi mundo. Ilumina el suyo.

Tiene unos 4.500 millones de años. Sé esas cosas, en los últimos diez u once años he tenido mucho tiempo para leer. Ha iluminado gran cantidad de cosas. Sus rayos matutinos me calientan a través del cristal. Los noto como una caricia y los disfruto, me dejo calentar, absorbo con avidez su luz mientras permanezco allí sentada. Es un día bonito. Quizá podría olvidar todo lo que ha pasado y simplemente dar las gracias por este día, con su linde del bosque y con su lago y con sus rayos de sol. El sol sigue saliendo, sin cansarse, incluso tras 4.500 millones de años, y yo disfruto el silencio y su calor. No hay nada que yo deba hacer, y en el momento en que pienso que podría quedarme así para siempre, tranquila, contenta, que lo mejor sería no moverme ni un centímetro porque el menor movimiento podría destruirlo todo, en ese momento es cuando la oigo. La música.

All you need is love.

No. Por favor, por favor, no.

Otra vez no. Por favor. Ya no puedo más.

Se me escapa un sollozo sin lágrimas, me acurruco en la silla y me tapo las orejas con las manos.

La música desaparece. Gimo y me sujeto la cabeza con tanta fuerza que me hago daño, mientras mi corazón bombea el miedo por todo el cuerpo. No sé si se debe a la desesperación o al dolor o a mi increíble cansancio físico y mental, pero solo ahora me doy cuenta: si me estoy imaginando la música, si solo está en mi cabeza, si todo este tiempo solo hubiera estado ahí, ¿cómo es posible que desaparezca cuando me tapo los oídos? Aparto las manos y presto atención. Nada. No hay nada. Casi estoy decepcionada. Por un momento creí...

All you need is love.

Ahí está de nuevo. Me mareo como cada vez que la oigo. Pero en esta ocasión suena distinta, sube y baja y... se mueve. La música se mueve. Me levanto de la silla con las articulaciones doloridas, intento orientarme y de pronto caigo en la cuenta: todas las ventanas están abiertas por la parte superior... la música viene de fuera. Y no son los Beatles en un disco de vinilo, es un... silbido. Alguien husmea alrededor de la casa y va silbando.

Enseguida se me acelera el corazón. ¿Es Victor Lenzen, que al final ha vuelto para matarme? Eso no tiene sentido, pienso al instante, ha tenido oportunidades de sobra.

Y en cualquier caso, vaya idea. Victor Lenzen es inocente. De forma concluyente, por mucho que me cueste admitirlo.

Entonces ¿quién es? Con las piernas entumecidas me acerco al ventanal, apoyo la cara contra el frío cristal e intento mirar hacia la esquina, pero no hay nadie. El silbido pierde intensidad, sea quien sea se está alejando. Corro a la habitación contigua, me temo que no llegaré a tiempo, abro la puerta del comedor y... me encuentro con él cara a cara.

27

SOPHIE

Sophie no pudo evitar que le castañetearan los dientes mientras volvía a casa por las calles oscuras, empapada y congelada. Había estado mucho rato en el banco del parque, expuesta al frío. Un montón de veces creyó ver una sombra que se separaba del corro de las demás sombras, y todas y cada una de ellas eran solo los nervios jugándole terroríficas pasadas. Allí no había nada, la única sombra era la suya.

Entró en su calle. La idea de llegar a casa y de pasar otra noche en vela con espantosas imágenes en la cabeza la angustió.

Abrió el portal, llegó a la escalera, subió los escalones y oyó algo más arriba. Se le aceleró el pulso. Un rumor sonaba en el siguiente descansillo. Era su planta. Había alguien en su piso. El corazón se le encogió dolorosamente, sintió el peso del spray de pimienta en el bolsillo del abrigo, se obligó a mantener la calma; solo algunos escalones más, así podría asomarse al final del tramo y observar el rellano en el que estaba su apartamento. Solo ocho escalones, ¿qué se iba a encontrar? Siete, ¿a la sombra, intentando entrar en su casa? Seis, ¿a una vecina que le dejaba a la puerta un paquete que había recogido por ella? ¿En mitad de la noche? Cinco, ¿al perro nervioso y pequeño que solía escapársele a la chica de abajo? Cuatro, no, a la sombra; tres, a la sombra con sus ojos blancos; dos… Sophie se chocó de frente con un hombre que caminaba hacia ella con mucho ímpetu.

—¡Sophie! —exclamó Jonas Weber.

—Lo siento —jadeó ella—. ¡Dios mío!

—No, lo siento yo. No quería asustarla. La he llamado al menos una docena de veces y como no lo cogía me he preocupado.

—Tenía el móvil en silencio. ¿Lleva rato esperando?

—No mucho. Unos diez minutos. ¿Dónde estaba?

Sophie no contestó.

—¿Quiere pasar? —lo invitó—. Si nos quedamos en la escalera vamos a despertar a todo el edificio.

Finalmente se sentaron a la mesa de la cocina frente a frente, Sophie con ropa seca y cada uno con una taza de té caliente.

—Esas malditas flores —dijo ella—. Que no me diera cuenta antes…

—Nosotros teníamos que habernos dado cuenta antes. Es nuestro trabajo, no el suyo.

Ella dio un sorbo al té, observando al comisario por encima del borde de la taza. Él esquivó su mirada.

—¿Qué me está ocultando, Jonas?

La miró con su ojo verde y con su ojo marrón.

—Déjelo ya, Sophie.

Furiosa, golpeó la mesa con el puño.

—¡No puedo, joder! —gritó—. ¡Desde que asesinaron a mi hermana me falta el aire! ¡Solo volveré a respirar cuando lo encuentre!

Luchó por contener las lágrimas. Jonas le tomó la mano con cuidado, ella lo dejó hacer.

—Créame, Sophie, la entiendo. Si me hubiera pasado lo que le ha sucedido a usted también querría hacer algo. Entiendo que se sienta culpable. Todos los supervivientes se sienten culpables. Pero no fue culpa suya.

Sophie estaba de nuevo a punto de llorar.

—¡Todos creen que es culpa mía! ¡Todos! —exclamó.
Sentaba muy bien decirlo en voz alta—. Mis padres y…

—Nadie lo cree —la interrumpió él—. Solo usted.

—Si hubiera llegado un poco antes…

—Olvídese de eso. No habría podido ayudar a su hermana. Y tampoco la ayuda poniéndose ahora en peligro.
No me gusta nada que vaya por ahí completamente sola.
Parece que quisiera atraerlo.

Sophie retiró la mano.

—¿Es que quiere que la mate? ¿Es eso? —preguntó Jonas.

Ella apartó la mirada.

—Me gustaría que se fuera —dijo.

—No lo haga, Sophie. No se ponga en peligro.

Ella guardó silencio. Sintió que otra vez estaba al
borde de las lágrimas. No quería que él lo viera.

—Será mejor que se vaya —repitió.

Jonas asintió y se volvió para marcharse.

—Por favor, Sophie, tenga cuidado.

Se debatió consigo misma. ¿Debía decírselo? ¿Que creía
que la seguían?

—Espere —dijo.

Jonas se volvió y la miró esperanzado.

El cerebro de Sophie trabajaba a toda velocidad.

—No es nada —afirmó finalmente—. Que le vaya bien,
comisario Weber.

Al quedarse sola Sophie se lo confesó: ya no estaba segura.

Mientras corría con los pulmones ardiendo por el aparcamiento los había oído claramente: los pasos contundentes que la seguían. Estaba convencida de que el asesino
de su hermana la había estado acechando en el asiento de
atrás de su coche, con idea de librarse por fin de la

inoportuna testigo. Pero cuando a la mañana siguiente recogió el coche, a plena luz del día y con gente alrededor, todo le pareció una pesadilla.

Cuando salió a correr un rato al parque tuvo la impresión de que alguien se ocultaba detrás de un árbol. Pero cuando se detuvo y se quedó unos minutos mirando fijamente aquel maldito árbol nada se movió lo más mínimo.

¿Me estoy volviendo loca?, se preguntó.

No, seguro que no, contestó una voz en su interior.

¿Cómo se sabe que uno está loco?, preguntó otra voz.

Se sabe y punto.

Pero si uno está loco, se oyó de nuevo a la voz dubitativa, ¿cómo puede saberlo?

Intentó librarse de esos pensamientos, pero no lo consiguió. Estaba muy confusa en los últimos tiempos. La separación de Paul, cuya presencia ya no soportaba. La incapacidad para hablar con sus padres. Y esa terrible sensación cruda y roja que tuvo por primera vez en la fiesta de su galerista y que había resultado ser un ataque de pánico. No se sentía ella misma.

Volvió a la cocina, de nuevo sorteando las condenadas cajas de Paul. Se preparó otra taza de té. Miró por la ventana, aunque no había nada que ver salvo algún transeúnte nocturno y, de vez en cuando, algún vehículo que pasaba.

Después se sentó a la mesa, cogió un pequeño bloc y un lápiz y se puso a dibujar por primera vez en años. Era maravilloso. El silencio de la noche, la aterciopelada oscuridad y Sophie sola con el lápiz, el papel, los cigarrillos y el té en la isla de luz amarillenta que proyectaba la anticuada lámpara. El dibujo salió casi solo.

Aunque con el lápiz no podía reflejar aquellos ojos de dos colores que la habían estado mirando con tanta seriedad, se quedó muy satisfecha con aquel dibujo es-

bozado aprisa. Jonas. Obedeciendo un impulso sacó el
móvil del bolsillo y marcó su número. Tenía que decírselo.

Entonces se acordó de que era tarde, noche cerrada.
Apartó el aparato. Se dio cuenta de que tenía frío. Se
levantó, llenó el hervidor de agua, sacó otra bolsita
de té de la caja… y se sobresaltó al oír un leve crujido en el pasillo.

25

Me quedo petrificada en medio de la habitación mirando fijamente por la ventana.

Mi jardinero me observa desde fuera. Su expresión es casi alegre. El encantamiento se rompe y de pronto vuelve la rabia, como si alguien hubiera presionado un interruptor; la rabia y el taladrante dolor de cabeza, hermanos gemelos.

—¿Por qué hace eso? —grito furiosa.

Tuerce el gesto. Parece no comprenderme, pero ve mi cara de enfado. Abro la ventana.

—¿Qué demonios hace? —le espeto.

—¿Y qué es lo que hago? —responde Ferdi irritado, mirándome con sus grandes y juveniles ojos castaños, que en su cara vieja y arrugada resultan tan fuera de lugar como enternecedores.

—Esa canción que estaba silbando…

No sé cómo acabar la frase, tengo miedo de que me pregunte «¿Qué canción?» o algo similar, porque entonces empezaré a gritar. A gritar sin parar.

—¿No le gustan los Beatles? ¡Si es una canción estupenda!

Lo miro fijamente.

—¿Qué canción estaba silbando de…? —tengo la boca seca— ¿de… los Beatles?

Ferdi me mira como si no estuviera en mis cabales, quizá con razón.

—*All you need is love*, se llama. ¡Todo el mundo la conoce!

Se encoge de hombros.

—No sé —añade—. Desde que la oí ayer aquí se me metió en la cabeza y no consigo sacármela. Pasa a veces, y es muy raro.

De repente me siento muy lúcida.

—¿Vino ayer? —lo interrumpo—. Pero ¡si nunca viene los jueves!

Noto que me tiemblan las rodillas.

—Es verdad, pero ya que el otro día me dijo que me podía organizar el tiempo como quisiera, pensé que no pasaba nada si algún jueves venía un par de horas.

Me quedo un rato mirándolo con la boca abierta.

—¿Tendría que haberla avisado?

—No, qué tontería —tartamudeo—. Claro que no.

No sé qué más decir. Siento la cara entumecida.

—Ferdi, necesito hablar con usted. ¿Quiere pasar un minuto?

Se queda perplejo. Quizá tiene miedo de que lo despida.

—Bueno, en realidad estaba a punto de recoger. Tengo que ir a ver a otro cliente…

—Por favor, solo será un momento.

Asiente inseguro.

Durante el trayecto por los pasillos de la casa intento sin ningún éxito ordenar mis ideas. Finalmente llego a la puerta de la calle. Ferdi está ya allí.

—¿Es que la he asustado? ¿Al silbar? —me pregunta.

—No, no, pero… —Me interrumpo, no quiero hablar en el umbral—. Haga el favor de pasar, Ferdi.

Se sacude los pies, deja dos grandes pegotes de tierra en el felpudo y entra en casa.

—Disculpe —dice, con un acento inimitable, y me sorprende no haberle preguntado nunca de dónde es ese dialecto.

Lleva años ocupándose de mi jardín y seguramente le preocupa que hoy, por primera vez, no lo haya saludado con una sonrisa. Ya no es ningún jovencito, debe de sobrepasar la edad de jubilación, a pesar de su pelo oscuro y de sus pobladas cejas castañas. Le tengo cariño y, una de dos, o necesita el trabajo o le encanta, porque nunca ha manifestado deseos de dejarlo. Y eso está muy bien porque a Bukowski se le partiría el corazón si Ferdi se fuera y yo tuviera que buscarme otro jardinero; lo quiere como a casi nadie. Y al instante oigo un ruido en la planta de arriba, Bukowski se ha despertado y reacciona a nuestras voces, baja lanzado por la escalera y se nos echa encima, primero sobre mí y luego sobre Ferdi, luego otra vez sobre mí, y casi me da la risa, mi perro, mi amigo, ese ser compuesto de pelo y vitalidad. Lo levanto, lo cojo en brazos, lo achucho, pero mi sentimentalismo no le hace gracia y se revuelve hasta que lo bajo al suelo y echa a correr caóticamente por el pasillo persiguiendo liebres invisibles. El jardinero cambia el peso de un pie al otro, como un escolar esperando que lo regañen.

—No es nada malo, Ferdi —digo—. Haga un descanso y tómese un café conmigo.

Tengo las piernas de goma. Lo guío a la cocina e intento poner en orden mis ideas. Si Ferdi oyó la música puede que... Y puede que todo lo otro también.

No tan rápido, Linda.

Le ofrezco la silla en la que ayer —¿de verdad fue ayer?— me retrató el fotógrafo. Se sienta con un gemido que no es más que una pose, lo hace solo porque a su edad lo suyo es quejarse un poco al sentarse. Pero en realidad está en mejor forma que yo.

Se oye el borboteo de la cafetera, y yo busco las palabras adecuadas.

—Así que ayer vino y se le quedó esa canción metida en la cabeza...

Ferdi me mira con la cabeza inclinada. Después asiente, como diciendo: Sí, ¿y qué?

—¿De verdad oyó esa canción? —le pregunto.

Asiente.

—¿Dónde?

—Por la ventana. No quería molestarla, de verdad que no. Ya vi que tenía visita.

Noto que duda.

—¿Por qué lo pregunta? —inquiere al cabo.

¿Cuánto debo contarle?

—Por curiosidad.

—Pero no pensará que la estaba espiando —dice él.

—Quédese tranquilo —respondo—. No es eso.

El café está listo.

—Bueno —comienza—, las ventanas estaban abiertas por arriba y yo trabajaba en el parterre que está al lado del comedor cuando oí la canción. El volumen estaba bastante alto. Pero vaya, eso ya lo sabrá usted.

Querría reír, llorar y gritar, todo a la vez, pero en lugar de eso saco dos tacitas de un armario.

—Sí, claro —digo acto seguido—. Estaba allí.

Sirvo mecánicamente las dos tazas. Esta información ha desbordado por completo mi cerebro.

—Sin leche y sin azúcar —pide Ferdi.

Le alcanzo la taza y cojo la mía, doy un sorbo, la aparto cuando Bukowski aparece a toda velocidad y se pone a lamerme las manos. Juego un poco con él y casi me olvido de la presencia de mi jardinero. Él carraspea.

—Gracias por el café. Creo que me voy a ir yendo.

Bukowski lo sigue, ladrando y moviendo la cola, mientras yo me hundo en la silla como anestesiada.

¿A qué está jugando, señor Lenzen?

La música era real, no me la estaba imaginando.

Si era real, ¿quién se encargó de que sonara? ¿Victor Lenzen? ¿Porque ha leído mi libro y ha sacado la conclusión de que reaccionaría ante ella como Sophie, mi álter ego literario? Si la música era real, y lo era puesto que no fui la única en oírla, seguro que fue cosa suya. Porque tenía un plan. Me mintió cuando hizo como que no oía nada.

Un momento. Los pensamientos revolotean por mi cabeza como una bandada de pájaros asustados. ¡También estaba el fotógrafo! ¡También tendría que haber oído la música y haber dicho algo!

A menos que Lenzen tenga un cómplice.

Eso es una locura, Linda.

Pero ¡es la única explicación!

No tiene ningún sentido. No piensas con claridad.

¿Y qué pasa si uno de los dos me echó algo en el agua o en el café?

Por el amor de Dios, ¿por qué iba a estar implicado el fotógrafo?

Tiene que ser así.

¿Una conspiración? ¿Es eso lo que crees? Lenzen tiene razón, necesitas ayuda.

A lo mejor el fotógrafo quería avisarme. «Cuídese», eso me dijo cuando se despidió. Cuídese.

Es una forma de hablar.

Me levanto de golpe. Se me ha ocurrido algo.

Cruzo el vestíbulo, subo corriendo la escalera, tropiezo, doy un traspiés, me levanto, subo los últimos escalones, corro por el pasillo, llego a mi estudio, enciendo el ordenador, tecleo de pie con manos temblorosas, tecleo, clico en los enlaces, busco, busco, busco, busco la página web que Lenzen me mostró, que me dejó ver en su móvil, *Spiegel online*, agosto de 2002, nuestro corresponsal en Afganistán. Busco y busco, no puede ser, ¿cómo lo ha hecho? No puede ser, es imposible... pero es así. No la encuentro. Ha desaparecido. La página de archivo con los reportajes de Lenzen, con la coartada de Lenzen.

No está.

28

JONAS

Jonas disfrutó de la sensación que le produjo en el estómago acelerar por las oscuras calles. Estaba agotado y solo quería llegar a casa.

Le zumbaban en la cabeza todos los datos que su equipo y él habían reunido sobre el segundo asesinato. La víctima no guardaba ninguna relación con Britta Peters, quitando el parecido físico. Por el momento, habían interrumpido la búsqueda del culpable en el círculo de conocidos de las dos mujeres. Debían ir en otra dirección. No iba a ser fácil.

Después del trabajo se había desahogado como había podido haciendo boxeo, y después se había sentido un poco mejor. Sin embargo, tras su visita a Sophie Peters la relajación que acompañaba al esfuerzo físico había desaparecido. Ella era la responsable de que se tomara aquel caso de forma personal. Se preguntó si eso lo estaba influyendo negativamente, si lo inducía a pasar cosas por alto, a cometer errores.

Sophie estaba distinta esa noche. Parecía más sombría, más frágil. Era solo una sensación, pero de forma instintiva Jonas moderó la velocidad con la que recorría las calles en su coche. Tenía presente la cara de Sophie. Su gesto de resignación. Cómo había dicho: «Que le vaya bien, comisario Weber». Tan triste, de un modo tan definitivo.

¿Debía volver? Tonterías.

Sophie no era de esas personas que se autolesionan.

Menos de un cuarto de hora después Jonas se había echado vestido en la cama. Solo quería descansar un poco antes de ir a su estudio para revisar algunos datos. Notó a su lado el vacío que había dejado su mujer al irse por un tiempo a casa de su mejor amiga «para aclarar algunas ideas». Cerró los ojos y sintió que por fin conseguía salir del huracán de pensamientos en el que llevaba metido todo el día.

Soltó un quejido de enfado cuando el móvil, que estaba en la mesilla de noche, lo avisó de la entrada de un SMS. ¿Sería Mia? Cogió el teléfono, y hasta al cabo de un momento no reconoció el número: Sophie.

Se incorporó, abrió el mensaje.

Solo eran dos palabras: «Está aquí».

26

La página con la coartada de Lenzen ha desaparecido. No está. Parpadeo unas cuantas veces, aturdida. Recuerdo que me la enseñó en su móvil, no en el mío. Él introdujo la dirección, no yo. Fuera lo que fuese lo que vi, no puedo encontrarlo. Me quedo un momento mirando la pantalla. Después agarro el portátil y lo estampo con todas mis fuerzas contra la pared. Arranco el teléfono y lo lanzo también. Grito, la emprendo a patadas con el escritorio, no noto dolor, cojo todo lo que encuentro, busco a tientas, ciega de rabia, lápices, grapadoras, archivadores y los voy arrojando, y golpeo la pared hasta que el blanco se tiñe de rojo; no siento nada, doy puñetazos y patadas hasta que me fallan las fuerzas.

Mi estudio está en ruinas. Me siento en el suelo, en medio del caos. Mi calor corporal desciende. Estoy helada, tirito. Me vuelvo del revés como un calcetín, los órganos se me congelan, se encogen, se entumecen.

Lenzen me la ha jugado.

No sé cómo lo ha hecho, pero ¿acaso es tan difícil crear una página web falsa?

No más difícil que hacer sonar una canción de los Beatles con un teléfono móvil y pretender no oír nada.

No más difícil que tomarse algo que provoque el vómito para hacer más creíble el miedo fingido.

No más difícil que echar algo en el café a una mujer para anular su voluntad y dejarla desorientada y manipulable, con el fin de meterle ideas en la cabeza. Tiene que haber sido así.

De ahí las alucinaciones, los extraños ataques y el hecho de estar de repente receptiva, casi rendida, a los pensamientos más absurdos. Por eso la claridad solo vuelve ahora, muy, muy lentamente. Una pequeña dosis de bufotenina, quizá. O DMT. O mescalina. Eso encajaría.

¿Cómo he llegado a pensar ni por un momento que yo hice daño a Anna?

Estoy en el suelo de mi estudio. El sol ilumina el parquet. Me sangra una mano. Me zumban los oídos. Pienso en Anna, la veo claramente ante mí. Mi mejor amiga, mi hermana. Que fuera desconsiderada, orgullosa y egoísta no significa que no fuera también ingenua, dulce e inocente. Que a veces resultara muy hiriente no significa que no pudiera ser también desinteresada y generosa. Que a veces la odiara no significa que no la quisiera. Era mi hermana.

No era perfecta, no era santa Anna. Era, simplemente, Anna.

Pienso en Lenzen. Está mucho mejor preparado que yo.

No tengo nada contra él, y ahora lo sabe. Por eso vino. En realidad no le habría hecho falta venir. Hablar conmigo. Exponerse a nuestro encuentro. Pero Victor Lenzen es un hombre meticuloso. Sabía que si no lo hacía no podría descubrir cuánto sé de verdad. Si tengo algo concreto contra él. Y si he hablado de él a alguien. Qué aliviado debió de quedarse al descubrir que se enfrentaba a una mujer sola y psicológicamente inestable. Su plan era tan sencillo como genial. Mentir a cualquier precio y confundirme cuanto más, mejor. Me sumió en las dudas más profundas. Pero ahora ya no hay dudas. Presto atención: las voces han dejado de pelearse. Ya solo hay una voz.

Y esa voz dice que es improbable que después de doce años haya visto por la tele al asesino de mi hermana. Muy improbable. Pero no imposible. Solo es la forma más improbable de la verdad. Victor Lenzen asesinó a mi hermana.

Mi rabia se cierra como un puño.

Tengo que salir de aquí.

29

SOPHIE

Estaba ante ella. Tenía un cuchillo.

Al oír ruido en el pasillo se había quedado helada con el móvil en la mano. Con gran presencia de ánimo había enviado a Jonas un mensaje, tecleando en silencio. Después esperó. Conteniendo la respiración. Atenta.

Quienquiera que estuviera en el pasillo estaba haciendo lo mismo. No se oía nada, ni un crujido ni una respiración, pero Sophie sentía claramente su presencia. Por favor, que sea Paul, pensó, a sabiendas de que era imposible. Paul, que por fin viene a recoger sus cajas, o incluso Paul, que me echa de menos y regresa deshecho en lágrimas; pero por favor, por favor, que sea Paul.

En ese momento lo vio. Apareció inmenso y amenazante en el vano de la puerta, casi bloqueándola. Ni a dos metros de ella. Se le cortó la respiración.

—Señora Peters —dijo.

De repente lo vio claro. Cómo la observaba mientras recorría los parques y las calles oscuras. Cómo le había parecido demasiado arriesgado acercársele allí. Cómo había esperado a que algún vecino del enorme edificio saliera o entrara, cómo se había colado en el vestíbulo antes de que la puerta se cerrara. Y cómo después, con gran sigilo, casi en silencio, había abierto la puerta quizá con una tarjeta de crédito. Porque, como siempre, Sophie no había echado la llave, aunque cada día se proponía hacerlo.

Estaba petrificada, conmocionada. Reconoció la voz, pero no sabía de qué.

—Usted mató a mi hermana —jadeó.

No se le ocurrió otra cosa que decir, su mente trabajaba muy despacio y entonces, sin querer, repitió:

—Usted mató a mi hermana.

El hombre soltó una risa sin alegría.

—¿Qué quiere de mí? —preguntó Sophie.

En cuanto la hubo pronunciado fue consciente de lo estúpida que era esa pregunta. La sombra no contestó.

Su mente buscaba con afán una salida. Si no hacía algo no escaparía de allí con vida. Al menos debía intentar ganar tiempo.

—Lo conozco —afirmó.

—Ah, ¿me ha reconocido la voz? —respondió el hombre.

Sophie lo escudriñó. Entonces cayó en la cuenta.

—Es el hijo del casero de Britta —contestó, desconcertada—. El que tenía un hermano que murió en un accidente.

—Bingo.

Sonaba casi contento.

—Fue muy divertido hablar por teléfono con usted —añadió mientras Sophie barajaba mentalmente sus opciones.

No tenía la menor opción de escapar y no había ningún arma a su alcance. Se acordó de los cuchillos de cocina, que estaban en el cajón, tan solo a algunos metros y sin embargo inalcanzables. Se acordó del spray de pimienta que había puesto dentro del bolso… pero estaba en el armario de la entrada.

—Por desgracia la historia del accidente es falsa —prosiguió el hombre—. No me lo tenga en cuenta… Me pareció que era un bonito detalle.

Sonrió satisfecho y después todo rastro de alegría se borró de su cara.

—Vamos. Al cuarto de baño. Usted delante.

Sophie no se movió.

—¿Por qué lo hizo? ¿Por qué Britta? —preguntó.

—¿Por qué Britta? —repitió el hombre, como si de verdad se parara un momento a pensar en ello—. Es una buena pregunta, ¿por qué Britta? Con sinceridad, lo ignoro. ¿Quién sabe por qué encuentra atractiva a una persona y repulsiva a otra? ¿Quién sabe exactamente por qué hace lo que hace?

Se encogió de hombros.

—¿Alguna otra pregunta? —inquirió, irónico.

Ella tragó saliva.

—¿Qué hacía en el aparcamiento? ¿Me estaba siguiendo? —Debía ganar tiempo. Solo un poco.

—¿Qué aparcamiento? No sé de qué me habla. Basta de juegos. Al baño.

A Sophie se le hizo un nudo en la garganta.

—¿Por qué al baño? —preguntó casi sin voz.

Retrasar un poco las cosas.

—Bueno, no consiguió superar la muerte de su hermana. Mañana la encontrarán en la bañera. Ya no podía más. Todos lo entenderán —repuso él. Y luego, impaciente—: ¡Venga, en marcha!

Sophie era incapaz de mover un solo músculo. Siempre se había reído de que en las películas de miedo la gente se quedara paralizada en lugar de hacer algo. Como corderitos en el matadero. Pero ahora era ella la que estaba petrificada. Después se le pasó la anestesia y gritó tan fuerte como pudo. En una fracción de segundo tenía al hombre encima, tapándole la boca con la mano.

—Si vuelve a gritar, se acaba todo ahora mismo. ¿Lo ha entendido?

Ella jadeaba.

—Asienta si me ha entendido.

Asintió.

El hombre la soltó.

—Vamos, al baño —ordenó.

Sophie no se movió del sitio.

—¡Camine! —gruñó el hombre, amenazándola con el cuchillo.

El cuerpo la obedeció de nuevo. Con pasos inseguros se puso en marcha mientras pensaba febrilmente. Tenían que atravesar el atestado pasillo, hacia la puerta de la calle, para llegar al baño. Dio un paso y luego otro, saliendo de la cocina. Sintió al hombre con el cuchillo a su espalda. Las cajas de Paul hicieron más largo el recorrido. «COSAS DE INVIERNO», ponía en una; «DVD», en la siguiente. Sophie dio un paso, y otro. «LIBROS», «ZAPATOS»… La puerta de la calle quedaba más cerca ya, pero aun así estaba todavía lejísimos, al final del pasillo. Otro paso. Nunca lo conseguiría. Aunque quizá…

Solo necesitaba un momento, un instante de distracción. Otro paso. Pero el asesino no la perdía de vista. Lo percibía tras de sí, atento, peligroso. Aún quedaban tres o cuatro pasos hasta el baño, y después se acabó. Otros dos pasos. Otro más. «CD», «VARIOS»… Había llegado a la puerta del baño y miró al hombre con el rabillo del ojo, tenía el cuchillo levantado; estaba a punto de poner la mano en el picaporte cuando sonó el timbre, estridente, insistente. Sophie vio que el hombre se sobresaltaba y lanzaba una mirada de sorpresa hacia la puerta. Reaccionó de inmediato, dio una zancada, sacó un palo de golf de la caja y lo blandió en el aire.

27

Once años es mucho tiempo. Cuando me despierto por la noche y contemplo el techo en la oscuridad a veces me pregunto si acaso no habré soñado el mundo de ahí fuera. Quizá esto de aquí no solo es mi mundo, sino el único mundo. Quizá solo debería creer en las cosas que puedo ver y tocar. Quizá todo lo demás lo he imaginado. Siempre se me ha dado bien inventarme historias, eso lo recuerdo.

Me imagino que esto es todo lo que hay. Mi casa es el mundo. Me imagino que para mí no hay nada más, que aquí dentro envejezco y muero. Que, de algún modo, aquí dentro tengo hijos. Hijos que nacerán en mi mundo, que no conocerán nada más que la planta baja y la planta alta y el ático y el sótano y los balcones y las terrazas. Y les relataré cuentos en los que pasen cosas maravillosas, llenos de seres fabulosos y de sucesos extraordinarios.

«Existe un país en el que hay árboles gigantescos», les contaré. «¿Qué son árboles?», me preguntarán, y yo les explicaré que son cosas mágicas e inmensas que crecen del suelo al enterrar una minúscula semilla; cosas mágicas que cambian con cada estación del año, que se transforman, de las que brotan flores y hojas verdes y de todos los colores… como por hechizo. «Existe un país en el que no solo hay árboles, sino también seres cubiertos de plumas, grandes y pequeños, que se posan en esos árboles y que entonan canciones en una lengua extraña. Y también hay seres inmensos, tan grandes como nuestra casa, que viven bajo el agua y que echan chorros altos como torres. Y en ese país hay montañas y campos y desiertos y praderas.»

—¿Qué son praderas, mamá? —querrán saber mis hijos.

—Son enormes superficies muy verdes cubiertas de una hierba muy suave con unos tallos pequeñitos y traviesos que hacen cosquillas a los niños cuando brincan en ella. Y son tan grandes que uno puede correr por ellas hasta que se queda sin aliento, y nunca llega al final.

—¡Eso no puede ser, mamá! —dirá uno de mis hijos.

—Es verdad, mamá, es imposible. No hay nada tan grande.

Pienso en el mundo de ahí fuera y me sobreviene una gran nostalgia. La conozco. La he sentido al escribir y en la cinta de correr y en mis sueños e incluso en mi conversación con Lenzen.

Quiero estar en un mercado al aire libre de una ciudad pequeña, en verano, y quiero levantar la vista al cielo protegiéndome los ojos del sol con una mano para contemplar las temerarias maniobras de los vencejos alrededor de la torre de la iglesia. Quiero sentir el olor de la madera y la resina en una excursión por el bosque. Quiero los inimitables movimientos de la mariposa, ese despreocupado volar sin rumbo. Esa fresca sensación en la piel cuando una pequeña nube oculta el sol estival que te estaba calentando. El resbaladizo contacto de las plantas acuáticas que te hacen cosquillas en las pantorrillas cuando te bañas en un lago. Y pienso: lo recuperaré.

Sí, tengo miedo. Pero si en las últimas semanas y los últimos meses he aprendido algo ha sido esto: el miedo no es una razón para no hacer algo. Al contrario.

Debo hacerlo. Volver al mundo real. Seré libre.

Y entonces podré ocuparme de Lenzen.

30

JONAS

El comisario Jonas Weber estaba junto a la ventana de su despacho contemplando el vuelo juguetón de los últimos vencejos. No faltaba mucho para que volvieran a emigrar al sur.

Había tenido que hacer un gran esfuerzo para no perder la cabeza al recibir el SMS de Sophie. Había pisado a fondo el acelerador, había atravesado en un suspiro la ciudad y había llegado antes que la patrulla a la que había avisado de camino. Había cubierto a zancadas los últimos metros hasta el edificio de Sophie. Había llamado al portero automático sin descanso. Se había visto obligado a mantener la calma cuando ella no contestó. Había pulsado otro timbre hasta que una señora furiosa le había abierto el portal, policía, todo en orden. Había corrido escalera arriba, había aporreado la puerta y estaba a punto de intentar derribarla cuando se abrió.

Jonas intentó no pensar en aquel terrible momento, en el que no sabía si había llegado demasiado tarde.

Sophie le había abierto la puerta, blanca como la cera pero extraordinariamente tranquila. Con alivio, Jonas había comprobado que estaba ilesa. Después lo había visto. Le había tomado el pulso al hombre que yacía en el suelo, muerto o herido, y había confirmado que vivía. Había llamado a una ambulancia. Luego llegaron los compañeros y a continuación la ambulancia, y cada cual hizo su trabajo. Había salido bien.

Jonas apartó la vista de la ventana y se sentó ante el escritorio. Se preguntó qué estaría haciendo Sophie. Llevaba días resistiendo la tentación de llamarla. Superaría el golpe, de eso estaba seguro. Pronto sería la de antes. Las personas como Sophie siempre caían de pie. Pero se debatía. Tenía ganas de oír su voz. Cogió el móvil, marcó su número, dudó. Se sobresaltó cuando Antonia Bug entró como una tromba en su despacho.

—Un muerto en el bosque —anunció—. ¿Vienes?

Jonas asintió.

—Ahora mismo.

—¿Qué te pasa? —inquirió Bug—. Vaya cara más larga.

Jonas no contestó.

—¿Sigues pensando en nuestro periodista? —insistió ella.

Le molestó que hablara con esa ligereza del asesino que, después de Britta, había matado a otra mujer. En realidad todos lo hacían. La prensa en especial estaba excitadísima desde que se sabía que uno de los suyos era el culpable.

—Tendríamos que haberlo impedido —contestó—. No debimos darle la oportunidad de actuar una segunda vez. Cuando Zimmer descubrió que Britta Peters se había quejado de su casero porque entraba sin avisar en su apartamento teníamos que haberlo investigado.

—Pero lo investigamos.

—Pero no teníamos que habernos dado por satisfechos con que el viejo lo negara todo. Si hubiéramos insistido quizá habríamos descubierto que no era él sino su hijo quien usaba la llave para entrar en casa de Britta.

—En eso tienes razón —concedió Bug—. Es muy probable que las cosas hubieran sido de otra manera. Pero ahora ya no hay remedio.

Se encogió de hombros. Había pasado página sorprendentemente deprisa.

Jonas, por el contrario, había tenido que digerir tanto… La frialdad de aquel hombre. Que no tuviera nada en contra de Britta Peters; es más, que no la conociera en absoluto. Que la hubiera visto por casualidad un día al visitar a su padre. Que ella sencillamente encajara en su esquema depredador-presa, que despertara algo en él. Tan inocente, tan pura. Que la hubiera matado «porque quería y porque podía». Que no reconociera ningún otro motivo, así de simple. Que le pareciera que las rosas blancas eran «un bonito detalle», algo «especial», «como en las películas».

Jonas Weber aún pensaría mucho tiempo en aquel hombre, cuyo juicio empezaría pronto.

—¿Vienes? —repitió Antonia.

El comisario asintió. Dejó el móvil a un lado. Era mejor así. Sophie ya tenía lo que quería. El asesinato de su hermana se había resuelto. Eso era lo importante, solo eso.

28

Cuando Charlotte aparece a primera hora de la tarde y comienza a guardar la compra de la semana en la cocina yo ya llevo varias horas de actividad. He observado a los técnicos de seguridad mientras desinstalaban con absoluta indiferencia los micrófonos y las cámaras de toda mi casa. He limpiado. He eliminado cualquier rastro de Victor Lenzen. He mirado las grabaciones. La escritora loca y el periodista perplejo. He controlado mi ira. Nada de habitaciones destrozadas ni de nudillos sangrantes. En lugar de eso, me he preparado.

Ahora tengo que enrolar en mi barco a Charlotte. Y no me resulta tan fácil como había esperado. Estamos en la cocina. Ella ordena en el frigorífico la fruta y la verdura y la leche y el queso, y me mira confusa. La entiendo. Mi petición debe de parecerle muy rara.

—¿Y cuánto tiempo quiere que me quede a Bukowski? —me pregunta.

—¿Una semana? ¿Puede ser?

Me observa y luego asiente.

—Claro, por qué no. Mi hijo se volverá loco de alegría, le encantan los perros y quiere tener uno.

Duda un momento, lanza una mirada furtiva al vendaje de mi mano derecha, con la que, como en trance, golpeé la pared de mi estudio. Me la lastimé tanto que he tenido que pedir a mi médico que viniera para curármela. Sé que Charlotte aún quiere decir algo más, algo que sin duda la preocupa. Su extraña jefa, que nunca sale de casa y que últimamente ha sufrido como poco una crisis depresiva, le pide que se ocupe de su mascota. Suena como si estuviera planeando mi suicidio y quisiera asegurarme de que, tras mi muerte, alguien cuida de mi perro. Claro. Las personas normales dejan a otros sus mascotas cuando salen de viaje. Pero que yo tenga intención de viajar le resulta inconcebible.

—Señora Conrads —pregunta dubitativa—, ¿está usted bien?

De repente siento tanto cariño por ella que tengo que contenerme para no abrazarla, cosa que a buen seguro la incomodaría.

—Todo está bien, de verdad. Sé que en los últimos meses me he comportado de un modo muy raro. Pero ya estoy mejor. Es solo que tengo muchísimo que hacer en los próximos días y Bukowski necesita tantas atenciones... —Dudo porque sé que suena ridículo, pero no puedo hacer otra cosa—. Sería estupendo si se lo llevara unos días. Le pagaré, por supuesto.

Charlotte asiente. Se rasca insegura el antebrazo tatuado. Vuelve a asentir.

—Vale.

No puedo contenerme más y la abrazo. Hace unas horas le he preguntado si el periodista que me entrevistó se había puesto en contacto con ella, y me ha dicho que no. La verdad es que no creo que Lenzen le haga nada. No es tonto.

Ella tolera mi abrazo, solo la sujeto unos segundos y luego la suelto.

—Eeeh... gracias —murmura, avergonzada—. Voy a recoger las cosas del perro. —Y se va a la planta de arriba.

Me siento muy aliviada, casi contenta. Me dirijo a mi estudio, pero me detengo en el pasillo y observo con sorpresa la pequeña orquídea que me traje hace unos meses del invernadero. La he mimado y cuidado, le he puesto abono especial, la he regado todas las semanas y me he ocupado continuamente de ella. Sin embargo, solo ahora me fijo en que ha echado una vara. Los capullos son aún minúsculos, insignificantes y apretadísimos. Pero la exuberante belleza de sus enormes flores exóticas está ya en su interior. Me parece un milagro. Decido que Charlotte se la lleve también. No quiero que se muera mientras no estoy.

El resto del día lo he pasado en mi estudio, leyendo en el ordenador. He aprendido que las orquídeas crecen casi en cualquier superficie, en tierra, sobre rocas, sobre piedras o sobre otras plantas. Que, en teoría, pueden crecer ilimitadamente y que nadie tiene claro cuánto tiempo llegan a vivir. En los últimos años he tenido mucho tiempo para leer, pero eso no lo sabía.

Charlotte se ha despedido en algún momento. Bukowski ha montado una escenita cuando lo ha subido al coche, como si intuyera que le esperaba algo malo. Y eso que conoce bien el automóvil de Charlotte porque es ella quien lo lleva al veterinario. Aun así, estaba fuera de sí. Lo he acariciado un poco y le he revuelto el pelo, solo un instante y muy despreocupadamente, para no darle la impresión de que era una despedida definitiva.

Espero que volvamos a vernos, amigo.

Cuando Charlotte y Bukowski se han ido, he entrado en el invernadero para regar las plantas.

Después me he preparado un café en la cocina. Luego he estado en la biblioteca, respirando su olor tranquilizador —con mi café en la mano— y he mirado por la ventana un rato. Tanto que el café se ha enfriado y el mundo se ha oscurecido.

Es de noche. No hay nada más que hacer. Estoy lista.

Epílogo

SOPHIE

Se lo encontró por casualidad. Había entrado en un bar en el que nunca antes había estado y lo distinguió enseguida aunque el local estaba muy lleno. Estaba solo en la barra con una cerveza. Se quedó perpleja. Entonces se le ocurrió que el comisario podía pensar que lo seguía, y ya estaba a punto de abandonar el bar cuando él volvió la cabeza y la reconoció. Sophie forzó una sonrisa y se acercó a él.

—¿Me está siguiendo? —le preguntó Jonas Weber.

—Ha sido pura coincidencia, palabra de honor —contestó.

—Nunca la había visto por aquí, ¿viene a menudo?

—A menudo paso de largo, esta es la primera vez que entro.

Sophie se subió a un taburete.

—¿Qué bebe? —le preguntó.

—Whisky.

—Muy bien —repuso, y se volvió hacia el camarero—. Lo mismo que él.

El encargado de la barra le sirvió un vaso y se lo acercó.

—Gracias.

Sophie se quedó mirando el líquido marrón claro y lo removió un poco.

—¿Por qué bebemos? —preguntó.

—Yo por el fracaso oficial de mi matrimonio —contestó Jonas—. ¿Y usted?

Sophie dudó un momento, tenía que digerir lo que acababa de oír; se preguntó si debía hacer algún comentario y al final decidió que no.

—Antes siempre bebía por la paz mundial. Pero el mundo no es un lugar pacífico ni lo será nunca.

—Nada de brindis, entonces —dijo él.

Se miraron a los ojos, entrechocaron los vasos y se bebieron los whiskies.

Ella sacó un billete del bolsillo y lo dejó en la barra.

—Gracias —le dijo al camarero.

Se volvió hacia Jonas. Él la observó con sus extraños ojos.

—¿Ya se va?

—Tengo que irme.

—¿Ah, sí?

—Sí. Me esperan en casa.

—Oh. Usted y su prometido… ¿han vuelto?

Lo preguntó con total neutralidad.

—No, pero ahora tengo uno nuevo y no quiero dejarlo solo mucho tiempo. ¿Se lo enseño?

Antes de que él pudiera negarse Sophie había sacado el móvil de un bolsillo del vaquero. Tecleó en él ágilmente unos segundos y al cabo le puso ante los ojos una foto de un cachorrillo pequeño y peludo.

—¿No es maravilloso?

Jonas tuvo que sonreír.

—¿Cómo se llama?

—Pensaba llamarlo como uno de mis autores preferidos. Kafka, quizá.

—Mmm...

—¿No le convence?

—Kafka es un buen nombre, claro está. Pero, la verdad, no tiene pinta de Kafka.

—¿Y de quién tiene pinta? Y no me venga con uno de sus poetas. No pienso llamarlo Rilke.

—Para mí tiene pinta de Bukowski.

—¿De Bukowski? —exclamó, horrorizada—. ¿De borracho cascado?

—No, de peludo desaliñado. Y *cool*.

Jonas se encogió de hombros, y estaba a punto de decir algo cuando le sonó el móvil. Echó un vistazo a la pantalla. Poco después un zumbido anunció que tenía un mensaje en el buzón de voz.

—Tiene que devolver la llamada —afirmó Sophie—. Un caso nuevo.

—Sí.

—Bueno, de todos modos tengo que irme.

Se bajó del taburete y lo miró a los ojos.

—Gracias —le dijo.

—¿Por qué? Fue usted quien lo atrapó, no yo.

Sophie se encogió de hombros.

—No importa.

Le dio un beso en la mejilla y desapareció.

29

Mi mundo es un área de mil metros cuadrados y estoy en el límite. Ahí fuera, a la puerta de mi casa, me acecha el miedo.

Acciono la manija, abro la puerta. Ante mí, la oscuridad. Por primera vez en años llevo puesta una chaqueta.

Doy un paso minúsculo y enseguida aparece el dolor, punzante, amenazante. Pero tengo que vencerlo. Vencer el miedo. La puerta se cierra detrás de mí, el sonido contiene algo definitivo. El aire nocturno me acaricia la cara. Las estrellas brillan en el cielo frío. De repente siento muchísimo calor, se me encogen las entrañas. Pero doy otro paso. Y otro. Soy un navegante solitario en un mar desconocido. Soy la última persona de un mundo asolado. Avanzo a trompicones. Más y más. Llego al final de la terraza. La oscuridad me envuelve.

Aquí empieza el césped. Pongo un pie delante del otro, siento la blanda alfombra de hierba bajo mis suelas. Entonces me detengo, sin aliento. La oscuridad está en mí. Noto sudor en la frente.

Mi miedo es un pozo oscuro en el que he caído. Floto vertical en el agua, intento tocar el fondo con las puntas de los pies, pero no hay nada, solo oscuridad. Cierro los ojos y me abandono. Me sumo en la oscuridad, mi cuerpo desciende, el agua se lo traga, me hundo, no hay fondo, me hundo más y más, no hay fondo, dejo que suceda con los ojos cerrados y los brazos hacia arriba como plantas acuáticas, me hundo. Hasta el infinito. Pero de repente rozo el fondo, fresco y firme. Me acaricia los pies y pronto todo mi peso descansa sobre él, estoy en lo más hondo del pozo, he llegado al final, abro los ojos y compruebo con asombro que aquí, en el corazón de las tinieblas, puedo estar erguida y respirar sin problemas. Miro a mi alrededor.

El lago está en calma. El suave viento levanta un susurro en la linde del bosque. Oigo crujidos y chasquidos, quizá pájaros en la maleza, un erizo hacendoso, un gato vagabundo. De repente me doy cuenta de toda la vida que me rodea aunque no pueda verla. No estoy sola. Los animales del bosque, del prado, del lago y de sus orillas, todos los corzos y ciervos y zorros, los jabalíes y los pequeños búhos, todas las tortugas y las lechuzas y los saltamontes y las truchas y los lucios, todas las mariquitas y los mosquitos y las martas. Tanta vida… Una leve sonrisa se me dibuja en los labios sin pretenderlo.

Estoy al borde del césped. Donde antes estaba mi miedo ahora no queda nada, pero yo permanezco. Me pongo de nuevo en marcha, me interno en la noche estrellada de Van Gogh. Giro sobre mí misma y las estrellas dibujan estelas, la luna deja un rastro en el fluido cielo nocturno, que brilla húmedo.

Pienso que la noche solo es misteriosa y poética y bella.

También es oscura y temible. Como yo.

30

Tras la muerte de Anna todo me sobrepasaba. Las miradas, las preguntas, las voces, las luces, el ruido, la velocidad. Los ataques de pánico, que al principio solo me sobrevenían si veía un cuchillo. O si oía determinada canción. Pero que pronto comenzaron a ocurrirme por cualquier cosa. Por una mujer con el mismo perfume que Anna. Por la visión de la carne sangrante en el mostrador de la carnicería. Por detalles insignificantes. Prácticamente por todo. La luz deslumbrante en mi cabeza, el dolor en las cuencas de los ojos, esa sensación cruda y roja. Ningún control.

Me sentaba bien quedarme un rato en casa. Estar sola. Recargarme de calma. Escribir un libro nuevo. Levantarme por la mañana, trabajar, comer algo, volver a escribir, irme a la cama. Inventar historias en las que nadie tenía que morir. Vivir en un mundo sin peligros.

La gente cree que es difícil quedarse en casa diez años. Piensan que es fácil salir. Y tienen razón, es fácil salir de casa. Pero también es fácil no hacerlo. Los días se convierten en semanas. Las semanas se convierten en meses y en años; y parece mucho, parece muchísimo, pero en realidad solo es un día más que se suma a los anteriores.

Al principio nadie se dio cuenta de que nunca abandonaba mi casa. Linda estaba ahí. Linda llamaba y escribía emails y, la verdad, quién saca tiempo para verse, tenemos todos mucho que hacer. Sin embargo, en algún momento la editorial me preguntó si quería volver a dar alguna charla y dije que no. Algunos amigos se casaron, otros bajaron a la tumba, y se me pidió que asistiera y dije que no. Me concedieron premios y recibí invitaciones y dije que no. Así que al final resultó evidente. Cuando empezaron a circular los rumores acerca de que sufría una misteriosa enfermedad me quedé encantada. Hasta entonces había tratado de superarlo. Conseguía llegar a la puerta, intentaba cruzar el umbral y fracasaba estrepitosamente. Y aquella maravillosa enfermedad, inventada y difundida por algún gran periódico mentiroso, me liberó de todo. No hubo más invitaciones. Dejé de ser una persona antisocial y maleducada para ser en el peor de los casos digna de lástima y en el mejor valiente. Aquello incluso ayudó a mi carrera literaria. Linda Conrads, la autora recluida con una enfermedad enigmática, se vendía aún mejor que la Linda Conrads de carne y hueso con la que se podía hablar y a la que se podía estrechar la mano en las charlas. Así que nunca desmentí aquellas especulaciones. ¿Por qué iba a hacerlo? No tenía el menor interés en hablar de mis ataques de pánico, que me hacían tan vulnerable.

Y ahora tengo la sensación de haber abierto un libro de cuentos que hojeé por última vez hace once años y que me ha absorbido. Estoy en un taxi. Atravieso la noche a toda velocidad. Tengo la cabeza apoyada en la ventanilla y mis ojos captan lo que se les ofrece. Cosas que hay en este mundo: todas.

Dirijo la vista hacia arriba. El cielo nocturno es un telón negro azabache ante el que desfilan nubes rosadas como acróbatas o bailarines. De vez en cuando brillan las estrellas. El mundo real es mucho más mágico y mucho más increíble de lo que recordaba. Me siento mareada al pensar en las infinitas posibilidades que me brinda.

Apenas puedo soportar la salvaje y nerviosa sensación que se expande por mi pecho cuando por fin lo comprendo: *Soy libre.*

Está oscuro, pero las luces, los coches con los que nos cruzamos, la velocidad, el movimiento, la vida que me rodea me tienen absolutamente cautivada. Nos acercamos a la ciudad, el tráfico se hace más denso y las calles, a pesar de la hora, están más animadas. Estoy de safari, contemplo a los transeúntes como si fueran animales exóticos. Es como si nunca en mi vida hubiera visto algo así. Allí hay una madre con su bebé, lo lleva al pecho en un portabebés y él menea tranquilo las rechonchas piernecitas. Allá una pareja mayor, cogidos de la mano y conmovedores; me recuerdan a mis padres y aparto de inmediato la mirada. Allí un grupo de cachorros, cinco, no, seis, que avanzan ensimismados por la acera mientras teclean con la cabeza gacha y la mirada clavada en sus móviles. Se me ocurre que los jóvenes que pueblan las calles no eran más que niños la última vez que estuve aquí. No reconozco la ciudad ni los reconozco a ellos. Sé que ahora todo son cadenas, cadenas de supermercados y de bazares y de comida rápida y de cafeterías y de librerías, leo el periódico, sé estas cosas. Pero no las he visto con mis propios ojos. Todo me resulta tan familiar y al mismo tiempo tan extraño como una película de mi pasado filmada en una lengua rara e inventada que no puedo comprender.

El taxi se detiene bruscamente y me sobresalto. Estamos en una tranquila zona residencial en las afueras de la ciudad. Casas bonitas, jardines cuidados. Bicicletas. Si fuera domingo, podría ver a través de las ventanas de la mayoría de las salas de estar los últimos minutos de la serie policíaca *Tatort*.

—Pues aquí estamos —dice en tono desabrido el taxista—. Son veintiséis euros con veinte.

Saco un fajo de billetes de un bolsillo del pantalón. No estoy acostumbrada a manejar dinero en efectivo, en los últimos años solo he comprado por internet y realizado pagos electrónicos. Encuentro un billete de veinte y otro de diez. Me alegra tocar dinero de verdad. Se los doy al hombre, diciendo:

—Está bien así.

Me encantaría quedarme un rato sentada y dilatar el momento. Pero sé que esta noche he llegado demasiado lejos para echarme atrás. Abro la puerta, no cedo ante el impulso de volver a cerrarla al instante, resisto el dolor de cabeza, me sobrepongo, me bajo, avanzo con las piernas temblorosas hasta la puerta de la casa con el número once, que es igual que la casa número nueve y que la número trece; no hago caso a los sentimientos que me embargan cuando oigo el sonido familiar de mis pasos en el camino de grava. Salta el sensor de movimiento, y me asusto cuando un farol ilumina el camino y anuncia mi llegada. Veo agitación tras las cortinas, reprimo una maldición, me habría gustado tomarme mi tiempo, controlarme antes de rozar el timbre. Respirar profundamente. Concentrarme. Subo los tres escalones que me separan de la entrada, acerco el dedo al timbre y antes de que pueda pulsarlo se abre la puerta.

—Linda —dice el hombre.

—Papá —respondo.

Tras él aparece mi madre, un metro sesenta de perplejidad. Los dos se quedan petrificados en el marco de la puerta, mirándome fijamente. Después salen de su asombro, a la vez, y me atraen hacia ellos y los tres nos fundimos en un solo abrazo. Mi alivio tiene el aroma de las cerezas dulces de nuestro jardín, de las acederas, de las margaritas... de todos los olores de mi niñez.

Al poco rato estamos sentados en el salón tomando un té. Mis padres juntos, en el sofá, y yo enfrente, en mi sillón favorito. Para llegar hasta él he atravesado un pasillo lleno de fotos de mi infancia y mi juventud. Linda y Anna de acampada, Linda y Anna en una fiesta de pijamas, Linda y Anna en Navidad, Linda y Anna en Carnaval. He intentado no mirarlas demasiado.

Por el rabillo del ojo veo el brillo de la pantalla del televisor, que mi madre ha encendido en una especie de acto de transición. He intentado explicarles cómo he logrado salir de mi casa y estar allí, de repente; les he contado que estoy mejor y que tengo que hacer algo importante y, sorprendentemente, se han quedado satisfechos por el momento. Y aquí estamos. Nos observamos casi con timidez, tenemos tanto de que hablar que no sabemos qué decirnos. Delante de mí, en la mesita de café, hay un montón de canapés que mi madre ha improvisado a toda prisa. Siempre tiene la impresión de que debe alimentarme. Estoy demasiado aturdida, todo es surrealista, el gotelé de las paredes, el reloj de cuco, la alfombra, las fotos de familia, los olores conocidos... Es increíble.

Miro con disimulo a mis padres. Han envejecido de forma distinta. Mi madre está casi como siempre, a lo mejor un poco más delicada que antes, pero por lo demás no ha cambiado mucho, es pequeña, delgada, viste con ropa cómoda y luce en el pelo, corto y recién teñido de castaño rojizo, un peinado un tanto pasado de moda. Mi padre, en cambio, sí ha envejecido. Tantos años... La comisura izquierda de los labios se le tuerce hacia abajo y le tiemblan las manos. Intenta ocultarlo.

Me aferro a la taza como a un salvavidas. Paseo la mirada por la habitación y me detengo en las estanterías que están a mi izquierda. Una hilera de libros me llama la atención, conozco bien el tipo de letra; me fijo con más detalle y veo que son mis novelas las que llenan esas baldas. Dos ediciones de cada una, en riguroso orden cronológico. Trago saliva. Siempre pensé que a mis padres no les interesaban mis libros y que no los leían en absoluto. Nunca me dieron su opinión sobre ninguno de ellos, ni sobre los relatos que me inventaba de adolescente ni sobre mis primeras novelas, que escribí cuando tenía veintipocos años. Nunca comentamos ninguna de mis obras, ni las fracasadas de mis inicios ni los *best sellers* que las siguieron. Nunca me preguntaron por esas cosas ni me pidieron que les enviara ejemplares. Pasé muchos años decepcionada, hasta que lo olvidé por completo. Pero tienen todos mis libros, todos, y por partida doble. Quizá uno para cada uno. ¿O uno por si el otro se extravía?

Estoy a punto de preguntarles cuando mi madre carraspea, que es su manera disimulada de comenzar una conversación.

Quería haber empezado yo, quitarme eso de en medio. Pero me faltaban las palabras. ¿Cómo se hace, cómo preguntas a tus padres si creen que eres una asesina? ¿Y cómo se soporta la respuesta?

—Linda —dice mi madre, y se interrumpe enseguida; traga saliva—. Linda, solo quería que supieras que te comprendo.

Mi padre asiente enfáticamente.

—Sí, yo también —afirma—. Quiero decir, claro que al principio fue un golpe, desde luego. Pero tu madre y yo hemos hablado y entendemos por qué lo haces.

Pero yo no entiendo nada.

—Y me gustaría disculparme —continúa mi madre— por haberte colgado cuando llamaste el otro día. Me siento fatal. En realidad me sentí fatal desde el momento en que lo hice. Te telefoneé al día siguiente varias veces, pero no lo cogías.

Frunzo el ceño y quiero contradecirla. Siempre me entero cuando llama alguien, soy —en el más estricto sentido de la palabra— la persona más hogareña del mundo, siempre estoy en casa. Pero entonces caigo en la cuenta. Mi estudio destruido. El ordenador destrozado, los archivadores hechos pedazos, el teléfono arrancado y estrellado contra el suelo. Ya entiendo. Pero ¿de qué hablan? ¿De algo que debería saber?

—Por supuesto, puedes hacer lo que quieras. Es tu historia. Es tu experiencia, a fin de cuentas —prosigue mi madre—. Solo que habría estado bien que nos advirtieras. Sobre todo de... —Se interrumpe, carraspea, continúa en voz más baja—: Sobre todo de la parte del... del asesinato.

La observo sin pestañear. Parece agotada, como si hubiera necesitado todas sus fuerzas para decir esas frases. Pero sigo sin entenderla.

—¿De qué hablas, mamá?

—Pues de qué va a ser, de tu último libro —contesta—. De *Hermanas de sangre.*

Niego con la cabeza, confundida. El libro no sale hasta dentro de dos semanas. Hasta ahora solo se han enviado algunos ejemplares de lectura a las librerías y a la prensa. No se ha proporcionado ninguna información, y mis padres no tienen el menor contacto con el sector editorial. ¿Cómo saben de mi libro? Un oscuro presentimiento se expande por mi estómago como un sirope viscoso.

—¿Cómo sabéis del libro? —pregunto, lo más calmada posible.

Por supuesto, tendría que haber sido por mí. Pero mentiría si dijera que había pensado siquiera en avisarlos. Simplemente lo había olvidado.

—Vino un periodista —explica mi padre—. Un tipo simpático, de un diario serio, así que tu madre lo dejó pasar.

Noto que se me erizan los pelos de la nuca.

—Se sentó ahí, donde estás tú ahora, y nos preguntó qué nos parecía que nuestra hija, la escritora famosa, sacara partido en su último libro del asesinato de su propia hermana.

Pierdo el equilibrio.

—Lenzen —digo con un hilillo de voz.

—¡Ese era su nombre! —exclama mi padre como si hubiera estado dándole vueltas todo el rato sin acordarse.

—Al principio no le creímos —intervino mi madre—, hasta que nos enseñó un ejemplar de la novela.

Me mareo.

—¿Victor Lenzen ha estado aquí, en esta casa? —pregunto.

Mis padres me miran asustados. Debo de estar muy, muy pálida.

—¿Te encuentras bien? —pregunta mi madre.

—¿Victor Lenzen ha estado aquí, en esta casa, y os ha hablado del libro? —repito.

—Dijo que tenía una entrevista contigo y que quería documentarse un poco —explica mi padre—. No debíamos haberlo dejado entrar.

—Por eso colgaste cuando llamé —digo entre jadeos—. Estabas enfadada por lo del libro.

Asiente. Me encantaría abrazarla con alivio, simplemente por estar ahí, porque es mi madre, porque no ha pensado ni por un segundo que pudiera ser una asesina, ni por un segundo. La idea es absurda, y ahora que estoy frente a ella lo veo con claridad. Pero sola en mi gran casa me parecía perfectamente posible. He estado viviendo en un laberinto de espejos que ha deformado todos los aspectos de mi vida.

Victor Lenzen vino para descubrir qué sé y qué saben mis padres. Y cuando se convenció de que ellos no solo no sabían nada sino que, además, se enteró de que no teníamos contacto, lo utilizó en su favor de forma magistral.

La rabia que siento me corta la respiración. Necesito un minuto de calma para ordenar mis pensamientos.

—Perdonadme un momento —les digo, levantándome.

Salgo de la habitación con sus miradas clavadas en la espalda. Me encierro en el baño de invitados y me siento en el frío suelo de baldosas, me cubro la cara con las manos, intento tranquilizarme. La euforia por haber conseguido salir de casa desaparece lentamente, dejando sitio para la imperiosa pregunta: ¿qué hago ahora con Lenzen?

No hay pruebas contra él. Tendría que confesar. Y no lo hizo ni siquiera ante el cañón de mi pistola.

Aunque estábamos en mi casa y seguro que sospechaba que lo grabaría todo. ¿Y si intentara buscarlo... cuando se sintiera a salvo?

Dudo un momento y luego cojo el móvil y marco el número de Julian. Suena una vez, tres veces, cinco veces, y después salta el contestador. Le dejo un breve mensaje pidiéndole que me llame y dándole mi número y luego cuelgo. ¿Estará todavía trabajando? Llamo a la comisaría y responde un policía que no conozco.

—Me llamo Linda Michaelis —comienzo—. ¿Podría hablar con el comisario Schumer?

—No, lo siento mucho —contesta el hombre—. Tendrá que ser mañana.

¡Maldita sea! Me cuesta trabajo contenerme. Pero no quiero volver a equivocarme. Necesito ayuda.

Tiro de la cadena del retrete y dejo correr el agua en el lavabo para que mis padres no puedan oírme maldecir desde el salón. Después abro la puerta y vuelvo con ellos. Se les ilumina el gesto cuando me ven. Me doy cuenta del esfuerzo que hacen por no escrutar mi rostro, por no buscar en él las huellas del tiempo. Vuelvo a sentarme. Acepto un canapé porque sé que mi madre se alegrará. Solo al empezar a comer soy consciente del hambre que tengo. Estoy a punto de coger otro cuando me suena el móvil. No reconozco el número. ¿Será Julian? Descuelgo apresuradamente.

—¿Dígame?

—Buenas noches. ¿Es usted Linda Conrads? —pregunta una voz masculina.

No la conozco. Enseguida me pongo en estado de alerta. Me levanto, lanzo a mis padres una mirada de disculpa y salgo al pasillo cerrando la puerta detrás de mí.

—Sí, soy yo. ¿Con quién hablo?

—Hola, señora Conrads, me alegro de hablar con usted. Soy Maximilian Henkel. Me ha dado su número nuestro colaborador Victor Lenzen.

Me tambaleo.

—¿Ah, sí? —digo con voz ronca.

Tengo que apoyarme en la pared para no perder del todo el equilibrio.

—Espero que no le parezca mal que la moleste tan tarde —continúa el hombre, sin esperar respuesta—. Es por la entrevista. Por supuesto nos entusiasmó que nos concediera una exclusiva. Es una pena que el primer intento no saliera bien. ¿Está usted mejor?

¿Qué está pasando?

—Sí —contesto escuetamente, y trago saliva.

—Estupendo —responde él—. Victor nos contó que usted no se sentía muy bien y que por eso no pudieron hacer la entrevista. Nos gustaría publicarla en nuestra próxima edición, por lo que querría preguntarle si sería posible repetirla en otro momento que a usted le vaya bien. Lo antes posible.

Me falta el aliento.

—¿Repetirla? —pregunto incrédula—. ¿Con Lenzen?

—Ah, bueno. Perdone, tenía que habérselo dicho antes. Por desgracia no podrá ser Victor, de improviso decidió irse a Siria en viaje de investigación, sale esta madrugada. Pero si usted se conformara conmigo o con algún otro compañero...

—¿Victor Lenzen sale mañana del país? —pregunto casi sin aire.

—Sí, el muy loco —dice el hombre, divertido—. Era solo una cuestión de tiempo que volviera al extranjero. Sé que era el entrevistador que usted quería, pero a lo mejor podríamos...

Cuelgo sin más. Me zumban los oídos.

Solo me queda esta noche.

Estoy tan sumida en mis pensamientos que me asusto cuando se abre la puerta del salón y mi madre asoma la cabeza por la abertura.

—¿Todo bien, cariño?

El corazón me da un vuelco de alegría. Hacía años que no me llamaba así.

Detrás de ella aparece la cara de mi padre.

Sonrío a pesar del pánico.

—Sí —contesto—. Lo siento mucho, pero tengo que irme ya.

—¿Qué? ¿Ya? —exclama mi madre.

—Sí. Lo lamento, me ha surgido una cosa.

Me miran asustados.

—Pero acabamos de recuperarte, no puedes irte así, tan pronto —dice mi madre—. Por favor, quédate a dormir.

—No tardaré en venir otra vez. Prometido.

—¿Y esa cosa no puede esperar a mañana? —insiste mi padre—. Ya es tarde.

Veo la preocupación en sus rostros. No les importa de qué escriba o cómo viva, simplemente quieren tenerme cerca. Linda. Su hija mayor, la única que les queda. Me miran en silencio y por un momento casi cedo.

—Lo siento mucho —vuelvo a decir—. ¡Vendré, os lo prometo!

Abrazo a mi madre y querría deshacerme en lágrimas. Me aparto de ella lentamente y lo acepta a regañadientes. Abrazo a mi padre, recuerdo cómo me hacía girar en el aire cuando era pequeña, tan grande y fuerte como un gigante sonriente. Ahora parece tan frágil… Me separo de él. Me mira sonriendo. Me acerca a la cara una mano temblorosa, me acaricia la mejilla con el pulgar, como antes.

—Hasta mañana —se despide, y me suelta.

—Hasta mañana —repite mi madre.

Asiento y fuerzo una sonrisa.

Cojo el bolso, salgo de la casa, piso la calle y siento cómo la noche me engulle.

31

Estoy en un taxi, ante su casa. Para mi gran alivio hay luz. Está dentro. Aunque se ha divorciado sigue viviendo aquí. Al menos es lo que tengo entendido. Pero no es precisamente su estado civil lo que me interesa ahora mismo.

Respiro una mezcla de olor a asientos de cuero, sudor y un pesado *aftershave*. Observo los escalones de la casa y me acuerdo de cuando, hace una eternidad, nos sentamos en ellos a compartir un cigarrillo. Hace casi doce años que no veo a Julian. Al principio de esos doce años estaba casi segura de que aquello no podía acabar así. De que me buscaría, antes o después. Llamarme, escribirme, plantarse ante mi puerta, darme alguna señal… pero nada. El comisario Julian Schumer. Me acuerdo de la conexión que teníamos, tan invisible y tan real como la electricidad o los sueños.

Lo he echado de menos. Y ahora estoy en un taxi ante su casa mientras el tiempo se me escapa, mientras el taxista escucha Radio Clásica y tamborilea rítmicamente en el volante, mientras intento reunir el valor que necesito para bajar del coche.

Por fin me decido. A pasos rápidos me dirijo a la puerta, me ciega la luz que se enciende con un sensor de movimiento, subo los escalones, pulso el timbre. Intento prepararme para el encuentro con Julian. Mis sentimientos no importan ahora. Lo único importante es que me crea. Que me ayude. Consigo inspirar hondo una vez, después se abre la puerta.

Ante mí aparece una mujer muy alta y muy guapa que me dedica una mirada inquisitiva.

—¿Sí? —pregunta.

Me quedo un momento sin habla. Pero qué estúpida soy. ¿Por qué esa posibilidad no se me había ocurrido ni remotamente? La vida sigue.

—Disculpe que la moleste —digo en cuanto me recupero—. ¿Está Julian Schumer?

—No. No está.

La mujer cruza los brazos sobre el pecho y se apoya sin más en el marco de la puerta. El cabello castaño rojizo le cae en grandes ondas sobre los hombros. Dirige la mirada al taxi que espera y luego me presta atención de nuevo a mí.

—¿Volverá hoy? —le pregunto.

—Hace mucho que tenía que haber vuelto —responde—. ¿Trabaja con él?

Niego con la cabeza. Enseguida noto su desconfianza, pero no tengo más remedio que pedirle un favor.

—Escúcheme, necesito urgentemente que Julian me ayude. ¿Sería tan amable de llamarlo al móvil?

—No lo lleva encima.

Ay, Linda... Adiós a tus planes.

—Ya... Entonces... ¿podría decirle algo cuando vuelva?

—¿Y quién es usted?

—Me llamo Linda Michaelis. Julian investigó hace muchos años el asesinato de mi hermana. Y ahora necesito su ayuda con urgencia.

La mujer frunce el ceño y duda si invitarme a entrar para escuchar lo que tengo que explicar. Pero decide que no.

—Por favor, solo dígale que he venido. Linda Michaelis. Dígale que lo he encontrado, al hombre, al hombre de entonces. Se llama Victor Lenzen. ¿Lo recordará? Victor Lenzen.

La mujer me mira como si estuviera loca, pero no responde nada.

—Dígale que debe ir lo antes posible a esta dirección —añado mientras saco a toda prisa del bolso el bloc de notas y arranco la página en la que he apuntado la dirección de Lenzen.

—Lo antes posible, ¿de acuerdo? ¡Es muy importante!

Poso en ella una mirada suplicante, pero lo único que consigo es que se aparte un paso de mí.

—Si es tan importante, ¿por qué no llama directamente a emergencias? —me espeta—. Julian no es el único policía del mundo.

—Es muy complicado. ¡Por favor!

Le tiendo el papel. Lo observa. Sin vacilar le agarro el brazo, haciendo caso omiso de su gemido asustado, y le pongo el papel en la mano.

Después me doy la vuelta y me marcho.

Bajo la luz de las farolas, el taxi parece brillar como el anaranjado sol de un atardecer. Llego hasta él con las piernas temblorosas y me subo. Se acabaron los rodeos. Doy al taxista la dirección e intento prepararme. Veo ante mí la cara de Lenzen y una descarga de adrenalina me recorre el vientre y se mezcla con la rabia. De pronto tengo tanta energía que me cuesta estarme quieta. Respiro profundamente varias veces.

—¿Está usted bien? —se interesa el hombre.

—De maravilla.

—¿Se encuentra mal?

Niego con la cabeza.

—¿Qué es lo que escucha? —le pregunto para distraerme.

—Un concierto para violín de Beethoven —contesta—. Pero no sabría decirle cuál. ¿Le gusta Beethoven?

—A mi padre le encanta. Antes aprovechaba cualquier ocasión para poner en casa la *Novena sinfonía* a todo volumen.

—La pieza más fascinante que se ha compuesto jamás, en mi opinión.

—¿Ah, sí?

—¡Por supuesto! La hizo cuando ya estaba completamente sordo. Esa música increíble, todos los instrumentos, las diferentes voces, el coro, los solistas, todos esos sonidos divinos y prodigiosos salieron de la cabeza de un hombre sordo.

—No tenía ni idea —miento.

El taxista asiente con entusiasmo. Me gusta ver su pasión.

—Cuando Beethoven dirigió la *Novena* por primera vez y sonaron los últimos compases el público estaba loco de entusiasmo. Pero él no lo oía. Se dio la vuelta, sin saber si la sinfonía les había gustado. Solo cuando vio las caras fascinadas supo que era buena.

—Increíble —comento.

—Sí.

Con una sacudida el taxi se detiene.

—Aquí estamos —anuncia el hombre.

Se vuelve en el asiento y me mira. Y yo a él.

—Bien.

Abandono la coraza protectora del coche, que enseguida se pone en marcha y se pierde en la oscuridad. Estoy en las afueras, en un vecindario tranquilo y con solera. Las casas son más grandes que en la calle de mis padres. Avenidas de castaños. Reconozco la casa de Lenzen. La he visto en las fotos que hizo un detective privado a quien, al principio de mi plan, encargué que investigara todo lo posible sobre él, su familia y su entorno.

Por tercera vez en esta extraña noche recorro un camino de grava, pero ahora no me tiemblan las rodillas ni se me acelera el corazón. Estoy tranquila. El sensor me detecta e ilumina mi camino. Subo los dos escalones hasta la puerta. Dentro se enciende una luz y antes de que pueda presionar el timbre Victor Lenzen me abre la puerta.

Esos ojos claros, transparentes.

—Tenía que haberme imaginado que vendría —dice.

Y me deja pasar.

32

He llegado al final de mi viaje.

Victor Lenzen está ante mí, a menos de un metro de distancia. Ha cerrado la puerta, dejando el mundo fuera. Estamos solos.

Parece cambiado. Lleva una camisa negra y unos vaqueros, y parece salido de un anuncio de *aftershave*. Y esos ojos claros... Supe que nunca los olvidaría cuando los vi por primera vez en casa de Anna. ¿Cómo había podido dudar así de mí misma?

—¿A qué ha venido, Linda? —pregunta.

Me resulta un poco más bajo que la última vez que nos vimos. ¿O es que yo me siento más alta?

—Quiero la verdad —contesto—. Me merezco la verdad.

Nos quedamos quietos en el pasillo durante uno o dos segundos y nos escrutamos. El aire entre nosotros vibra. El momento se estira dolorosamente pero lo soporto. Entonces él aparta la mirada.

—No hablemos en el pasillo —dice.

Echa a andar y lo sigo. Su casa es grande y está casi vacía. Parece como si fuera a mudarse... o como si nunca se hubiera instalado.

Me pregunto en qué estará pensando mientras me guía sabiéndome a su espalda. He llegado hasta aquí y eso significa que lo he descubierto. Que esto no ha acabado. Que empieza el siguiente asalto.

Intenta aparentar calma, pero seguro que se le arremolinan los pensamientos. Atravesamos un pasillo de cuyas inmaculadas paredes blancas cuelgan fotografías de gran formato, en blanco y negro y con mucho grano, distribuidas a distancias regulares aunque elegidas aparentemente al azar. Flanquean mi camino el mar nocturno, la nuca rizada de una mujer, una serpiente mudando la piel, la Vía Láctea, un zorro de cara astuta y mirada penetrante y una orquídea negra. Después subimos por una pequeña escalera flotante hasta el salón.

La luz fría de una minimalista lámpara de metal y plexiglás inunda la sala. No hay televisor ni librerías. Ni plantas. Solo cuero, cristal y hormigón. Muebles de diseño, dos sillones de piel, una mesita de cristal y cuadros abstractos en azul y negro. Flota en el aire un ligero olor a tabaco frío. Hay una cocina abierta. La cristalera da a un balcón que ahora está en penumbra.

—Por favor… —Me saca de mis pensamientos. Señala uno de los sillones—. Siéntese.

—Debe saber que he avisado a varias personas de que estoy aquí —le advierto.

Es mi único triunfo.

Sus fríos ojos se achican. Asiente pensativo.

Ocupo el sillón que me ha indicado. Él se acomoda en el otro, frente a mí. Solo nos separa la pequeña mesa de cristal.

—¿Quiere algo de beber? —me ofrece.

Creo que confía en que voy desarmada. Quizá porque arrojó mi pistola al lago de Starnberg con sus propias manos.

—No, gracias.

No permitiré que me distraiga, esta vez no.

—No parece sorprendido de verme —afirmo.

—No, la verdad.

—¿Cómo sabía que vendría?

—Sospechaba que no estaba en absoluto tan enferma como pretendía hacernos creer.

Saca un cigarrillo de un paquete que está en la mesa y lo enciende.

—¿Quiere uno? —me ofrece.

—En realidad no fumo.

—Pero la protagonista de su libro sí —apunta, poniendo un cigarrillo y el mechero en la mesa.

Asiento. Cojo el cigarrillo. Lo enciendo. Fumamos en silencio.

Una tregua de un cigarrillo; parece que los dos pensamos lo mismo: una tregua de un cigarrillo antes de acabar con todo esto. Me fumo el mío hasta el último milímetro y solo entonces lo apago. Me preparo para las respuestas a mis preguntas.

No sé por qué, pero tengo la impresión de que Lenzen ha captado que el tiempo para los jueguecitos se ha terminado.

—Dígame la verdad —le exijo.

No me mira, se queda observando un punto indeterminado del suelo.

—¿Dónde estaba el 23 de agosto de 2002?

—Ya sabe dónde estaba.

Levanta la vista, nos miramos a los ojos como aquella vez. Claro que lo sé. Cómo pude dudarlo.

—¿De qué conocía a Anna Michaelis?

—¿En serio vamos a seguir con esto? ¿Con las preguntas estúpidas?

Trago saliva.

—Conocía a Anna —afirmo.

Deja escapar un sonido ronco, su versión de una carcajada sin alegría.

—Quería a Anna. Pero ¿la «conocía»? Si le soy sincero, no tengo ni idea. Creo que no.

Resopla. Tuerce el gesto. Echa la cabeza hacia atrás y la mueve en círculos, haciendo crujir las vértebras. Después enciende otro cigarrillo. Le tiemblan los dedos. Levemente, muy levemente. Trato de digerir lo que ha dicho.

De pronto oigo en mi cabeza la voz de Julian. «Un crimen pasional. Tanta sangre, tantas puñaladas indican un crimen pasional.» Y mi respuesta: «Pero Anna no estaba con nadie, me lo habría dicho».

Oh, Linda.

—¿Usted mantenía…? —Me resulta muy difícil decirlo, como si fuera algo terriblemente obsceno—. ¿Mantenía una relación con mi hermana?

Se limita a asentir. Me acuerdo del móvil pequeño y plano que me he sujetado al cuerpo con cinta aislante y que está grabando esta conversación, y deseo con todas mis fuerzas que conteste. Pero no se inmuta. Sigue fumando. Evita mirarme a los ojos. Y entonces me doy cuenta de que las cosas han cambiado. Que ahora es él quien no soporta mi mirada.

—¿Puedo preguntarle algo? —comienzo.

—Para eso ha venido.

—¿Por qué fue a mi casa?

Lenzen mira al vacío.

—No puede ni imaginarse cómo fue —dice.

Tuerzo la boca en un gesto de desdén.

—La llamada a la redacción. Una escritora famosa que insistía en que fuera yo quien la entrevistara. No entendía nada. El nombre Linda Conrads me sonaba vagamente de la sección de cultura, pero no me decía nada más.

Niega con la cabeza.

—El jefe de la sección de literatura estaba ofendido porque se lo hubieran saltado. Quería entrevistarla él. A mí eso no me importaba, me apetecía mucho reunirme con usted.

Sonríe amargamente. Fuma nervioso, continúa.

—En fin... La becaria concertó la cita y me dieron un ejemplar de lectura para prepararme.

Vibro.

—Y me lo leí. Como se leen las cosas para el trabajo. A trompicones, cuando sacaba tiempo, en el metro, en la escalera mecánica, algunas páginas en la cama antes de dormir. Me salté muchas cosas. No me gusta la novela negra, el mundo ya es lo bastante horrible para, encima, leer libros así...

Cae en lo absurdo que suena dicho de su boca y se interrumpe.

—No me di cuenta —dice poco después—. Hasta el capítulo en el que pasa todo no me di cuenta.

Lo desprecio por no ser capaz de pronunciar la palabra «asesinato». Guarda silencio un momento, se recompone.

—Cuando leí ese capítulo... Fue muy raro. Al principio no lo entendía. Quizá mi cerebro no quería entenderlo, intentaba retrasarlo todo lo posible. El escenario me resultaba vagamente familiar, de una forma desagradable e inquietante. Como algo que hubiera visto en una película. Del todo irreal. Estaba en un tren. Y cuando lo comprendí, cuando comprendí lo que estaba leyendo... Fue... muy raro. Es muy extraño cuando de repente a uno lo asalta un recuerdo que había logrado reprimir por completo. Quise dejar el libro. Pensar en otra cosa. Olvidar. Pero la primera pieza del dominó había caído y el recuerdo reapareció, pieza por pieza. Y me puse furioso.

Me mira. Sus ojos me asustan.

—Me había esforzado tanto por olvidar aquella noche... ¡Tanto! Casi lo había logrado. Yo... Bueno, ya sabe, todos tenemos una vida, un trabajo. No te quedas todo el día dando vueltas al pasado. Al menos no todo el rato...

Pierde el hilo, hunde la cabeza entre las manos, se queda ensimismado, regresa, se obliga a seguir hablando.

—No he ido por ahí estos doce años pensando sin parar en que había matado a alguien. Yo...

Lo ha dicho. Me tiemblan tanto las manos que tengo que apretarlas contra los muslos para que no se note. ¡Lo ha dicho! Ha dicho que ha matado a alguien.

Respira profundamente.

—Pero lo hice. Lo hice. Y el libro me lo recordó. Casi lo había olvidado. Casi.

Sin dar crédito, veo que vuelve a hundir la cara entre las manos. Lleno de autocompasión, pequeño. Entonces se incorpora. No sé por qué, pero parece decidido a contestar todas mis preguntas. A lo mejor porque piensa que, de todos modos, nadie me creerá. A lo mejor porque le sienta bien hablar. O a lo mejor porque ha decidido que no tendré oportunidad de contárselo a nadie.

No. ¡No puede hacer eso! Esta vez no lograría escaparse, y lo sabe.

—Cuando comprendí de qué trataba aquel libro me puse a investigar sobre usted. No tardé ni diez minutos en descubrir que era la hermana de Anna.

Me mira al pronunciar su nombre como buscando sus rasgos en mi cara.

—Tenía que ir a verla —añade simplemente.

—Quería saber si tenía pruebas contra usted —afirmo.

—Suponía que no las tenía, pues de lo contrario habría llamado a la policía. Pero no estaba seguro. Tenía que ir.

Ríe sin alegría.

—Bonita trampa —me dice.

—También usted se había preparado a fondo.

—Claro que sí. Puedo perderlo todo. Absolutamente todo.

Noto la amenaza que encierra esa frase. Resisto. Me pregunto si me contestará cuando le pregunte qué pasó.

—¿De dónde procedía la música? —digo en lugar de eso.

Se da cuenta enseguida de a qué me refiero.

—La primera vez de un pequeño aparato que estaba en la mochila del fotógrafo. La segunda vez de mi otro móvil. Del que no estaba en la mesa.

Debería preocuparme que conteste así, de buena gana, a todas mis preguntas, pero decido continuar.

—¿Cómo consiguió que el fotógrafo colaborara?

Eleva las comisuras de los labios como si quisiera sonreír pero hubiera olvidado cómo hacerlo.

—Me debía un favor. Uno bien grande. Le dije que no era más que una broma inocente. Que si conseguíamos que la escritora loca encerrada en su casa perdiera un poco los papeles tendríamos una historia estupenda. No vaya a pensar mal de él. No estaba en absoluto contento con la idea. Pero no le quedó más remedio.

Me acuerdo de la frialdad que noté entre el fotógrafo y él.

—¿Y por qué lo hizo? —continúo—. ¿Por qué todo ese numerito?

Lanza un suspiro y mira al suelo. Parece un mago al que, en público, se le caen de la manga todas las cartas marcadas.

—Tenía que asegurarme de que no iría a la policía para ponerlos tras mi pista.

Entiendo. Sumirme en la duda era la forma más segura de hacerme callar. La escritora chalada que nunca sale de su casa. Sola, excéntrica, inestable, prácticamente aislada. Observo a Lenzen, ese hombre serio y tranquilo. No es de extrañar que me lo creyera todo, me había preparado para otra cosa. Mentiras, violencia. Que lo negara a cualquier precio, que incluso intentara matarme. Pero nunca me habría imaginado aquel espectáculo, con figurantes, atrezo y banda sonora incluidos. Magistral. Porque ¿a quién se le ocurriría? ¿Y quién iba a creerme si lo contaba?

—Intentó convencerme de que yo había matado a mi hermana —digo. Lo escupo.

No reacciona.

—¿Cómo sabía que funcionaría? ¿Cómo sabía que Anna y yo a veces no nos llevábamos…?

Me interrumpo porque de pronto me doy cuenta y me resulta muy doloroso.

—Anna le hablaba de mí.

Asiente. Es como un puñetazo en el vientre.

—¿Qué le dijo? —pregunto con un hilo de voz.

—Que siempre se estaban peleando, ya desde niñas. Que eran como el perro y el gato. Que usted le parecía egoísta y no soportaba sus aires de artista. Y que usted la había llamado marisabidilla y… zorra manipuladora, disculpe.

Tengo la boca sequísima.

—Pero aunque ella no me hubiera contado nada —continúa—, ¿qué hermanas no se odian, al menos de vez en cuando? ¿Y qué superviviente de una tragedia no tiene sentimientos de culpa?

Se encoge de hombros como afirmando que todo le había resultado demasiado fácil.

Guardamos silencio un momento mientras yo intento organizar mis ideas y él deja escapar nubes de humo.

Tengo que hacerle ya la pregunta. He estado retrasándola porque, si la contesta, estará todo dicho y no sé qué pasará después.

—¿Qué sucedió aquella noche? —inquiero finalmente.

Sigue fumando. No habla. Durante tanto tiempo que casi temo que no me responda. Después apaga el cigarrillo y me mira.

—Agosto de 2002. Dios mío, hace muchísimo. Parece otra vida.

Reprimo un gesto de asentimiento. El verano de hace doce años. Anna estaba viva. Yo, prometida. Acababa de llegarme el éxito.

Hacía poco que tenía mucho dinero en el banco. Las ventas de mi tercer libro. Las bodas de plata de mis padres. El verano que se casaron Ina y Björn; la fiesta en el lago donde, por la noche y borrachos, nos bañamos con los recién casados. Otra vida.

Lenzen inspira profundamente. El móvil, en modo grabación, me quema la piel.

—Anna y yo estábamos... Nos conocíamos desde hacía menos de un año. Acababa de ser padre, me habían ascendido a jefe de redacción, tenía la sensación de ser alguien. Había envidias, claro, gente que pensaba que me habían dado el puesto solo porque estaba casado con una mujer cuya familia era dueña de la editorial. Voces que decían que solo me interesaban el dinero y las influencias de mi esposa. No era así. Yo era bueno en mi trabajo. Y quería a mi mujer. Había encontrado mi lugar en el mundo. Pero entonces me enamoré de aquella chica. Es ridículo, solo que a veces pasa. Por supuesto mantuvimos la relación en secreto. Al principio le parecía divertido y hasta emocionante, un amor prohibido. Yo lo consideré peligroso desde el principio. En alguna ocasión su novio estuvo a punto de pillarnos. Él sabía que algo no iba bien y la abandonó. A ella le dio igual. A mí me dio miedo porque temí que todo saldría a la luz. Y aun así no podía dejarla. Al principio.

Niega con la cabeza.

—Estúpido, completamente estúpido. Y tan trivial. Tan típico... Porque por supuesto llega un punto en que la chica me quiere para ella sola, y por supuesto yo no quiero dejar a mi joven familia. Nos peleamos. Una y otra vez. Al final le digo que se acabó, que no volveremos a vernos. Pero la chica está acostumbrada a conseguir lo que desea. Me amenaza. De pronto no la reconozco. Me dice cosas que nunca deberían decirse.

»"¿Qué pasa si voy a ver a tu mujer? ¿Le gustaría enterarse de que estás conmigo mientras ella se queda sola en casa dando de mamar a vuestro feísimo hijo con sus tetas flácidas?"

»Le digo que cierre el pico, que no sabe nada de mi mujer ni de mi vida. Pero no me hace caso.

»"Lo sé todo de tu vida, tesoro. Sé que tu querido suegro te pondrá de patitas en la calle en cuanto se entere de que engañas a la niña de sus ojos. ¿De verdad crees que te han dado ese trabajo por lo competente que eres? ¡Mírate! Ahí de pie a punto de lloriquear como un fracasado patético. Te juro que me imaginaba que un líder era otra cosa."

»Le repito que cierre la boca, pero ella continúa.

»"No vayas a pensar que te escaparás tan fácilmente. Cuando acabe contigo, no tendrás nada. Ni mujer ni trabajo ni hijo. Y no creas que lo digo en broma. ¡No lo creas!"

»Estoy atónito. Paralizado, ciego de rabia. Casi ciego. Y ella se echa a reír.

»"¡Qué forma de mirarme, Victor! Como un cachorrito perdido. A lo mejor debería empezar a llamarte Vicky, es un bonito nombre para un cachorro. ¡Ven aquí, Vicky! ¡De pie! ¡Buen perrito!"

»Estalla en carcajadas. Esa descarada risa juvenil de la que me había enamorado perdidamente pero que ahora me da asco. Se ríe y se ríe. Y no para. Continúa y continúa y continúa y continúa. Hasta que...

Lenzen se interrumpe. Guarda silencio un rato, atrapado en los recuerdos. Yo contengo la respiración.

—«Padre de familia apuñala a su joven amante» —dice finalmente—. Así son los titulares de los periódicos. Solo ocho palabras. «Padre de familia apuñala a su joven amante.»

Vuelve a sorprenderme con su risa amarga. Estoy muda, horrorizada. No sé qué me asombra más, si el hecho de que Anna tuviera una relación secreta con un hombre casado durante casi un año o la increíble y espantosa trivialidad del motivo de Lenzen para matarla. Una pelea de pareja. Un hombre al que su amante saca tanto de quicio que al final la mata, ciego de cólera. Oigo la voz de Julian. «Siempre es la pareja.»

A menudo la vida es mucho menos espectacular que la fantasía.

—Es usted un asesino —le digo.

De repente estalla.

—¡No! —grita.

Estrella el puño contra la mesa de cristal.

—¡Mierda! —brama.

Se calma enseguida.

—¡Mierda! —repite, esta vez más bajo.

Entonces empieza a contarlo todo, en arrebatos breves e intensos.

—No quería hacerlo. No lo había planeado. No la maté para protegerme o para encubrir algo. Simplemente enloquecí. Perdí el control. Solo fueron unos segundos, después volví en mí. Solo unos segundos. Anna. El cuchillo de cocina. Toda esa sangre… Me quedé mirándola, simplemente mirándola. Conmocionado. Era incapaz de comprender lo que acababa de pasar. Lo que acababa de hacer. Entonces llamaron a la puerta. Y al instante alguien introdujo una llave en la cerradura. Y yo allí de pie, petrificado. Y de repente una mujer entra en la casa. Y me mira. No puedo describir la impresión. De pronto pude volver a moverme y solo quería huir, huir. Así que salí por la puerta de la terraza y eché a correr. Muerto de miedo, llorando. En plena noche. Fui a casa de manera instintiva, adónde iba a ir. De forma automática, como un robot, tiré toda la ropa y el cuchillo. Me metí en la cama. Con mi mujer. El bebé en la cunita, a nuestro lado. Y me quedé esperando. A la policía. Miraba fijamente al techo, paralizado por el miedo, esperando a la policía. Estuve despierto muerto de miedo toda la noche, y al día siguiente me fui a trabajar como un autómata, como un robot, y no sucedió nada. Y pasé otra noche en vela y angustiado, y la siguiente y la siguiente. No sucedía nada, no podía entenderlo. Casi quería que sucediera para que la espera terminara. Pero no sucedió. A veces conseguía convencerme de que solo había sido una pesadilla. Quizá habría acabado creyéndomelo si no hubiera salido en los periódicos. Y yo intentaba salvar mi matrimonio, pero iba cuesta abajo a pesar del niño. Seguramente habría sido así de todos modos, aunque no me hubiera quedado tan conmocionado después de aquella noche. Aunque no hubiera tenido verdaderos problemas para coger a nuestro hijo con las mismas manos con las que… No sé. En cualquier caso el miedo seguía ahí; el temor de los primeros días y las primeras semanas se atenuó, se hizo menos agudo, pero seguía ahí. No solo el miedo a que se presentaran ante mi puerta los coches de policía con sus sirenas. También el miedo a encontrarme en el supermercado a la mujer del pelo corto y oscuro y de ojos horrorizados que me había sorprendido en casa de Anna. O en una fiesta o en... Sentía un miedo constante. Pero no sucedió nada. Nadie apareció. En algún momento comprendí que Anna había cumplido su palabra. Que de verdad no había contado lo nuestro a nadie. Nadie lo sabía. Nadie nos había visto nunca juntos. Yo no existía en su vida. No había ninguna conexión entre nosotros. Yo era un conocido casual del que nadie sabía nada. Tuve una suerte increíble. Increíble. A veces pensaba que quizá había una razón por la que me había librado. Que se me había concedido una segunda oportunidad. A lo mejor todavía tenía una misión que cumplir. Y entonces surgió aquel trabajo en Afganistán. Nadie lo quería, nadie tenía ganas de ir al frente en un país destrozado y polvoriento. Pero yo sí lo quise. Me parecía importante. Así que fui. Y cuando terminó, continué. Era un trabajo importante.

Asiente con énfasis, quizá para convencerse a sí mismo, y luego guarda silencio.

Parpadeo como anestesiada. Al final Victor Lenzen ha confesado.

Durante muchos años creí que conocer la verdad me aliviaría. Pero ahora que lo sé todo me siento vacía. El silencio se extiende por la sala. No se oye nada, ni siquiera nuestra respiración.

—Linda —dice al final inclinándose hacia delante—. Por favor, deme su móvil.

Lo miro a la cara.

—No —respondo con voz firme.

Tienes que pagar por lo que hiciste.

Clavo la vista en el pesado cenicero que está en la mesa. Él se da cuenta. Lanza un suspiro triste, se reclina en el sillón. Calla.

—Hace algunos años escribí un reportaje sobre condenados a pena de muerte en Estados Unidos —me explica de repente.

No respondo nada, estoy pensando. Nunca le daré el móvil. Pagará por lo que hizo, me encargaré de que así sea.

—Aquellos hombres eran fascinantes —continúa—. Algunos llevaban años en el corredor de la muerte. En Texas conocí a uno. Lo habían condenado por robo con homicidio, cometió el delito con unos amigos cuando tenía veinticinco años. Se había convertido al budismo en prisión y se dedicaba a escribir libros infantiles; donaba todos los beneficios. El hombre llevaba casi cuarenta años en prisión cuando lo ejecutaron. Y la pregunta es: ¿el hombre de cincuenta y seis años que lleva cuarenta en prisión por un crimen que cometió a los veinticinco es el mismo hombre de entonces? ¿Sigue siendo un asesino?

Lo miro esperando que continúe hablando, porque aún no sé lo que puede pasar cuando se calle.

¿Dónde estás, Julian?

—Lo que pasó aquella noche fue un terrible error —prosigue—. Un momento, un solo momento en que perdí el control. Espantoso e imperdonable. Daría lo que fuera por volver atrás en el tiempo. De verdad, lo que fuera. Pero no se puede.

Se detiene un momento.

—Pero he hecho penitencia lo mejor que he podido. Me levantaba todos los días con el deseo de dar lo mejor de mí. Hacer bien mi trabajo. Ser una buena persona. Apoyo a muchas organizaciones excelentes. Hago voluntariado. ¡Incluso he salvado la vida a alguien, joder! ¡A un niño! Fue en Suecia, en un río. Nadie se atrevió a tirarse al agua, todo el mundo se quedó mirando. Pero yo me metí. ¡Ese soy yo! Lo que pasó aquella vez… fue solo un momento, un momento terrible. ¿Debo ser juzgado por ello durante toda mi vida? ¿Ante mí mismo? ¿Ante mis compañeros de trabajo? ¿Ante mi hija? ¿Nunca seré nada más que un asesino?

Me doy cuenta de que hace rato que no me habla a mí sino para sí.

—Soy más que eso —añade.

Ahora ya sé por qué me había engañado. Por qué lo creí. No mentía cuando me dijo que era inocente, que era solo un periodista, un padre de familia. Un buen hombre. Realmente lo cree. Es su verdad. Una verdad distorsionada, alterada, hecha a su medida, egoísta.

Lenzen levanta la vista y me mira.

De pronto veo la decisión en sus ojos. Un escalofrío me recorre la espalda. Estamos solos. Julian no vendrá. Quién sabe si habrá vuelto a casa, quién sabe si su novia le habrá dado mi mensaje. Pero ya no importa. Es demasiado tarde.

—Aún está a tiempo de hacer lo correcto —afirmo—. Puede ir a la policía y confesar lo que pasó.

Guarda silencio durante bastante tiempo. Después niega con la cabeza.

—No puedo hacerle eso a mi hija.

No me pierde de vista.

—¿Se acuerda de cuando me preguntó si había algo por lo que estaría dispuesto a matar?

—Sí —respondo, tragando con dificultad—. Por su hija.

Asiente.

—Por mi hija.

Y entonces entiendo la extraña expresión de su rostro, que no había sabido interpretar. Está triste. Triste y resignado. Sabe lo que viene ahora y no le agrada. Le entristece.

Lo miro a la cara, al periodista, al corresponsal. Todas las cosas que han visto sus ojos grises, todas las historias que hay en sus arrugas, y pienso que seguramente en otras circunstancias me habría caído bien. Que en otras circunstancias me habría gustado sentarme con él y hablar de Anna. Me recordaría pequeños detalles suyos que he olvidado o que nunca he sabido. Pequeñas peculiaridades. Pero no hay otras circunstancias, solo estas.

—Me he asegurado de que vengan a buscarme aquí si no doy señales de vida —repito con voz ronca.

Él me mira en silencio.

—Deme el móvil, Linda.

—No.

—Lo que acabo de explicarle es solo para usted. Tenía razón en lo que dijo antes, se merece la verdad. Es justo que le haya contado lo que quería saber. Pero ahora deme el móvil.

Se levanta. Hago lo mismo y retrocedo algunos pasos, podría echar a correr hacia la escalera, pero soy consciente de que será más rápido que yo y no voy a darle la espalda, ni a él ni al pesado cenicero.

—De acuerdo —cedo.

Me meto la mano bajo el jersey y saco el móvil. Su cuerpo se tensa. Todo sucede increíblemente deprisa. No lo pienso. Me abalanzo hacia la cristalera, abro una de las ventanas, cojo impulso y lanzo el móvil, que describe un gran arco en el aire. Aterriza en la hierba, en algún sitio. Un dolor ardiente me recorre el brazo. Me doy la vuelta.

Y me enfrento a los fríos ojos de Lenzen.

33

Durante mucho tiempo solo tuve un deseo: encontrar al asesino de Anna. Ahora que lo tengo ante mí y está todo dicho solo quiero una cosa.

Quiero vivir.

No hay escapatoria. Con un par de pasos él me ha cerrado el camino a la salida. Y el balcón no es una opción. Aun así, abro la puerta y salgo. El viento fresco del exterior me acaricia la cara, en dos pasos más llego a la barandilla.

No puedo seguir. Miro hacia abajo, veo la hierba en la oscuridad y, un poco más allá, la calle en la que paró el taxi; el maldito césped está varios metros más abajo. Es demasiado alto para saltar. No hay salida. Oigo un ruido metálico a mi espalda, siento la presencia de Lenzen.

Me doy la vuelta y lo miro a la cara. No creo lo que ven mis ojos.

Está llorando.

—¿Por qué no se ha quedado en su casa, Linda? Nunca le habría hecho daño.

Tiene una pistola en la mano. Lo observo atónita. Mala idea: los disparos lo delatarán, especialmente en un vecindario tan tranquilo como este. ¿Cómo puede creer que se saldrá con la suya?

—La policía vendrá en cuanto dispare —le advierto.

—Ya lo sé.

No entiendo nada. Miro el cañón del arma. Estoy paralizada,

como hipnotizada. Es igual que la mía, la que me procuré, usé para amenazarlo y luego él tiró al lago. Las sinapsis de mis neuronas se conectan dolorosamente cuando lo comprendo.

—Veo que la reconoce —dice él.

La reconozco. Es mi pistola. No está en el lago. Revivo el momento. Su brazo cogiendo impulso y moviéndose en la oscuridad. Pero no lanza nada. Deja caer el arma con disimulo, quizá en la hierba, para recogerla después sin ser visto. Por si acaso. Muy precavido. Qué gran presencia de ánimo. No lo había planeado, le vino como caído del cielo. Un arma conseguida por mí de forma ilegal y con mis huellas por todas partes.

—Es mi pistola —afirmo con voz ronca.

Él asiente.

—Fue en defensa propia —dice—. Está usted loca. Me ha seguido, me hizo vigilar. Me amenazó, lo tengo incluso grabado en audio. Y ahora se presenta en mi casa con esta arma. Tuvimos una pelea.

Algo hace clic en mi cabeza.

—¿De verdad se iba de viaje esta madrugada? —le pregunto.

Niega con la cabeza. Por fin lo entiendo. Un truco. Nada más que un truco para asegurarse de que vendría. En un acto impulsivo. Presa del pánico. Esta noche. Un señuelo para atraerme y luego librarse de mí. Muy limpio. Muy elegante. Con mi propia pistola.

Una trampa es un artefacto para cazar o matar.

La trampa que me ha tendido Victor Lenzen es brillante.

Ya me tiene, no puedo escapar. Pero le tiembla la mano.

—No lo haga —le digo.

Pienso en Anna.

—No tengo elección —responde.

El sudor le perla la frente.

—Ambos sabemos que no es cierto —replico.

Pienso en Norbert, en Bukowski.

—Pero parece verdad —dice.

Le tiembla el labio superior.

—¡Por favor, no lo haga!

—Cállese, Linda.

Pienso en mi madre y en mi padre.

—Si lo hace será realmente un asesino.

Pienso en Julian.

—¡Cierre la boca!

Y entonces pienso solamente en una cosa: no moriré aquí.

Me doy la vuelta, salto sobre la barandilla y caigo al vacío.

Caigo al vacío y el golpe es muy duro. No es como en las pelícu-las, no ruedo por el césped y me alejo cojeando; me estrello contra el suelo y mi tobillo derecho irradia un dolor tan intenso que me paraliza por un momento y solo puedo gatear como un animal herido, confusa y casi ciega de miedo. Agito la cabeza presa del pánico, intento sacudirme el aturdimiento y miro a mi alrededor esperando encontrar a Lenzen en la barandilla, mirándome; pero no hay nadie. ¿Dónde está?

Entonces lo oigo. Viene hacia mí. Dios mío, ¿cuánto tiempo llevo así? Trato de ponerme de pie, pero la pierna derecha me deja en la estacada, me falla.

—¡Ayuda! —grito.

No me ha salido la voz, y comprendo que estoy en una de mis recurrentes pesadillas en las que grito y grito bañada en sudor y temblando pero no emito ni un sonido. De nuevo intento levan-tarme y esta vez lo consigo, voy a la pata coja con la pierna sana, tropiezo, trato de apoyarme en la pierna herida, tiemblo de dolor, caigo de rodillas, no puedo seguir pero tengo que seguir, me arras-tro ciega y muerta de miedo por la oscuridad y entonces lo veo. Aparece de pronto ante mí, no lo he visto venir; no sé cómo lo ha hecho, debería estar detrás de mí, llegar desde la casa, estar a mi espalda, pero viene de frente, sin avisar, sale de repente de la pe-numbra y se acerca. Ignoro el dolor y me levanto. Solo veo una silueta con un arma en la mano. Lo miro de frente.

Es una sombra, solo una sombra. Mira a su alrededor, nervio-so. Y de pronto está tan cerca que puedo reconocerlo.

Su visión me llega como un puñetazo, me tambaleo, la pierna me falla otra vez, caigo al suelo. Al instante está a mi lado. Se inclina sobre mí. Su cara de preocupación. Sus ojos de diferentes colores brillando en la oscuridad. Julian.

—Dios mío, Linda —exclama—. ¿Estás herida?

—Está aquí —respondo con voz rota—. Lenzen. El asesino de mi hermana. Tiene una pistola.

—No te levantes —dice él— Tranquila.

Y en ese momento aparece Lenzen doblando una de las esquinas de la casa. Enseguida repara en que no estoy sola y se detiene en seco. En la oscuridad.

—¡Policía! —grita Julian—. ¡Tire el arma!

Lenzen se queda inmóvil, no es más que una sombra.

Entonces, con un movimiento rápido, se lleva la pistola a la cabeza y aprieta el gatillo.

Cae al suelo.

Y se hace el silencio.

Del borrador de *Hermanas de sangre*, de Linda Conrads

Nina Simone

(No incluido en la versión publicada)

Una noche había aparecido de repente ante su puerta, sin previo aviso.

Ella lo había hecho pasar, había servido vino, él le había preguntado cómo estaba y ella había contestado que bien. Que se le pasaría. Que no quería seguir quejándose. Estaban en el sofá, Jonas en un extremo, Sophie en el otro y el cachorrito en medio, nervioso y juguetón. Rieron y bebieron vino, y durante unos instantes maravillosos ella se olvidó de Britta y de la sombra. Llegado un momento el perrito cayó rendido y se durmió. Sophie se levantó para dar la vuelta al vinilo que estaban escuchando. Cuando volvió a sonar la música, chispeante y electrónica, se sentó de nuevo y miró inquisitiva a Jonas, que estaba vaciando su segunda copa.

—¿Por qué hacemos esto? —le preguntó.

—¿El qué?

La acarició con la mirada de sus ojos extraños y hermosos.

—¡Pues esto! Buscar la compañía del otro aunque tú sigues casado y yo acabo de romper mi compromiso y estoy destrozada emocionalmente… —Se interrumpió y se pasó la mano por el pelo—. ¿Por qué lo hacemos? ¿Por qué parece que no pudieras llamarme y tuvieras que contármelo todo en persona? ¿Por qué me paso las noches sentada en los escalones de tu casa, por qué apareces a estas horas en mi puerta? ¿No es una imprudencia empezar tan pronto algo nuevo?

—Sí, lo es —respondió él.

—Pues si lo sabemos… ¿por qué alargamos innecesariamente el dolor y la melancolía?

Jonas esbozó una sonrisa y se le marcó el hoyuelo unos segundos.

—Porque necesitamos el dolor y la melancolía para sentirnos vivos —contestó.

Se miraron un momento, en silencio.

—Será mejor que me vaya —dijo él al cabo, levantándose.

—Sí.

Ella también se levantó.

—Entonces…

Sus miradas se encontraron y solo hubo un instante de duda, después simplemente sucedió. Se acercaron, se encontraron, él la abrazó y le acarició el cabello con mucho cuidado, como se acaricia un animal salvaje que se muestra confiado por primera vez; y todo lo que pasó después fue bonito y oscuro y confuso y púrpura.

A la mañana siguiente los chillidos de los vencejos que volaban por las calles despertaron a Sophie. Antes de abrir los ojos tanteó el otro lado de la cama. No estaba.

Suspiró. Se había pasado media noche despierta escuchando la respiración de Jonas y preguntándose qué iba a hacer, hasta que al final la venció el sueño. Pero ahora estaba claro que él había tomado la decisión por los dos al escabullirse sigilosamente mientras estaba dormida: no volverían a verse.

Se levantó, subió las persianas, sintió frío, se vistió, fue a la cocina a preparar café… y se llevó un buen susto al encontrarse a Jonas en el sofá del salón. Le dio un vuelco el corazón. No se había escabullido, solo estaba esperando a que se despertara.

No la había oído. Sophie contempló un momento su nuca, el remolino de su pelo oscuro. Creía en cosas como aquella. En que se puede confiar en el instinto. A lo mejor debía simplemente decírselo. Tener confianza. No, no podía ser. Se pondría en evidencia.

—¡Buenos días!

Jonas se volvió hacia ella.

—¡Buenos días!

Y sonrió, tímido.

—¿Café? —ofreció Sophie.

—Sería estupendo.

Fue a la cocina, preparó el café, se debatía indecisa. La vida es corta, pensó. Se lo digo. Si no se lo digo ahora no se lo diré nunca.

Volvió al salón y le temblaban las piernas; se quedó detrás de él. Se aclaró la garganta.

—¿Jonas?

Él volvió un poco la cabeza.

—Tengo que decirte algo. Me resulta muy difícil así que… Por favor no me interrumpas.

La escuchaba en silencio.

—No quiero que vuelvas a irte. Me gustaría que te quedaras. Creo que cuando llega el momento se sabe. Y yo lo sé.

Las palabras rodaron por el parquet como canicas. Jonas bajó un poco la cabeza. Sophie se interrumpió. A lo mejor estaba cometiendo un error, a lo mejor estaba quedando como una tonta. Pero ya estaba todo en marcha y era imposible pararlo.

—Sé que las circunstancias no pueden ser peores. Tú estás aún en una relación. Y yo acabo de separarme del hombre con el que iba a casarme en primavera. Y tampoco quiero que tengas problemas en el trabajo cuando se sepa que tienes algo con una testigo.

Hizo una pausa, buscando aire. Jonas no dijo nada, simplemente la escuchaba con gran atención. A Sophie se le hizo un nudo en la garganta.

—Pero quiero estar contigo, ¿sabes? Quiero estar contigo.

Notó que estaba llorando. Últimamente le pasaba a menudo, de repente. Intentó sobreponerse, se secó las lágrimas, le latían las sienes.

—Vale —acabó, ya sin energías—. Eso era lo que tenía que decirte.

Él guardaba silencio.

—¿Jonas?

Entonces volvió más la cabeza y se asustó al verla detrás de él; acabó de darse la vuelta, la miró, se quitó los auriculares y sonrió.

—¿Qué decías? —preguntó señalando el MP3 con la barbilla—. Estoy a punto de redescubrir mi amor por Nina Simone.

En ese momento se fijó en su expresión.

—¿Todo bien, Sophie? ¿Has estado llorando?

Ella tragó saliva.

—No pasa nada. Todo bien.

Sintió un mareo. No había oído ni una de sus palabras. Y a ella le faltaban las fuerzas para repetirlas. Quizá fuera mejor así. Cómo podía decirle todo aquello después de solo una noche.

—¿De verdad estás bien?

De pronto ella sintió que la casa la asfixiaba.

—Sí, estoy bien. Pero escucha… tengo que irme. No me acordaba de que había quedado con mi galerista.

—Ah, vaya…

—Sí.

—Pero… ¿qué hay del café? Pensaba que…

—De verdad tengo que irme. No me lo tomes a mal.

Asegúrate de que la puerta queda cerrada cuando te vayas.

Percibió su sorpresa, quizá también su decepción. Pero él forzó una sonrisa.

—Entendido —repuso.

Sophie se dio la vuelta y avanzó unos cuantos pasos. Le pesaban las piernas como nunca. Entonces se detuvo y se volvió hacia él.

—¿Jonas?

—¿Sí?

—Avísame cuando estés listo. Cuando quieras volver a verme. Dame una señal, ¿vale?

Jonas tenía ahora una expresión seria.

—Vale.

—¿Sí?

—Lo haré.

Sophie sintió su mirada clavada en la espalda cuando se fue.

34

Aquí está de nuevo, la sensación cruda y roja. Estoy otra vez en el césped de la casa de Victor Lenzen. Un tiro resuena en mi cabeza, noto la hierba en la palma de las manos, tengo frío, me duele la cabeza.

—¿Señora Michaelis?

La voz me llega a duras penas.

—¿Señora Michaelis?

Levanto la vista. Poco a poco vuelvo a la realidad. Comisaría de policía. La señora Michaelis, esa soy yo. Aunque estoy acostumbrada a que me llamen por mi seudónimo, Linda Conrads. El policía que me habla ya me ha tomado declaración esta mañana. Es distante pero amable, y sus preguntas no tienen fin.

—¿Necesita un descanso? —me dice el agente, cuyo nombre he olvidado.

—No, gracias —respondo.

Tengo la voz débil y cansada. No me acuerdo de cuándo fue la última vez que dormí más de unos minutos seguidos.

—Enseguida terminamos.

Mis pensamientos vuelven al césped mientras el piloto automático contesta a las preguntas del policía. La hierba oscura ante la casa de Lenzen. Estoy allí sentada, sin respiración. Un tiro resuena en mis oídos. Julian me mira a la cara y me ordena sin palabras que no me mueva del sitio, aunque sería incapaz de hacerlo por mucho que quisiera. Veo cómo se acerca al cuerpo de Lenzen, tendido en el suelo, y pienso —tarde, demasiado tarde—: ¡es un truco! ¡Otro de sus trucos! Pero es demasiado tarde, Julian ya está junto a la figura que yace en el suelo, veo cómo se inclina, doy un grito mudo temiéndome un segundo disparo... pero no sucede nada. Estoy aterida, tirito. Lo veo incorporarse y venir hacia mí.

—Está muerto —me comunica.

Me quedo quieta, como anestesiada, él se sienta a mi lado en la hierba, me abraza, me envuelve en su calor y yo por fin rompo a llorar. A nuestro alrededor se encienden las luces de las casas.

—Muchas gracias, señora Michaelis —dice el policía—. Es todo por ahora.

—¿Por ahora?

—Sí, es muy posible que se nos planteen más interrogantes —contesta—. Un hombre se ha suicidado con su arma. Y la historia que acaba de contarme es bastante... complicada.

—¿Debería buscarme un abogado?

Duda un momento.

—Quizá sea buena idea —contesta, levantándose.

No tengo fuerzas para preocuparme. Me incorporo con cuidado. En el hospital comprobaron que no tenía el tobillo roto sino dislocado, pero aun así solo puedo usar una pierna y no soy muy hábil con las muletas, especialmente porque mi mano derecha sigue lastimada. El policía me sujeta la puerta. Consigo salir de la habitación que en mi cabeza llamo «sala de interrogatorios» aunque oficialmente no me están interrogando, solo me hacen preguntas. Justo mientras salimos aparece Julian. Me da un vuelco el corazón, no puedo evitarlo. Pero él esquiva mi mirada, me tiende la mano de un modo muy formal y se dirige a su compañero.

—Han encontrado el móvil —anuncia.

Inspiro profundamente.

—¿Está todo grabado? —pregunto.

—Nuestros compañeros analizan ahora los archivos, pero parece que sí.

El policía cuyo nombre he olvidado se despide de mí con un apretón de manos y me quedo a solas con Julian. Me viene a la mente el abrazo que compartimos en el césped e intento no pensar en ello. En cuanto aparecieron los compañeros a los que había avisado se separó de mí y carraspeó. Volvió a tratarme de usted. Desde entonces ha evitado mirarme a los ojos.

—Linda —dice, y suena como una despedida.

—Hola —respondo como una tonta, intentando atrapar su mirada; pero no me da opción, se vuelve y se mete en su despacho.

Me pregunto si se comporta con tanta torpeza porque en realidad, muy dentro de sí, creía que yo había asesinado a mi hermana y ahora su error lo atormenta. Tiene que ser eso. Y esa debe de ser también la razón de que nunca volviera a llamarme tras nuestra única noche juntos. Recuerdo lo que Lenzen dijo en mi casa: «Siempre queda un rastro de duda». Me alegro de que su confesión esté grabada en el móvil y de poder borrar los últimos rastros de duda. Me afano en recorrer con las muletas el pasillo de la comisaría cuando oigo una voz familiar detrás de mí.

—¿Señora Michaelis?

Me doy la vuelta con dificultad. Me encuentro con Andrea Brandt. No ha cambiado lo más mínimo. Lo único nuevo es su pequeña sonrisa.

—Me han contado lo que pasó anoche —dice—. Tendría que habérnoslo dejado a nosotros.

Anoche. Poco a poco soy consciente. Realmente todo ha terminado.

No contesto.

—Pero bueno —prosigue la agente—, en cualquier caso me alegra mucho que esté bien.

—Gracias.

Por un momento parece que quiere añadir algo. Quizá se le acaba de ocurrir que fui yo quien telefoneó a la comisaría hace algunos meses. La presunta testigo que llamó y luego colgó sin más. Después se encoge casi imperceptiblemente de hombros.

—Que le vaya muy bien. —Y se aleja.

Yo también me pongo en marcha y alcanzo la salida. Miro atrás. Cambio de opinión. Me apoyo con todo mi peso en las muletas para recorrer de nuevo el pasillo, paso a paso. Pienso que hay tantas cosas que tengo que hacer… Consultar a mi abogado. Hablar con mis padres. Recoger a Bukowski. Llamar a la editorial. A mi agente, para que esté preparada cuando la prensa aparezca. Dormir. Ducharme. Decidir dónde quiero vivir en el futuro porque no me atrevo a regresar a mi casa, por lo menos no ahora. La última vez que entré en ella no volví a salir en más de una década. Tengo que hablar con alguien de mis ataques de pánico, que han empeorado ahora que ya ha pasado lo peor y no está en juego mi mera supervivencia. Hay tanto por hacer… Pero en lugar de eso llamo a la puerta tras la que Julian ha desaparecido y la abro.

—¿Puedo pasar? —pregunto.

—Claro. Por favor. Pase.

Por primera vez tengo tiempo de observarlo con calma. Está sentado ante su escritorio, enorme y ordenado. Tiene buen aspecto.

—¿De verdad?

—Por supuesto, pase.

—No, quiero decir: ¿ahora nos tratamos de usted? ¿De verdad?

Es la primera vez que hoy me mira a los ojos.

—Tienes razón —concede—. Seguramente es una estupidez. Anda, siéntate.

Cojeo hasta la silla que me ha ofrecido, me siento con esfuerzo y apoyo las muletas en su mesa.

—He venido para darte las gracias —miento—. Me has salvado.

—Te salvaste tú sola.

Guardamos silencio un momento.

—Siempre tuviste razón —digo al final—. Fue un crimen pasional.

Asiente pensativo. De nuevo callamos, pero este silencio es más largo, denso y desagradable. Se oye el segundero del reloj de pared que tengo a la izquierda.

—Nunca pensé que hubieras matado a tu hermana —suelta de repente, rompiendo el silencio.

Lo miro maravillada.

—Es lo que querías preguntarme, ¿no? —añade.

Asiento.

—Nunca —afirma.

—Cuando te llamé estabas tan… —empiezo, pero no me deja seguir.

—No he sabido nada de ti en doce años, Linda. Y de pronto me llamas en mitad de la noche y me despiertas para preguntarme esas cosas. Sin un: «Hola, Julian, cómo estás, perdona que no te llamara». ¿Cómo se supone que debía reaccionar?

—Vaya —respondo.

—Exacto. «Vaya», eso fue lo que pensé.

—Perdona un momento. Eras tú el que iba a llamar. En eso quedamos. Eras tú el que estaba casado. Dijiste que me darías una señal cuando estuvieras listo —le recuerdo enfadada.

Mi desilusión de entonces vuelve a entrar en ebullición. Amarga y densa después de doce años.

—Bueno, ahora ya da igual —añado—. Siento mucho haberos despertado a tu novia y a ti. No volverá a pasar.

Intento levantarme, me duele el pie.

Él me mira estupefacto. Después se le dibuja una sonrisilla.

—¿Pensaste que Larissa era mi novia?

—O tu prometida o tu mujer… Qué sé yo.

Pierdo la batalla contra las muletas y me rindo agotada.

—Larissa es mi hermana —me informa con una sonrisa—. Habitualmente vive en Berlín.

El corazón me da un vuelco.

—Ah —exclamo con torpeza—. No sabía que tenías una hermana.

—Hay una barbaridad de cosas de mí que no sabes —me contesta sin dejar de sonreír.

Después se pone serio de nuevo.

—Por lo demás, quiero que sepas que me puse en contacto contigo, Linda.

—¡No me vengas con cuentos! Estuve esperándote.

Se queda callado un rato, como ensimismado.

—¿Recuerdas nuestra conversación sobre literatura? —me pregunta al final.

—¿A qué viene eso ahora?

—¿Te acuerdas o no? Nuestra única conversación en condiciones. Fue en los escalones de mi casa.

—Claro que sí. Me dijiste que no tienes paciencia para las novelas y que no te interesan gran cosa, lo que te gusta de verdad es la poesía.

—Y tú respondiste que la poesía no te hace mucha gracia. Y te contesté que algún día intentaría convencerte. ¿Lo recuerdas?

Lo recuerdo.

—Sí, me dijiste que debía leer a Thoreau o a Whitman, que seguro que me enseñarían a amar la poesía.

—Te acuerdas —corrobora Julian, y en ese momento caigo en la cuenta.

Me viene a la mente el manoseado tomo de Whitman que tengo en la mesilla de noche y que hace muchos, muchos años me envió un admirador. Eso creí, al menos. El libro que me ha acompañado en las horas más oscuras. El que leí y me salvó durante las noches en vela previas a la entrevista. Se me aflojan las rodillas.

—¿Era tu señal? —le pregunto conmocionada.

Se encoge de hombros con melancolía. Me abandonan las fuerzas y me dejo caer de nuevo en la silla.

—No lo entendí, Julian. Pensé que te habías olvidado de mí.

—Y yo pensé que tú me habías olvidado cuando no obtuve respuesta.

Tristes, callamos.

—¿Y por qué no me llamaste? —pregunto al final.

—Bueno —responde en voz baja—. Me parecía que un libro de poesía era algo… algo romántico. Y como no contestaste creí… —Vuelve a encogerse de hombros—. Creí que habrías seguido con tu vida.

Estamos frente a frente y pienso en cuán distintos podrían haber sido los últimos doce años si hubiéramos estado juntos. Hoy no sé casi nada de él ni de lo que lo rodea. Lo acaba de decir: la vida sigue.

Se me ocurre que la Linda de antes, la impulsiva, lo miraría a los ojos y le tendería las manos por encima del escritorio para ver si se las cogía. Pero ya no soy esa Linda. Soy una mujer que se deja intimidar por la vida hasta el punto de quedarse once años encerrada en casa. He pasado por muchas cosas. Me he hecho mayor, quizá incluso más sensata. Soy consciente de que en su presente no hay sitio para mí. Tengo claro que sería egoísta intentar entrar en él.

Entonces me inclino, lo miro a los ojos y pongo las manos abiertas encima del escritorio. Julian las contempla un momento y después las estrecha entre las suyas.

35

El timbre del teléfono me saca de mi sueño profundo y en un primer momento no sé dónde estoy. Después reconozco la habitación de hotel en la que me hospedo provisionalmente hasta que haya organizado mis asuntos y sepa dónde quiero vivir. Bukowski abre un ojo y me mira con expresión cansada.

Busco el móvil de forma instintiva, no lo encuentro, me acuerdo de que lo tiene la policía, me doy cuenta de que el que suena es el fijo y por fin descuelgo.

—Eres más difícil de encontrar que el Papa —me reprocha Norbert—. Madame, ¿es usted consciente de que hoy se presenta *Hermanas de sangre*?

—Claro que sí —miento.

En realidad no he pensado en ello ni por un segundo.

—Dime, porque no sé si me he enterado bien, ¿de verdad has abandonado tu vida de ermitaña? ¿Estás fuera de casa?

Reprimo una sonrisa. Norbert no tiene ni idea de lo que ha pasado en mi casa desde que nos vimos por última vez.

—Estoy fuera.

—*Merde!* —exclama—. ¡No me lo creo! ¡Me tomas el pelo!

—Te lo contaré con calma, ¿vale? Pero no ahora.

—Increíble —dice. Y repite—: Increíble.

Al final se repone.

—Nunca hemos comentado tu libro —comienza.

De pronto soy consciente de cuánto lo he echado de menos.

Refreno el impulso de preguntarle qué opina de él porque sé

que le encanta que se lo pregunte y quiero chincharlo un poquito. Nos retamos en silencio durante dos o tres segundos.

—No parece que te importe un pimiento saber lo que tu editor, que lleva años rompiéndose el espinazo por ti, piensa de tu novela —afirma finalmente—. Pero aun así te lo diré.

Contengo una carcajada.

—Dispara —contesto.

—Me has engañado. Esto no es un *thriller*, es una historia de amor disfrazada de *thriller*.

Me quedo un momento sin habla.

—La prensa lo odia, por cierto. Pero curiosamente yo lo encuentro bueno. A lo mejor es que me hago viejo. Bueno, pensé que debía decírtelo. Aunque no te interese lo más mínimo.

Al final acabo riéndome.

—Gracias, Norbert.

Resopla mitad divertido mitad fastidiado y cuelga sin añadir nada más.

Me incorporo. Es mediodía, he dormido mucho. Bukowski, que sesteaba a mi lado, me mira con desconfianza, como temiendo que vuelva a dejarlo tirado si me pierde de vista.

No te preocupes, amigo.

Entonces me acuerdo de la cara de Charlotte cuando me abrió la puerta y de nuevo —por segunda vez en el día— se me escapa una carcajada. Fui a su casa para recoger a Bukowski. Se me quedó mirando como a una desconocida.

—¡Señora Conrads! ¡Esto es increíble!

—Encantada de verla, Charlotte. Solo venía a buscar al perro.

Bukowski apareció al instante, pero no se me echó encima —como suele hacer— sino que se quedó inmóvil, molesto.

—Creo que también a él le extraña verla fuera de casa —aventuró Charlotte.

Me agaché para que Bukowski pudiera olerme las manos. Al principio se mostró tímido. Después empezó a mover el rabo y se puso a lamérmelas con entusiasmo.

Los pensamientos me traen de nuevo al presente, hay tantas cosas que hacer... Lo primero es visitar a mis padres y ver cómo han digerido las novedades. Después tengo que volver a la comisaría de policía, he de hablar con mi abogado y todas esas cosas. Tengo mucho trabajo por delante, pero sé que lo conseguiré. Algo ha cambiado dentro de mí. Me siento fuerte. Viva.

Fuera la primavera va llegando poco a poco. La naturaleza se despierta otra vez a la vida, también ella parece intuir que pronto empezará algo nuevo. Se estira y se despereza.

Pienso en Anna. No en la Anna angelical que en los últimos años había creado en mi mente y en mi libro. En la verdadera Anna, con la que me peleaba y luego me reconciliaba; a la que quería.

Pienso en Lenzen, que está muerto y a quien no podré preguntarle por qué había flores en casa de Anna. Si se las había regalado él. Si sus flores sí que le gustaban.

Pienso en Julian.

Me bajo de la cama, me ducho, me visto. Pido que me suban el desayuno a la habitación. Doy de comer a Bukowski. Reviso el correo electrónico, que está casi a reventar. Riego la orquídea, que también me devolvió Charlotte y cuyos capullos florecerán muy pronto. Hago una lista de tareas. Llamo a la editorial y a mi abogado. Lloro un poco. Me sueno la nariz. Quedo con mis padres.

Salgo de la habitación y bajo en el ascensor. Atravieso la recepción en dirección a la salida, las puertas automáticas se abren ante mí.

Me llamo Linda Conrads. Soy escritora. Tengo treinta y ocho años. Soy libre. Esto es solo el comienzo.

Tengo toda la vida por delante.

El papel utilizado para la impresión de este libro
ha sido fabricado a partir de madera
procedente de bosques y plantaciones
gestionados con los más altos estándares ambientales,
lo que garantiza una explotación de los recursos
sostenible con el medio ambiente
y beneficiosa para las personas.
Por este motivo, Greenpeace acredita que
este libro cumple los requisitos ambientales y sociales
necesarios para ser considerado
un libro «amigo de los bosques».
El proyecto Libros Amigos de los Bosques promueve
la conservación y el uso sostenible de los bosques,
en especial de los bosques primarios,
los últimos bosques vírgenes del planeta.

Papel certificado por el Forest Stewardship Council®

Este libro
se terminó de imprimir en España
en el mes de mayo de 2015